JA

青い星まで飛んでいけ

小川一水

早川書房

6832

目次

青い星まで飛んでいけ

都市彗星《バラマンディ》のサエ

1

「うわあああ！」

悲鳴をあげながらサエは長い長いトンネルを落下し、いくつかの屈曲点で体をこすられてから、最後にドサリと何か柔らかいものにぶつかった。

「あっ……つう」

恐怖に目を閉じて体を丸めていたサエは、ぶつかった後もしばらくそのままふわふわと漂った。ポニーテールの黒髪が、尾のようにうねうねとついてくる。

思ったほど痛みがないことに気付いて、ゆっくり目を開けると、思いがけない光景が広がっていた。

まばゆい陽光に照らされた、緑の森だ。見渡す限り、尖った木々の梢が並んでいる。それが作り物でない証拠に、ツンと鼻を突く木の香りがする。遠くのほうでは鳥のような生き物がキャアキャアと飛び回っている。

「こ、ここどこ⁉」

一瞬、サエは夢を見ているのかと思った。この光景は、自分の好きな番組であるプラネタリー・ジオグラフィックで見る、地球の針葉樹林にそっくりだ。

しかしこれが夢ではないことはすぐにわかった。夢ならこんなに、すりむいたところが痛むはずがない。だからと言って、突然地球にテレポーテーションしたのでもない。地球なら一Gの、重力というやつが働くはずだ。

けれどもサエの体はごくゆっくりとしか落下しない。自分をレシーブしてくれたふさふさした梢に手を伸ばすと、枝を一本つまんだだけで空中に止まることができた。この微小重力は、まぎれもなく住み慣れた環境のものだ。

都市彗星バラマンディ。直径二キロの氷土の塊。八十年前に氷掘削基地が作られてから、都市としてゆっくりと発展してきた。

しかし、サエが知るバラマンディは、計画的に掘削された何万本もの通路が交錯する、通廊都市とでも言うべき場所だ。レクリエーション用の大空間はいくつかあるが、そのどれも、ここまで広くはない。

この森は、あるはずのない森だった。

ただ、真下に目をやると、意外に近くに地面が見えた。梢のてっぺんからそこまで七、八メートルしかないだろう。この林は地球の林よりもだいぶ寸詰まりにできているようだ。多分、そう改造されたのだ。

じきにサエはふわりと地面に降り立つ。転びそうになったが、手近の枝につかまってこらえた。

「うわっとっと」

サエは十四歳の平均よりも少し大きくて、百七十センチほどある。その上移動が下手で、いつも前のめりになっている。つんのめって笑われることも多いので、そこらじゅうが手すりだらけとも言えるこの林に、なんとなく好感を覚えた。

「動きやすいかも……」

つぶやきながら、周りの様子をうかがう。

二方は壁だ。上のほうにいくつも穴が開いている。そのどれか一つがサエの落ちてきたダクトだ。サエの後に、何かもしくは誰かが落ちてくる様子はない。エンナンとヴィッキーは来ないようだ。

まあ、来なくて当然かもしれない。自分ですら、真っ暗なダクトは怖かった。ただ二人とふざけていて、好奇心で覗いただけなのだ。そして冗談で一歩踏み込んだら、思った以上に吸引力が強くて、そのまま流されてしまった。

二人の友達は、大慌てで大人を呼びに行ったことだろう。サエは身震いした。

「……早く戻らなきゃ」

無線機か無線電話のようなものがあればすぐ使っているところだが、そういう複雑な機器は彗星内で作れないので、高価だ。この都市では一般人の持ち物ではない。そしてサエも、残念ながらその一般人だった。

森の残る二方向は、群青色の霞《かすみ》をたたえた木立がどこまでも続いている。ところどころにさす木漏れ日を頼りに、サエは泳ぐように進みだした。

「出口、どこだろ……」

そうつぶやいた途端、間近から声をかけられて、サエは飛び上がりそうになった。

「そっちは危ない」

「ひゃあっ！」

振り返ると、近くの木の陰に誰かがいた。

金髪をラフに散らした、整った顔立ちの少年だ。サエよりやや小柄で、細身の体をぴったりした汎用ジャンプスーツに包み、片手にバールか何か、工具のようなものを持っている。彼の背後には、組み立て中の乗り物のようなものが見える。

少年は表情らしいものは浮かべず、唇だけを動かしてもう一度言った。

「危ないから。こっちへ」

「え？　なに？」

「足元」

言われたサエが少し先の地面を見ると、差し渡し五メートルほどもある穴があり、こぉこぉというような音をたてて空気を吸い込んでいた。

「うひっ……」

木につかまってあわてて舞い戻る。流れた自分の後ろ髪を吸われてしまいそうな気がした。少年の近くまで行って、背後を振り返った。

「なに？　あの穴」

「集気口。あそこから市街に空気を送る」

「出口ってこと？」

「違う。途中にフィルターがある。入るとそこに吸い付けられる。そうなったら、都市中の送風を止めないと出てこられない」

「うひ……それはメチャクチャ怒られるだろうなあ」

あと三メートルも進んだら、吸い込まれていたに違いない。サエは胸を撫で下ろし、少年を振り返った。改めて見ると、自分と同じ年頃の相手だった。それなら気安い。

「ありがと、教えてくれて。あたしはカバラ・サエ。百二十五階住人よ」

サエは、バラマンディ市民としてのごく標準的な挨拶をした。家のXY座標まで教えるのは、もっと親しくなってからだ。

挨拶には、同種の挨拶で答えるのが礼儀だ。サエはそう教えられたし、今までに会った相手は、大人も子供もそれを守っていた。だが金髪の少年は、興味なさそうにフィッと顔を背けて、森の一方向を指差した。

「出口」

「え？」

「出口がある。壁沿いに三百メートル。百階の広場に出る」

さっさと立ち去れ、と少年の青い目が語っていた。

サエは戸惑った。バラマンディの人間はみな人なつこくて優しい。名乗りを無視して追い払われたのはこれが初めてだ。

「ええと」

サエは話の接ぎ穂を求めようとした。深い理由があったわけではなく、出会った人とは積極的に親しくなりなさい、と教えられて育ったからだ。

少年の後ろの機械が目にとまる。

「ねえ、それ、何を作って」

「こっちだ」

眉間にかすかなしわを浮かべて、少年はサエの手を取った。うひ、とサエが驚く間もなく、引っ張って進みだす。そして聞いてもいないのに説明した。

「ここは緩衝林だ。一般人の立ち入りは禁止」

「緩衝林？　え、禁止って叱られ」

くるっと振り向いて少年は言った。

「地球型大気を含む恒久閉鎖環境を維持するためには、物理化学機構と生物機構だけでは十分じゃない。浄化や吸着では汚染や漏出に対抗しきれない。それを担保するのに最適なのは大量の背景空気を準備すること。地球では高さ七十キロメートル分の背景空気が存在し、急激な温度変化や気圧変化、汚染が起こるのを緩衝している。できるだけそれに近い働きをするものとしてこの空間と森が作られた。つまり緩衝林」

サエはぽかんと口を開けた。少年はまた向こうを向いてぐいぐいと手を引っ張っていく。今のをエンナンとヴィッキーが聞いたら「はぁ？」って言うだろうな、とサエは思った。

「ええとつまり、ここの空気は予備だから吸っちゃいけないってこと？」

少年が、ちらりとだけ振り向いた。

「吸わなかったら死んでしまう」

「あはははそうだよね、それはそうだ」

もっともだと思ったからサエは笑ったのだが、少年はお気に召さなかったらしく、冷ややかに目を細めてそっぽを向いた。

「公園ではないということ。政府の装置。だから何も見なかったことにしたほうがいい」

「わかった」

サエはうなずいた。

じきにドアにたどり着いた。少年は指を舐めて電子ロックに押し当てる。ドアが開いた。

左右に伸びる通路があった。少年はサエをそこに押し込んで左を指差した。

「五十メートル行って、垂直孔《ピット》を六階分下りれば非常扉がある。外は広場だ。大人にどこを通ったか聞かれたら、ダクトの途中の分岐で引っかかって、この通路に出たって言えばいい」

「うん、わかった。いろいろありがとう」

サエが礼を言い終わらないうちに、もう少年はドアを閉めようとしていた。あわててサエは尋ねた。

「あの、きみ名前は？」

「……ジョージィ」

ドアが彼の語尾と、穏やかな目の光を隠した。フルネームはわからなかった。彼がそれを口にしたのかどうかも。

「ジョージィか」

ぶっきらぼうだけど、ちょっとカッコよかったな、とサエは思った。

言われた方向へ進み始めてから、おかしなことに気付いた。

「……あの子、なんであんなところに？」

2

友達の通報で警察が動いていた。非常扉を出るとすぐ警察官がやってきて、サエを保護した。最初の五分間だけ無事だったかどうか心配され、無事だとわかるとお説教を食らった。ダクトに入るのは、非常気密壁に挟まる位置に何かを設置したり、公共の場で液体や粉体をばらまいたりすることと同じように、この都市でやってはいけないことの一つだった。

サエを保護した警察官が、何か変わったものを見ましたか、と聞いてきた。変わったものってなんですか？　とサエは答えておいた。言ったらさらに叱られそうだったし、なんとなく、あの少年のことを自分だけの秘密にしたかったからだ。

そのおかげかどうか、サエは放免された。

「ねーねーサエ、ダクト落ちしたってまじ？」「どんな気分だった？」「怖かった？」「背中ゾクゾクした？」「痛くなかった？」「ほんとに何もなかった？」「帰り道迷わなかった？」「警察ってどんなことされるの？」

翌日の学校、ポーラソイル工作の実習授業。警察沙汰を起こしたサエに向かって、周り中の男子女子がひそひそ声をかける。氷土から発泡焼成されるポーラソイルはバラマンディの基本建材で、その工作は男女を問わず市民の必須技能だが、皆そんなものはそっちのけだ。怖いもの見たさでサエに質問の雨を浴びせる。

「えー、んーっと、別になんにもなかった」

サエは愛想笑いしつつ、そう答える。例のことを除けば実際何もなかったのだからそう言うしかない。

「そうなの？　なあんだ」

クラスメイトを拍子抜けさせて、サエはソイル製のミニハウスの設計に没頭する。そもそもサエは工作が好きなのだ。まだはっきりとは決めていないが、将来は技術系の仕事につきたいと思っている。それは生物系と並ぶバラマンディの花形職業だ。

八十数年前、釣り好きのオーストラリア人の宇宙飛行士が、小惑星帯と地球軌道を行き来する彗星だったこの天体に初降下して、バラマンディと名づけた。彼らは星を幅の広いアルミ箔でぐるぐる巻きにした。バラマンディはホイル焼きされる魚よろしく捕まったわけだけど、何しろ六十億トンもあったから、そのままの軌道を巡り続けた。人間はバラマンディにたくさんの太陽電池を貼り付けるとともに、その赤道をぐるりと一周する形で電磁石のレールを敷いた。それから彗星の内部を掘削して数トンの氷のブロックを切り出し、アルミ箔で覆って、一つずつカタパルトに載せて打ち出した。一日に二十個ぐらいのブロックが地球に向かって飛んでいき、待機している宇宙船や基地に回収された。

その当時、地球から宇宙に出るのはとても大変なことで、何かを大気圏外へ持ち上げようとすると、それがなんであれ、本来の価格の何百倍もの輸送費がかかった。価格を決めるのはその品物の重さだけだった。宇宙ではただの水に、同じ重さのダイヤモンドや金やハイテク機械のような値段がついた。

氷投射彗星は、そんなところへ十トン単位の水資源をポンポン投げつけることができた。金の塊を作り出しているようなものだった。

価値ある氷を投射する彗星は、安定した資源収入を持つ土地なのだ。それがわかると、人々は次々に彗星へ出かけていき、競って氷を削りだした。いくつもの投射彗星が開拓された。

ごく初期の投射彗星だったバラマンディには、採掘事業に従事する人がたくさん送り込まれた。じきにそこにはコミュニティができて子供が生まれた。昔で言う、鉱山町ができたわけだ。しかし昔と違うこともあった。それは自給自足が可能になったことだ。

太陽の恵みで動植物を育て、収穫する。古くからあるこのサイクルが、組織肉と野菜とでんぷんを自動収穫する機械システムにまとめられ、彗星に持ち込まれた。補給船を送る手間を省くためだったが、じきにそれは複製されて、彗星人が増えるために使われるようになった。

そうしてバラマンディは、氷の輸出と引き換えに地球の物資を輸入して発展を続け、今では火星のまわりや他の小惑星にも氷を送る、人口二十万人の都市彗星になったのだ。

そんなふうにサエは学校で教わった。実際はもうちょっとややこしくて、地球にある会社との間にけっこう激しい争いが起こったそうだが、それはまだ授業で習っていない。バラマンディでは、刺激の強いコンテンツができるだけ控えられているのだ。

授業のミニハウスの設計を終えると、サエはマスクをつけて負圧室に入った。無塵仕様の多軸グラインダーの前に立って、部品図を見ながら加工を始める。ポーラソイルは軽くて断熱性が高く、人が乗れる程度の強度がある。逆に言えば金属や炭素材ほど硬くはないので、わりと削りやすい。グラインダーの刃が触れるとサクサク削れていく。

「あー、サエもうそんなに進んだんだ」

声に振り向くと、二人の少女が手元を覗きこんでいた。サエと同じ黒髪をショートにしているのがエンナン、赤茶の髪をいつもきれいに結い上げているのがヴィッキーだ。糊の利いたジャンパースカート風の制服姿なのは、三人とも同じ。

ヴィッキーが耳に顔を寄せる。

「ねね、設計コピーさせてくれない？」

「えー？　オリジナルじゃないとだめなんだよ。あと、マスクしようよ」

「加工のときにいじるから大丈夫だって。いいでしょ？」

ヴィッキーはそう言って設計図を手に取る。本心では別に嫌ではないので、サエはもう一人に目を向ける。

「エンナンは？」

「私はいい。こんなの、適当にやるだけだから」

「点取れないよ」

「いいのよ。技術系は最初から捨ててる」

澄まして言うエンナンが、礼法と調停の科目では人が変わったように熱心になるのだから、不思議だとサエは思う。ヴィッキーのほうは調合マニアで、料理から漢方まで、何かを混ぜて作るのが大好きだ。そうやって得意な科目を手伝い合える友人たちがサエは好きだし、好かれていると思っている。

だからこの二人にだけは、秘密の一端を打ち明けたくなった。

「ねえ、昨日のことだけどさ」

「うん、なに？」

「私、もう一回行ってみたいんだ。二人も来ない？」

　サエはそう言ってすぐに、ああこれは望みがないな、と気付いた。

　二人が眉をひそめて、目を見交わしたからだ。

「サエ……ああいう危ないのはやめときなって」

「そうよ。たまたま通路のほうへ流れたからよかったけれど、場合によってはタービンにぶつかって大怪我をするって言われたじゃない」

　顔を寄せて忠告する二人に押されつつ、サエはぼそぼそと言い返す。

「タービンだってポーラソイルなんだから、そんなにひどい怪我はしないと思う……」

「そういう問題じゃないって！」

　ヴィッキーに軽く頭をはたかれた。いたぁー、とサエは口を尖らせる。

　エンナンが真顔で言った。

「こういうことはあまり言いたくないけど、サエは友達だからあえて言うわね、気を悪くしないで。――あなたってちょっと変わってるわよ。なんでわざわざ危険なところに行こうとするの？　運動ならジムですればいいし、珍しいものが好きならライブラリを見ればいいのよ。昨日のこともそうだけど、前の、工場に忍び込もうとしたときとか、三百階台の氷採掘現場を覗きにいったときとか……どういうつもりでやってるの？」

「ちょっと理解しがたいものがあるよね」

エンナンの言葉に、ヴィッキーも同意する。無駄だと知りつつ、サエは尋ねる。

「どうって言われても、そういう気持ちってあるでしょ? なんかこー、何があるのかわからない、何が起こるのかわからないところに、怖いとわかっていて顔を突っこみたくなる、ドキドキする気持ち……」

「ないし」

二人は口を揃えて言った。

学校がひけたあと、クラスの男の子も含めて十人余りのグループで、繁華階へ遊びに行こうと誘われたが、サエは断って帰った。繁華階といっても、識者監修済みの健全なところだから叱られる気遣いはない。だが、サエはそういう気分ではなかった。

直角から六十度までの角度で交錯するいくつもの通路を渡り、垂直口《ピット》を下って自宅階へ向かう。人通りはそんなに多くないが、これは大人がぶらぶら遊ばずに、ちゃんと仕事をしているからだ。反対に小さな子供たちはそこらにいくらでもいて、自分たちだけで天井や床に跳ね返って遊んでいるのを三度ほど見た。

サエにとってはどうということのない光景だが、このあいだ歴史の授業で、地球ではありえない光景だということを知って、ショックを受けた。あの惑星ではいまだに交通事故が起こり、人さらいが横行しているのだという。

それまでサエは酔っぱらいのケンカや食い逃げていどの犯罪しか知らなかった。バラマンディは安全なんだと、改めて思いしらされた。

バラマンディの都市施設は、そのほとんどが、二キロの彗星に内接する立方体の中に掘削されている。それは縦横と高さが一・一五キロのビルディングだと考えればよく、床面積百二十平方メートルの庭付き住宅に換算して三百八十五万戸分もの容積がある。その多くがインフラストラクチャーや公共エリアに割かれているにしても、二十万人のバラマンディ市民が快適に過ごすために十分なスペースがある、と政府は説明している。

サエとしてもそれに異存はない。あまりない。大体ない。ちょっとだけは、ある。

それは、十分広いはずのバラマンディが、なぜか狭いように思えてしまうことだ。

百二十五階十七のDにある「嘉原　KABARA」と書かれた自宅に帰ったとたん、「まあまあまあまあサエちゃん！　サエちゃんってば！　まあ！　まあまあ！」と父方の伯母が出てきたので、その思いはいや増した。

伯母はサエの肩をつかんで、頭から爪先まで眺め回しながら聞く。

「ダクトに落ちたんですって？　怖くなかった？　ケガしなかったの？　道に迷わなかった？　それに、ああ、警察に捕まったんですって？　もううう、ねえ！」

「はあ、どうも」

何がもうねえなのかわからないが、サエは適当に愛想笑いする。この伯母は親類中のハプニングに聞き耳を立てていて、何かあるとすぐに飛んでくるのだ。そういうとき、もうちょっとなんとかならないのかなあ、とサエは思うのだった。

なおも感情を伝えようとする、心配しているのか怒っているのかわからない伯母に、適当にぺこぺこと頭を下げてサエは自室へこもった。伯母がターゲットを父親に戻して、もうねえを連発しているのが聞こえた。

「もうねえだわ、まじで」

サエはため息をついた。誰もいない広いところを独りじめしていた彼がうらやましい。

昨日からずっと、あの少年のことが気になっていた。立ち入り禁止の場所に一人で入っていた子供。彼はDNAロックのついている扉を唾液で開けた。つまり緩衝林の正規の管理者なのだ。自分と似たような年頃なのに、なぜそんな立場にいるんだろう。

ヴィッキーやエンナンにすげなく否定された、あのわくわくする気持ちが、サエの胸にずっと居座っていた。

「よし」

一息つくと、サエは机につき、カバンからノートを引っ張り出してネットワークにつないだ。スタンドに固定して、目を通し始める。

ノートはサエが持っている唯一の通信機器だ。ただし学校からリースされる学用品なので、真面目なお堅いコンテンツ向けに作られている。無駄なおしゃべりのための機能はない。

学校にいる間に、ジョージィや緩衝林などのワードで一通り検索をかけた。緩衝林のほうは簡単だった。十五歳以上に公開される情報だったので、年齢認証をごまかすちょっとしたテクを使って覗き見したが、たいして刺激的な情報はなかった。少年が言ったとおり、環境安定のための施設であり、専従の管理者以外は入るべきではないし、入っても遊歩道などの設備はないと書かれていた。

いっぽうジョージィ本人の情報は得られなかった。本名ではないのかもしれない。つづりを変えたり、記憶に頼って顔検索をかけたりしても無駄で、すぐに手詰まりになった。もともと個人情報はガードが堅い。

学校ではそれ以上、調べられなかったが、帰り道にうまい手を思いついた。彼ではなく、彼が隠そうとした、あの乗り物かプラントのような機械に、手がかりがあるかもしれない。それを手がかりに、彼を探せるかもしれない。

サエはノートを都市のサーバーにつないで、当てずっぽうのキーワードで検索を始めた。

「自作、機体……違う。自作、環境……違う。部品、環境……むっ」

見覚えのあるパーツ、というか、ユニット。彼の機械についていたものとよく似た機械を、サエは発見した。

「エマージェンシー・コンポーネンツ……非常対処機器類？　って何？」

調べてみると、宇宙船、あるいはその脱出艇に搭載される機械のようだった。非常用なので独立して機能する、とある。

「くさい」

直感が、これだと告げた。

サエは、公園階などに遠出するときのための、お出かけキットを手早くデイパックに詰めた。それから磁筆で砂鉄盤に置手紙を残そうとした。

だが、ちょっと考えてから、やめておいた。気付かれないうちに戻ってこられるかもしれない。戻るよう努力するべきだろう。

「いってきまーす……」

聞かれないように小声で言ってから、予備の靴を手にして裏路地へ出た。

3

「うわあああ!」

一度経験したのに悲鳴が出てしまい、途中で止まろうと思っていたのにダクトから放り出された。ドサッと木の梢にぶつかって、落下する。

「いてて……なんで止まれないかなあ」

以前すりむいた膝と肘をまたぶつけてしまい、顔をしかめつつ地面へ降りていくと、出し抜けに横から手を引っ張られた。

「うひっ⁉」

ざざ、と葉群れの中に引き込まれる。細くてちくちくする葉が、手や首筋や肌に刺さる。いててなんだこれと思いながら振り返ると、間近に例の、ジョージィと名乗った金髪の少年の顔があった。

「うわ、きみ……」

「し」

ジョージィがサエの体を抱きすくめ、手で口を塞いだ。

サエは凍りつく。男の子に抱かれるなんて初めてだ。唇に当たる指のざらついた感触がやけに生々しい。もがいて、離れようとした。

するとジョージィが早口で、静かにして、とささやいた。彼の顔は下に向いている。横顔に浮かぶ緊張の色を見て、サエもその視線の先を追った。

土の地面まで四メートルほどだ。そこには何もない。——いや。

する、と大きなヘビが現れた。頭の大きさはサエと同じほどで、胴は何メートルあるかわからない。

そいつは手近の木の幹に胴体を巻きつけて、頭部をゆっくりと左右に振る。何かを探しているのだと一目でわかる。実物を見るのは初めてだが、サエはそれを知っていた。警察の捜索ロボットだ。もちろん、見つかりたくはないから息を止めて見守る。

やがてヘビは別の木に首を巻きつけて、後ろの木に巻いていた尾をするりとほどいた。そうやって木から木へするすると滑って、向こうへ去っていった。

「五分間、黙って」

そう言って、ジョージィは手を離した。唇に空気が触れたので、サエはゆっくりとため息をついた。それから小声で言った。

「体、離してよ。逃げないから」

ジョージィは離さなかった。暴れたらヘビが戻ってきてしまうかもしれないので、サエは顔を赤くして、耐えた。

ひどく長い五分間が過ぎて、ジョージィがようやく腕の力を緩めた。サエは体を離して、抗議した。

「なんでいきなり捕まえたりするの。口で言ってくれればいいじゃない」

「一度下に降りたら熱痕が残って見破られる。降りる前じゃないと駄目だった」

ジョージィはそっけなく言ったが、ふと、サエの口を塞いでいた手に目をやり、指をわきわきと動かした。

しかし、すぐに首を振ってがさがさと梢の外へ出て行った。サエはそれを追う。

「きみ、追われてるの？　何をしたの？」

「帰れ」

ジョージィは以前と同じ返事を、今度は声に出して言った。サエがムッとした顔をすると、ジョージィはもっと低くて怖い声で言った。

「帰れ。殺すぞ」

びく、とサエは身を震わせた。ジョージィの青い目に、見たこともないほど強い感情が浮かんでいた。久しぶりに怖いと思った。そんなことを感じたのは子供のころ以来だ。

ためらっていると、ジョージィは梢を蹴って木立の向こうに消えた。サエは緊張してしばらく凍りついていた。

ひょっとすると悪いやつなんだろうか。みんなに隠れて悪事の準備をしているんだろうか。

「なに、あいつ……」

……だとしたら、止めなきゃいけない！

時間がたって緊張が薄れるとともに、これまでとは逆の思いが、ぽこりと湧いてきた。サエはほっぺをパンパン叩いて気合を入れると、懲りずに追いかけていった。

すぐ追いつくと思ったのに、彼はなかなか見つからなかった。用心して隠れているのかもしれない。以前彼と出会った、壁の近くまでいっても、彼とその機械は見当たらなかった。

それでもしつこくうろうろしていると、いきなり空中で何か柔らかいものにぶつかった。

「え、なに？」

透明な、ひんやりとしたシート。それが木々の梢から梢へと、カーテンのように掛け渡してある。熱反射膜だ。そういえばさっきジョージィが、熱痕で見破られる、と言っていた。あのロボットをごまかすためにこういうものを張ったに違いない。

「ということは、この向こうに……」

サエはシートをかきあげてくぐると、梢に身を隠しつつ、慎重に向こうを覗き見た。

梢の間に張り渡したハンモックの上に、例の機械が載っていた。発見、とつぶやく。

ジョージィは、バスタブほどの大きさの機械のそばで作業をしていた。ノートで調べたのと同じディテールがあって、サエは確信を深めた。これは例の、なんとかいうコンポーネンツだ。間違いない。

ジョージィはそこに、別の小さな箱を取り付けようとしているらしい。しかし、時々舌打ちをしているところを見ると、あまりうまくいっていないようだ。

「……あれ、なんでさっきは？」

サエはおかしなことに気付いた。ここが彼の作業場みたいだ。なのにさっきはダクト下へ来て、サエがヘビに捕まらないように受け止めてくれた。

他に用があったとは思えないから――

「わざわざ助けに来てくれた、のかな？」

どうもそうとしか考えられない。ダクトから悲鳴が飛び出すのを聞いて、駆けつけたんだろう。

ということは――やっぱり、悪い子じゃないんじゃないか！

持ち前の性格で、サエはそう前向きに結論付けた。するともう一度彼に話しかけたくなった。

けれども、そのまま行けば、多分また追い返されてしまうに違いなかった。ジョージィはかなり強情みたいだ。そういう子には……。

賄賂に限る。

彼の向きを確かめて、後ろへ回り込み、そーっと近づいて肩越しに手元を覗きこんだ。ジョージィは箱型の部品を本体に取り付けようと、悪戦苦闘していた。どうやら規格が合わず、角の部分が衝突するらしい。ああこういうのってあるよね、とサエは無言で苦笑した。

突然、ジョージィが振り向いて金属製の細長い棒を突きつけた。手がかりのないところで移動するのに使う、フルーレという道具だ。ケーブルのついた吸盤をスプリングで打ち出す。ただしジョージィのそれには吸盤の代わりに鋭いナイフが取り付けられていた。

その露骨な脅しに、サエはひるみそうになった。しかしぐっとこらえて、手に持っていたものをふわりと押し流した。

「ね、これ飲まない？」

ノンシュガードリンクのパック。要するに贈り物だ。どきどきしながら微笑んでみせる。

「さっきはありがと。わざわざ来てくれたんだよね？」

とっても魅力的にアプローチしたつもりだった。

ジョージィの眉間のしわが、かえって深まったような気がした。ドリンクのパックは彼の肩に当たり、誰にも受け止められないままふわふわと足場に落ちた。

目論《もくろ》みは、外れたようだった。ばつの悪い沈黙が続いた。

だが彼は鋭い刃をサエの心臓に打ち込んだりはせず、黙ってパウチに戻すと、再び背を向けて作業に取りかかった。

サングラスとハンカチで顔を覆って、部品の衝突箇所をリーマーで削りだす。吸塵型のようだが、それでも削られた粉塵が派手に散らばる。軽い粉塵はなかなか落下しないので、周りの空間が瞬く間に汚染される。それは規定でかたく禁止されていることだ。うわー、とサエは顔を引きつらせる。やめさせたいという強い衝動が湧く。だが我慢する。説教をしに来たわけではない。

それにしても飛散がひどい。サエはハンカチを口に当てて目を細めていたが、耐えられなくなって辺りを見回した。ポーラソイル製の大きな空き箱に目を留める。それをつかんで、ジョージィの作業野を覆うように差し出した。

キッとサングラス越しにジョージィがにらむ。サエはひるまず、ハンカチの下からもがもがと言った。

「邪魔しないから。粉塵、このほうが飛び散らないでしょ」

ジョージィはリーマーのスイッチを切ると、うんざりしたように体ごとサエに向き直った。

「迷惑なんだ。帰ってほしい」

「知りたいの、教えて。きみは何をしてるの?」

サエは見つめ返した。拒まれれば拒まれるほど、疑問が大きくなっていった。ここまで他人を排除しなければいけない仕事って、なんだろう。

短い沈黙の後で、ジョージィが訊いた。

「聞いたら帰るか」

「……」

「帰るなら話す」

「……わかった」

　サエはうなずいた。ジョージィはタオルを振り回した。布地が粉塵を捕捉し、残りを風圧で拡散させる。まわりの空間を多少きれいにしてから、ジョージィは言った。

「閉鎖循環系を作ってる」

「なんのために？」

　また帰れと言われる前に、すかさずサエは質問を重ねた。尋ねながら言葉の意味を考える。閉鎖循環系。補給なしで暮らすための仕組みだ。ジョージィが答える。

「ポッドに設置する」

「何のポッド？　人が入るのね？　きみが？」

「おれが入って旅をする」

「旅？　ってどこへ？」

「外」

「外？　緩衝林の外？」

「外だ。バラマンディの」

「バラマンディの……っていうことは、宇宙船を作ってるの？」

「いいや」

「どういうこと？」

「宇宙船じゃない。そんなもの作るのは、無理だ。エンジン、航法機械、操縦系統、難しすぎる。でも、スロワーを使えば不要だ」

「今、なんて?」

「氷塊投射施設《スロワー》」

サエは信じられなかった。バラマンディ赤道上にあって、数十分間隔で氷塊を撃ち出している投射施設。それを使って自分の乗るポッドを撃ち出すと、この少年は言っているのだ。

「そんなことしたら、戻ってこられないんじゃ……」

「戻らない。遊びじゃない。火星へ行くんだ」

馬鹿にしたように目を細めて、ジョージィは言った。

ようやく、彼の狙いがわかった。投射施設で撃ち出された氷塊は、そのときのバラマンディの位相によって異なるが、三ヵ月から九ヵ月で火星や地球などの消費地へ到着する。そこまで小さな氷塊の中でじっと耐えるために、閉鎖循環系システムを作っているということだろう。

とんでもない暴挙だ。サエの頭に、否定の意見がワッと羽虫のようにたくさん湧き出した。

「そんなの危険よ。射出のショックで潰れちゃう」

「計算した。加速度は最大でも十・二Gで四十秒。AEDも持っていく」

重圧に耐え、心拍の停止すら覚悟しているということか。

「Gに耐えられても、その後が、放射線が」

「子供は作らない」

宇宙に出ていると銀河放射線のせいで胸腺や生殖器などの敏感な組織が損傷する。分厚い氷に遮蔽されたバラマンディの中なら大事にならないが、外ではそうはいかない。

そうなってもいいということか。

「機械壊れたら、死んじゃう」

その指摘にさえ、ジョージィは何も言わずにうなずいた。

機器不調による飢え死に、窒息もすべて承知らしかった。

数々の困難を、彼がすべて予測していると わかってくると、サエの中で根本的な疑問が浮かび上がった。

「どうしてそんなに出て行きたいの？」

ジョージィは、フッと小さく息を吐いた。あきらめにも似たつぶやきを漏らす。

「どうしてって言われても。狭いからとしか」

それを聞いたとき、サエは急に彼が身近になったような気がした。

「私とおんなじだ――……」

「同じ？」

いぶかしげな目を向けられたが、サエは気にしなかった。

そうだ、自分が感じていた違和感は、これだった。

バラマンディは狭いような気がしていた。そうではなかった。「気がしている」ではなくて本当に狭かったのだ。

「そうよね、バラマンディって狭いよね。自分が変なのかと思ってたけど、ジョージィもそう思うのね？」

「おれは」

「そうか、やっぱりバラマンディは狭いんだ。それで、ジョージィは火星へ行くんだ……」

そうかそうか、と口に出して何度もつぶやいているうちに、急にある願望が膨らんできた。行きたい。

自分も火星へ行きたい。

ここを出て、見たことのない知らない場所へ行ってみたい。ワクワクドキドキしてみたい。

「乗せて」

サエが目を輝かせて顔を近づけると、ジョージィは半眼でじっと見つめ返してから、ふいと顔を背けた。しかしサエは追いすがる。

「乗せて。乗りたい。私も乗る」

「……一人乗りだし」

「拡張して。っていうか拡張する。私が。工作は得意よ」

「だから、遊びじゃ」

「わかってる、心臓止まるかもしれないんでしょ。でも、やりたい。やる」

言っているうちに、本当に足から震えが上ってきて、サエはぶるるっと肩を揺らした。ダクトに片足を突っ込んだときの、十倍もワクワクしていた。

自分で作ったポッドに乗って、スロワーで思い切りぶん投げられて、何ヵ月も宇宙を飛んでいく……なんて凄いことなんだろう。

サエはジョージィの両肩をつかんで、揺さぶった。

「お願い乗せて、乗りたい！　なんでもするから！　乗せなかったらバラしてやる！」

「おまえ、おい、ちょっと」

あきれたようにジョージィは抵抗していたが、そのうちにサエが本気だと思ったのか、いきなり怖い顔でサエの両腕を引き剝がした。

「聞け！」

「なにを！」

テンションの上がりきっているサエは一歩もひかない。ジョージィの顔を見つめ返す。

するとジョージィは、妙に醒めた様子でサエの手を取って、足場のハンモックを蹴った。

「来い」

「やだ、帰らない！」

「違う。見せてやるから」

サエは顔を上げた。緩衝林の天井の一角にある穴を指差して、ジョージィが言った。

「宇宙」

「くわおわー」

彗星バラマンディの地表に出たサエは、そんな間の抜けた声をあげて、全天を見回した。濃密な天の川ときらめくような星空が見えた。当たり前のようだが当たり前ではない。昔、この天体は膨大なダストとイオンを宇宙へ向かって噴き上げていたのだから。そのころには空はぼんやりと曇って星など見えなかっただろう。でも人間がアルミ箔で包装したので、蒸発が収まって、星が見えるようになった。

地平線には金色の木星が沈みつつある。その地平線は、真っ暗な下り坂を二百メートル行った先に見えている。サエが立っているのは半径二百メートルの丸い丘のような場所だ。つまりそれが、直径二キロの天体の地表に立つということなのだった。

今はバラマンディの夜に当たり、敷き詰められた太陽電池が星明かりでかすかに光っている。あちこちに、骨だけの巨人のような夜間放熱塔がにょきにょきと立っていた。

サエはもう十四歳だから、授業で地表に出たことがある。しかしそのときは「いけない文」の羅列である注意事項を二時間も聞かされてから、命綱で数珠《じゅず》つなぎにされて五分間地表に顔を出しただけだった。

それに比べると、こっそり借りた（盗んだ、とはまだ自覚していない）宇宙服を着て、自力で気密を確かめて這い出した今は、胸の内が震えるほど感動していた。

「ひ、一人でEVAすると、すごい興奮するね。はは、あ、二人か」

サエに根負けして地表へ連れて来てくれたジョージィが、隣にいる。ハイになっているサエは、ほとんど考えもなくトンと足元を蹴った。爪先が地面から離れ、うひ、とサエは声をあげる。

「うわー、浮くー」

わずかにヨーイングがかかり、世界がゆっくりと回りだす。いや、回転を始めたのはサエのほうなのだが、自由落下中なのでどちらが基準なのか体感できない。

「ジョージィ、回るよう」

細身のシェルスーツを身に着けたジョージィが、何も言わずに手元の道具を操作している。こちらの声が届いていないみたいだ。今度は何をさせてくれるんだろう、とサエは期待する。彼が入るつもりのポッドはどんなのかな、と想像したりもする。

ジョージィが、こっちへ来い、という素振りをした。サエはうなずいて、腹のところについているコントローラーを手に取り、顔の前に持ってくる。カールコードが長く伸びる。

コントローラーの画面には、地表と自分の姿を鳥瞰した画像が映っている。サエは十字キーを操作して画面の自分を地表に向けた。すると、実物のサエも自動的に手足のスラスターからガスを噴いた。現実のサエが画面のサエと同じになるように、コンピューターが動かしてくれた。

この操作は手間がかかるけど、サエはけっこう好きだ。自力で動いている気分になれる。地球の最新型は、何の操作もしなくても念じただけで勝手に動いてくれるというが、原始的なほうが楽しい。

でも、十字キー型以前の形式はよく知らない。

「今行く」

浮かれ気味のサエが降りていくと、ジョージィが手を伸ばした。その手にフルーレの刃が光る。

ブツリ、と小さなショックがあった。ジョージィがサエのコントローラーのコードを切断したのだ。

「え？」

ジョージィはサエの腹に手を当て、思い切り突き飛ばした。すうっ、と恐ろしいほどの勢いでサエは上昇した。

「え？　ちょっと、ジョージィ!?」

ジョージィは、先ほどから操作していた機器をこちらに向けている。ビカッ、とまぶしい赤い光が目に当たった。レーザーだ。そういうものがあるとは聞いたことがないが、もしかしてレーザーガン？　とサエは焦る。

だがジョージィはすぐに光を止めて、出てきたばかりのエアロックへ戻っていってしまった。

「あの……ジョージィ？　どこ行くの？」

返事はない。エアロック周辺に動きはない。そしてサエはそこからどんどん遠ざかる。

「ねえ、ちょっと、これ……まさか」

じんわりと、サエの背筋を冷たいものが滑り降りた。お尻がきゅっと縮まる。

宇宙に捨てられたのかも？

かも、どころではない。コントローラーを切るなんてそれ以外にどんな意味があるのだ。サエはあわてて自分の体をおたおたと撫で回す。が、コントローラーを使わずにスラスターを噴く方法がわからないし、それがあるのかどうかも知らないことに気付く。

「ジョージィ、助けて！」

いやいや、まだあわてなくていいんだ。落ちるのを待って、手近のエアロックに戻ればいいんだから――と思い込もうとしたが、だめだった。バラマンディの重力は、地表近辺でわずか一万分の四G。脱出速度はとても遅い。その速度に、ひょっとしたらもう達しているかもしれない。

そう考えると、抑えていた恐怖が一気に噴き出した。

「ジョージィ、ごめん、ごめんなさい！　もう脅さないから、絶対黙ってるから、助けに来て！　ねえ、お願い！」

叫び続けたサエは、ふと、さらに恐ろしいことに気付いた。

無線のホワイトノイズが聞こえていない。あわてて首元から出るラインの先を手探りすると、すっぱり切断された端が現れた。それは背中のバックパックに差さっているはずのものだ。そういえば服を着てから一度もジョージィと会話していない。こっちは最初から切られていたんだ！

身動きもできず、声も出せないようにさせられた。もう疑う余地はない。心細さに身を締め付けられ、サエは泣き出した。

「助けて、誰か助けて！　お願い誰か、うわああぁん！」


暗い星空とまぶしい星空を、どれだけ巡ったことだろう。ミラーボールのように全面にびっしりと太陽電池をまとったバラマンディの、昼と夜とを何度も眺めた。こうしてみると、本当に小さかった。二十万人が住んでいるとは到底思えないほど。

そこから出たいとついさっきまで思っていたが、今のサエはそれどころではなかった。迫り来る窒息死を前にして、むやみに故郷が恋しかった。狭くてもいい、帰りたい、と思った。

彗星の赤道をぐるりと巡る露天のレールの上を、何度も横切った。一度だけ、その稼動の瞬間を目にした。全周に渡って真っ赤な警告灯がともり、四角いパレットが加速を始め、何度も周回して勢いをつけてから、小さな光の点を撃ち出した。

それはアルミ包装された氷塊だ。きらめきながら飛ぶ氷塊をサエは見送った。行く手に赤い点が見えたので、どきりとした。まさか肉眼で見えるとは思っていなかったが、それは確かに火星のようだった。別におかしなことではない。分厚い大気に覆われた地球からでも、火星は肉眼で見えた。

火星の周囲では開発が進み、ディモスはかなりの都会になっているという。微小重力下で育った彗星人は地球や火星には降りられないが、そこなら訪れることができる。もちろん、そこと交流のある他の天体にも。

しかし、サエは怖さと心細さに押し潰されてしまい、だらだらと泣きじゃくっていた。

「ううう、死にたくないよう。なんで誰も来てくれないの……あれ」

コツンと背中に衝撃を感じて、サエは我に返った。だが、何が起こったのか見ることはできなかった。流した涙が目の周りで固まって、ばりばりの目やにになってしまったからだ。

ぐん、と背中を引かれた。あっ、とサエは希望を取りもどす。助けが来た。死なずに済むんだ。

警察だろうか、それとも地表に出ている作業員だろうか。誰でもいい。叱られたって死ぬよりましだ。サエは大人たちに感謝した。バラマンディに、自分のうちに帰れるんだ、と安堵した。

しかし、バックパックから伝わってきた不明瞭な声は、大人のものではなかった。

〈意識、あるか〉

「ジョージィ……」

彼だった。しかも振り向こうとすると彼の姿はなかった。無理な姿勢で必死に背中のほうへ手を動かすと、ピンと張った糸が触れた。

〈アンカーを打った。抜けるから、暴れないで〉

フルーレで吸盤か何かを打ち込んできたんだろう。つまり今声を伝えてくれているのは糸電話だってわけだ。サエは鼻声でうなずいた。

〈墜落する。身を守って〉

「え？　あ、そうか！」

サエは今までバラマンディを周回していた。糸で引かれてもその勢いは消えない。体は慣性力と張力の合成された方向へ進む。あわててサエは胎児姿勢を取った。

地球でいう凧《たこあ》揚げの凧のように、サエは地表へどさりと墜落した。

「わああっ！……あつつ」

最初に突き飛ばされた時の勢いとたいして変わらないから、それほど大きな衝撃ではない。しかも地表にびっしりと貼られた軟質の太陽電池に受け止められた。叫びはしたものの、サエは別段けがなどしなかった。

それでも、確かな地面を足元に感じた途端、くたくたとその場にへたり込んでしまった。

「帰れた……助かったぁ……」

じきに誰かがそばへ来て、肩に手を置いた。のろのろと振り返ると、一度見た宇宙服が覗き込んでいた。いろいろ言いたいことはあるが、まだ気力が湧かなかった。ぐったりしていると、そいつはサエを担ぎ上げた。

太陽電池シートの間を歩き出す。八十数年前、蒸発防止用に巻かれたアルミ箔が、足元でサクサクと鳴る。無線のコードをつなぎ替えたのか、ヘルメットの中にジョージィの声がした。

「どうだった」

「……」

サエは黙っている。まだ安心して脱力している。とにかく助かっただけでも嬉しい。

「二時間半、おまえは漂流した。怖かったか」

「二時間半……？　たったの？」

コントローラーを切られたので時計も見られなかったが、半日ぐらいは過ぎたと思っていた。少しずつ気持ちが落ち着いて、サエは聞き返した。

「最初から、助けてくれるつもりだった？」

「そのためにレーザー計測した」

つまり、あの時サエの軌道要素を決定しておいたから、フルーレを使って簡単に回収できたのだろう。

「そうならそうと、最初に言って……くれるわけ、ないよね」

無言でうなずく気配。もう彼の言いたいことはわかる。彼はサエの度胸を試したのだ。泣きわめいて助けを乞うたサエが合格のわけがない。それに、ジョージィのたくらみを見抜けなかったこともアウトだろう。

エアロックを抜け、更衣室に入った。いくつかの仕切りで分けられ、男女が同時に着替えられる部屋だ。ジョージィはサエを仕切りのひとつに押し込んだ。と思ったら、自分も一緒に入ってきた。

そしてサエのヘルメットを外し、気密ファスナーに手をかけた。

反射的にサエはその手を払った。

「いやっ！」

「漏らしたか」

かっとサエは赤くなった。宇宙服のジョージィを突き飛ばす。

「出てって！　見ないでよ！」

「おまえが一緒にポッドに乗りたいと言った」

はっとサエは気付いた。一緒に乗るというのは、つまりこういうことだ。たかだか数トンの大きさの氷塊の中に二人で入れば、更衣室もトイレも共用になってしまうだろう。

そんなことも予想できずに、能天気に乗せて乗せてと叫んでいた自分が、サエはたまらなく恥ずかしくなった。

すっかり落ち込んで着替え始めたサエだが、最後にふと尋ねた。

「そういえば、きみ自身は何時間もったの。どうせやってみたんでしょ」

「鎮静剤アリなら六週間」

「はあ」

4

あれから十日ほどたった日曜日。自宅の居間で、サエは膝を抱えてブルーなため息をついている。

あの日のことは、ショックだった。男の子の前でおしっこ漏らしたことが、ではない。あの状況なら誰だってああなったはずだ。多分初めてのときはあの子もしたはずだ。したに決まっている。してないとか言うな。

だからそれはいい。

それよりも、いざというときに自分があそこまで無力で無能になったことが、情けなかった。今から考えればいくらでも助かる方法があった気がする。人のいそうな方向に光線を反射して信号を送るとか、呼吸用のエアを少しだけ噴射して地表に戻るとか。しかしあの瞬間にはパニックを起こして何も思いつかず、子供のように帰る帰ると泣きわめいてしまった。

温室育ちの甘えん坊だということだろう。意識したこともなかったけれど。

「はあ」

「なんなの、ため息ばっかりついて」

母親のレイナがテレビを見ながらうっとうしそうに言う。居間のテレビという大時代なものは、もう地球にはないらしいが、電子部品の稀少な都市彗星ではいまだに生き残っている。ついでにもう一つ、彗星には貧乏ならではの古い制度が生き残っている。それは核家族制度だ。地球ではもっとカップリングが多様化している。

レイナの言葉を受けて、キッチンで料理をしていた父のヨシトが笑う。

「恋でもしたのかな、サエちゃんは」

「このぼんやり娘が恋なんかするもんですか。ラブレターもらっても気がつかずに、ログに突っこんで忘れるぐらいなのに」

「どうかな、わかんないよ」

「わかるよ、あたしの子だもん。ね、サエ。何の悩みか知らないけど、それだけは違うよね？」

「男の子の悩みだよ」

うざったい両親へのせめてもの反撃として、サエはそう答え、うそ？　とうろたえる母を無視して、テレビに目を向けた。月の洞窟都市に適応した驚異のコウモリたちの特集をやっている、プラネタリー・ジオグラフィックを、見るともなく見つめる。

コウモリは六分の一重力に適応して滑空するようになっていた。体力を使わずに済むので餌をとる量が大幅に減ったが、もし地球に連れ帰っても飛べないだろうとのことだった。

「うえー、こいつらもか……」

サエはつぶやいた。

「さあさ、できたぞ」

ヨシトが運んできたすいとんを、三人で食べる。すいとんのような、汁物プラスでんぷんという組み合わせはわりと食べやすいので、民族によって具の違いはあれど、彗星ではかなりポピュラーだ。一家はスプーンバサミを手にして、お椀の蓋を素早く開け閉めしつつ、ひょいぱくひょいぱくと食べていく。宙に浮いた滴《しずく》は布巾で素早くつかみとる。

満遍《まんべん》なく火の通った、そつのない調理っぷりに、ヨシトの腕前が表れている。彼はスコップみたいな顔のくせに、すいとんだけでなくパン焼きも蕎麦《そば》打ちも得意だ。サエはしょっちゅう煮物を焦がすので彗星にも対流があればいいのにと思うときがある。母はといえばエレクトロニクスと生産技術に通じたバリバリの研究職で、氷土由来のカーボンからなんとか地産のチップを作ろうと週に七十時間働いている。細かいことが得意なバラマンディ人の、標本みたいな二人だ。

すいとんのえもいわれぬ温かさに、サエはだんだんイライラしてきた。

「で、相手はどこの誰なの？」

レイナのひとことが引き金になった。サエはお椀をカンとテーブルにはめ込んで叫んだ。

「お父さんお母さん、私ここを出たい！」

「もう同棲する気なの!?」

「じゃなくて！　バラマンディから！　外の世界へ！　私出て行ってみたいの！」

両親はぽかんと顔を見合わせた。

そして心配そうにサエの顔を覗きこみ、額に触れた。

「どうしたのあんた。いきなりそんなことを言い出して」

「熱でもあるのかい？」

「なんでよ、ないわよ！　私、正常よ！　どこが変なの？　遠くへ行きたいって思うのは人間として普通じゃない！」

「いや、人間としては普通かもしれないけど、あたしらバラマンディ人は特殊ケースだから。第一どうやって出てくのさ」

レイナに聞かれて、うっとサエは詰まる。そこはまだよく調べていない。

「う……宇宙船とか？　定期便？」

「客船なんて運航してないわよ」

「そうなの!?」

「そうなのじゃないよ。よそとどれだけ離れてると思ってんの。宇宙船でホイホイ行き来できない軌道にあるからこそ、ここの氷塊に価値があるんじゃない。そもそもここに都市があること自体、地球と簡単に往来できない土地で採掘を続行するためよ」

「サエちゃんはまだ知らなかったんだね。外部とのコンテンツのやり取りが多いから日ごろは意識しないけど、物理的にはわれわれは孤立しているんだ。地球や火星から毎月やってくるのは、宇宙船というより貨物コンテナとでもいうべきものだ。氷採掘事業はもう権利が確定しているから、新しい事業者は来ない。軍用宇宙機、工事船舶、探査機などが寄航することはあるけれど、これらは一般人は乗れないね」

「じゃあ……じゃあ、どうすればいいの？」

両親はもう一度顔を見合わせた。レイナが当たり前のように言った。

「よそへ行けない分、ここを住み良くするのよ。やりがいあるわよ？」

「うっがあ！」

　サエは頭を抱えて後ろにひっくり返った。自分が抱えていた違和感が、気のせいではなかったにもかかわらず、無意味だったのだと理解したのだ。

　バラマンディは確かに狭い。狭いが、みんなそれで納得しているのだ。

「氷なくなったらどうするのよ！」

「今のペースなら一万六千四百年もつはずだからね」

「一万六千……」

「まあ、一応移住計画はあるわよ。百年スパンだけど」

「それじゃあ私、おばあちゃんになっちゃう」

「ていうかあんた、食べてから騒ぎなさい」

　サエが、がっかりしてすいとんに取りかかると、しばらくしてヨシトが四角い顔を優しくゆるめて言った。

「でもね、サエちゃん」

「あに？」

「望みはなくもないよ。一般人は宇宙船に乗れないけど、専門家になれば乗れるからね。宇宙機クルーや、船外技術者とかね」

「ガチでプロすぎるんですけど。通信教程十六年コースじゃん」

「それでも可能性はゼロじゃない。世襲職の人たちなんか出られないんだから、それに比べたらましじゃないの。やってみたらどうだい」

「何、それ」

「ん、世襲職？　森番とか、給電官とか、水守のことだよ。ここ特有の専門職のことだね。彼らはよそへ行けない」

ぶっ、とサエはすいとんを噴いた。具の団子が飛んでいって向こうの壁に貼りつく。噴く時は顔の前に手を出す！　とレイナが怒り、おうおうおう、とヨシトが背中を撫でた。

「なに、気管入った？」

「げふ、あうん、なんれもない……」

いろいろ飛び散ったものを拭いてから、サエは父親に訊いた。

「森番って、緩衝林の？」

「それはもう知ってる？　そう、世襲職はインフラ周りに多いね。もう少し大きくなればおいおい習うよ。昔の一時期、差別感情っていうものがあってね……」

「幸い、今のあんたたちには関係ないことよ」

レイナが微笑して言った。

ジョージィがあんなに努力をして脱出を目指すわけが、ようやくわかった。狭い小惑星の、そのまた一部でしかない緩衝林に閉じこめられる運命。それは確かに振り切りたくなるに違いない。

それに比べたら自分は、振り切るべき不幸な生い立ちを持っていない——。

（の、かな？）

夜の自室のシュラフの中で、サエは首をひねる。少し前までは、別に聞いたわけでもないのにジョージィのほうが深刻だろうと勝手に思っていたが、自分も結局よそへ行けないという、衝撃の事実を聞かされた今では、なんだかたいして差がないような気がしてきた。

別に、引け目を感じる必要はないんじゃないか？　だとすると自分が冒険をしたっていいはずだ。いや、どう名目をつけようと違法行為には違いないから、いいも悪いもないのだが、とにかくジョージィの仕事だから自分が首を突っ込んではいけないということはないはずだ。多分。

あとはただ、覚悟の問題だ。自分に、あれに耐える覚悟があるか。

「う……」

シュラフの中でサエは顔を赤らめる。宇宙服の中でやらかした失態が思い浮かぶ。ジョージィに挑むということは、ああいった弱点を剝き出しでさらすということだ。耐えられるか自分。越えていいのかその川。

しばらくサエは、ぐねぐねと身を折って煩悶していたが、やがてはっと思いついて、シュラフから這い出した。ノートを持って再び潜る。

そして、古今の女性宇宙飛行士の自伝のたぐいを読み始めた。

「ジョージィ」

翌日、サエが緩衝林を訪れると――今度は悲鳴をあげずに落っこちて来られた――ジョージィが迷惑そうに振り向いた。

彼の前に立って、サエは深呼吸した。一度、二度。

そしてきっぱきと思い切りよく、ジャンパースカートとブラウスと靴とタイツを脱いでいった。顔がいやに火照って脇に冷や汗が湧いたが、固まりそうになる手足を無理やり動かしてブラジャーとショーツだけになった。脱ぎ終わると服を丸めて脇に抱え、まっすぐ彼を見た。

ジョージィは最初こそ驚いて口を開けたが、すぐにぎゅっと口を引き結んで、じっとこちらを見ていた。金髪から覗く白い耳を赤くしつつも、目を逸らそうとはしなかった。

裸に近い格好を見せつけながら、サエは宣言した。

「わらっ、私平気だから見られても！　嗅がれても！　し初期の宇宙飛行士はそういうの耐えたそうだし！　おむつまでしたっていうし！　だから！」

そこまで言ったとき、ジョージィが眉をひそめて聞いた。

「色仕掛けじゃ、ないんだな」

「色……」

その意味がわかったときサエは急に恥ずかしくなり、丸めた服を前に当てて体を隠そうとした。

「ちがっ!?　ないから、そんなつもりないから！」

「わかった。色仕掛けだったら殴ってやろうかと思ったけど……いいから着て」

ジョージィは赤い頬を手で押さえて横を向き、ぼそぼそと言った。

「慣れてもないのに、そんなことするな。……こっちが驚く」

「もう覚悟したって言いたかったの！」

自室以外の、屋外の、男の子の前で服を脱ぐという何重かの初体験に動揺しながら、サエは必死で脱いだものを身につける。こちらへ向き直ったジョージィが、冷たい口調を取り戻して言った。

「密室で二人でも平気だって？」

「そう！」

「別に見せ合わなくても、目隠しすればいい」

あう、とサエは肩を縮める。それは盲点だった。ブラウスのボタンを留めながら半泣きでジョージィをにらむ。

「だ、だったら今そうして」

「それのどこが覚悟？」

サエはもう何も言えず、黙々と着付けに専念した。

服を身につけ終わり、襟あしから引っ張り出したポニーテールを手ぐしで整えると、改めてジョージィに向き直った。

「だから乗せて」

「全然論理がつながってない」

吐き捨てるように言ったものの、少年はサエを追い払おうとはしなかった。初めて会ったときのような、穏やかな光を青い目に宿して、サエを見つめた。

「身長と質量は？」

「なんで……ううん、一七一センチ、四九キロ」

「持病は」

「ない」

「食べ物の好き嫌いは」

「貝がダメ」

「貝は、ない。うん」

そう言うと、ジョージィは背を向けて、機械のそばにかがみこんだ。しばらく何やら作業してから、肩越しに言った。

「遮蔽して。削るから」

サエは急いでポーラソイルの空き箱を取り、彼の手元にかざした。

そしてリーマーが飛び散らせる粉塵を浴びながら叫んだ。

「乗っていいの!?」

「さっき言った！」

短い「うん」が返事だったらしい。

なんて偏屈なんだろう、とサエは思ったが、なぜか顔がにやけて仕方がなかった。

ジョージィはポッドの閉鎖環境系をほとんど完成させていた。そのもっとも肝心な、人間が出したものを食べ物に変換する装置は、三段ないし四段の複式培養層からなっていて、三段のものからは糊を思わせるでんぷんのペーストが、四段のものからはソーセージを思わせる薄味のたんぱく質ペーストが採取できた。太陽電池を電源としており、微生物と、この緩衝林の苗床にも使われている地衣類が内蔵され、食料を作ってくれるばかりか二酸化炭素の還元までしてくれるという、大変けっこうなものだが、ひと口食べたサエは顔が歪むのをこらえられなかった。味に文句を言うわけにもいかないので、別方面から婉曲に苦情を申し立てた。

「これ、栄養足りてるの？　ビタミンとか」

返事の代わりにジョージィは枕ぐらいあるビタミン錠の容器を見せた。

「生きて向こうに着ければいい」

「……そ、そうね」

おやつが必須だ、とサエは心のメモ帳に書き留めた。

一方、装置を収めるべきポッド本体は、まだ部品集めに取りかかったばかりだった。しかしそれは、予定外の乗客であるサエにとって幸運だった。サエはジョージィの設計を検討し、基本的な不備がないことを確かめた上で、それを二人用にし、さらに快適性を上げるべく設計を変更することにした。

外側を氷塊に偽装して投射施設《スロワー》に潜りこむ、という大前提があるから、ポッドをそのサイズに収めなければならない。その氷塊は直径二・五メートルプラスマイナス十パーセント、というのが規定の大きさだという。十トン以下に抑えようとしたものだろう。直径二・五メートルというと、サエの自室にちょうど収まる程度の大きさだが、その内側に二人分のスペースを、しかも十分な表層を残しつつ確保するのは、なかなかの難問だった。というより困難を極めた。

ジョージィは最初、棺桶のように直方体型のスペースを取ろうとしていた。それをそのまま二人分に拡張することは、八つの角が球からはみ出してしまうため無理だった。頭と足を互い違いに配置すれば多少幅を縮められるが、顔の近くに常に他人の足があるというのは苦痛だ。胎児姿勢を取って立方体に収まり、それを二つ並べればかなり効率よく空間を使えるが、それで長時間過ごすのはどう考えても苦しい気がする。最低限、体を屈伸させられるだけの空間は必要だろう。かといって削りすぎると軽くなり、施設の管理者に中空だと気付かれる。ジョージィは岩石の錘《おもり》を入れて、質量センサーをごまかすことを考えていたが、それにも限度というものがあった。

サエが知恵を絞って考え出したのは、直方形の「ベッド」スペースを九十度ずらして十字型に配置し、その中心部を差し渡し一・二メートルの球形にくりぬき、なおかつ必要のないときは二人の間を布のパーティションで仕切る、というものだった。

「こんな風」

サエは顔の前で両手を「バツ」の字にしてジョージィの理解を求めた。真ん中が触れる、と指摘されると、開き直って言った。

「お尻がぶつかり合うほうがまだマシでしょ？　二部屋を平行にしちゃったら、寝てるときに顔を蹴られたり、知らない間にキスされたりするかもしれない」

「うん、キスされたくはない」

「殴るよ？」

言っただけで、サエは殴れなかった。彼が笑ったのだ。

草の葉に乗った露のような、透明できれいな笑みだった。

サエはなんだか落ち着かなくなり、会話を打ち切って設計図に目を落とした。

余白に搭載する循環系および排熱系とのすり合わせが終わると、いよいよサエは工作に取りかかった。材料のポーラソイルと工具は、ジョージィが調達してきた。どこから持ってくるのか聞くと、森の補修用、と彼は言った。

実際、サエが緩衝林に入り浸るようになると、ジョージィはちょくちょく出かけていった。

サエは一度後についていき、彼が高くなりすぎた枝や土壌パネルの下の根を切ったり、根の成長で割られた壁面を補修したり、漏水で土壌が流れてしまったところに、自分で調合した微生物層を盛り直したりするのを眺めた。

父から聞いたことを思い出しつつ、サエは尋ねた。

「ジョージィの家族は？」

「他の森」

そっけない答えだが、それで彼が一族ぐるみの職業を担わされているということが確かめられた。反応を予想しつつ、サエは言ってみた。

「森番は大変？」

「くだらない。こんなの誰でもできる」

でも、手は抜かないんだ、とサエは声に出さずにつぶやいた。

何度か警察のロボットヘビを見かけた。どういうわけかジョージィはそいつの気配がわかるらしく、いつも早めにサエを木の上に押し上げて、自分だけでその場に残った。ヘビはジョージィを見つけると近寄ってくるものの、ちょいと会釈して去っていった。

「あれは何を探しているの？」

「侵入者」

「そんなのがいるの？」

ジョージィはバラマンディー一の間抜けを見るような目をサエに向けた。

「ああ……ごめん」

サエは頭をかいて謝った。

ヘビは梢の上には来ない。サエはなるべく下に降りず、帰宅する時も急いで例のドアに飛び込むようにした。

日がたつにつれ、梢に渡された広場のようなハンモックの上に、十字型のブロックのようなポッドが姿を現していった。また作業の合間には、スロワーのセキュリティを潰しにいったり、潜入手順や日程について話し合ったりした。

公転するバラマンディと惑星の位置は常に変化する。目的地である火星は、今、日ごとに近づきつつあった。できれば最接近時を狙う、とジョージィは言った。それはあまり先のことではなく、その期をのがすと火星の一公転分以上、つまり七百日も先になってしまうそうだった。

ジョージィに参加を認められてから五十数日目。サエはポッドの外枠を完成させた。それにジョージィが補機を取り付けた。そこへ氷土を吹きつけ、太陽電池を貼って、さらにアルミ箔を巻けば完成となるが、それは後日のこととして、二人はまず、外枠と循環系だけの状態で、それが使い物になるか試してみることにした。

「地上運用試験よね！」

それに要する時間をひねり出すため、サエは手の込んだ偽装工作まで行った。自宅から公園区で行われる二泊三日のキャンプに出かけて行き、現地に着いた途端に腹痛を訴えて早退し、そのまま家に帰らず森へ向かうという手だ。

ワクワクしながら緩衝林にやってきたサエを、ジョージィが迎えた。

「お待たせ、時間作ってきた！　そっちは準備いい？」

ジョージィが壁面から引いてきた電源コードを示した。準備万端ということだろう。

「それじゃあいよいよ……の前にトイレ」

離れようとしたサエの肩を、ジョージィがつかんだ。首を横に振って言う。

「ちょうどいい」

「は？　……え？　ちょっと、いきなり!?」

「本番と同じにしないと意味がない」

そう言ってから、ジョージィは真剣な顔で付け加えた。

「おれもする」

「……」

そこまで言われて、退《ひ》けるものではない。二人はごくわずかな手荷物だけを持って、ポッドのハッチを開けた。宇宙服ロッカーを兼ねた二重扉をくぐって中に入る。

十字型の空間は異様に狭く、ジョージィとこれまでにないほど密着してしまい、その段階でサエはすでに焦った。焦ったことで緊張が高まり、数時間は先延ばしするつもりだったイベントを、いきなり迎えることになった。

「ジョージィ、だめだ。来た」

「何が？」

「来るべきものが」

ありがたいことに、ジョージィは冷静だった。狭いスペースで背中を向け、そのために用意しておいたヘルメット状の遮蔽具を頭にかぶった。彼がOKサインを出すのを見て、サエはパーティションを閉じ、自分用の器具を取り出して、十分近くためらってから、使用した。現象が終わると、サエは片づけを済ませて、仕切りを開けた。ジョージィは身動きもしていなかった。よかった、この子は紳士だ、とサエは安堵した。

腰の辺りしか見えていないジョージィに、軽く叩いて合図を送る。彼はかがんで遮蔽具を外し、上体を覗き込んできた。サエは訊いた。

「大丈夫だった？」

「うん」

「何も聞こえなかったよね？」

「ああ」

「よかったー！」

「使って」

「あ、ジョージィも？」

彼が差し出した遮蔽具を受け取り、頭にかぶって背を向けた。なんとなく目も閉ざした。シンとした静寂に包まれた。

時間が過ぎ、腰を叩かれた。かがんで遮蔽具を外した。ジョージィが、さっきの自分もそうだったろうと思えるような、緊張した顔で見ていた。もっとも心配していた要素――匂いは、感じられなかった。

「ほんとに、なんっにも聞こえないね、これ」

「ああ」

「よかった……これならなんとかなる」

サエは胸を撫で下ろしたが、これはまだ苦労としては序の口だった。

基本的に寝ているだけ、という耐乏生活が始まった。サエは持ち込んだノートを読みふけった。ローカルに山ほどコンテンツを落としてきたので、読むものは無限にあった。パーティションは薄手ながら硬いものを選んだので、感触が気になることもなかった。持ち込んだおやつをつまみながらごろごろと時間を潰していると、数時間はすぐにたった。

しかし、六時間を過ぎると、そろそろ動きたくなった。ちょうどそのころノックされた。仕切りを外して顔を合わせる。

「運動したい」

「うん、私も」

「じゃんけん、ぽん」

サエが負けたので、丸くなって自分のスペースの奥に引っ込んだ。ジョージィが一・五人分のスペースを使って、伸びをしたり、体をひねったりし始めたが、じきにどすん、ばたんと壁に手をぶつけた。サエはあわてて止めた。

「ちょっと、だめ、壊れちゃう」

「こんな程度で？」

言われて口をつぐんだ。これは命を預ける箱なのだ。

どこも十五センチ以上の厚さを取ってはいたが、サエははらはらしながら見守った。

やがてジョージィが動きを止め、循環系のコントロールパネルを覗き込んだ。気圧の初期値は少し高めにしてあったが、ジョージィは顔を曇らせた。

「……やや低い」

「抜けちゃった!?」

「らしい」

「やり直しか」

サエは天を仰いだ。穴を塞いで済む問題ではない。場合によってはパネルの接合方法から変えなければいけないかもしれない。

「中止する？」

「いや、訓練も兼ねてる」

ジョージィが首を振った。サエはうなずく。せっかくひねり出した二泊三日、有効に使わなければ。

そう思いつつ、自分もストレッチを済ませると、また尿意を催した。ジョージィに声をかけてそれを済ませたところで、空腹に気付いた。

同時に、失敗にも気付いた。

「ごはん……だけど」

おそるおそる言うと、ジョージィが二人の頭に近い位置のパネルを開けて、一人につき二本ずつのチューブを取り出した。

「食べよう」

「うひ」

サエはこわばった笑みを浮かべる。何しろ今出したばっかりだ。

「しまったぁ……食べてから出すべきだった」

「混ざらないから」

「わかってる、フィルター三枚通ってるよね。でも、でもさあ……」

「自分のだから」

「それもわかってるって！」

自分とジョージィの系統はしっかり分けた。だからと言って、落ち着くものでもない。

ジョージィがサエを見つめて、不思議そうに言った。

「脱ぐほうが簡単だった？」

言われてみればあのときのほうがよっぽど怖かった。

「……えーい、行っちゃえ！」

サエは目をつぶってチューブを吸った。味はどうということもなかった。

しかし、食べ終わったサエは、何か物悲しい気分に襲われた。

「私、登っちゃいけない階段登ってる気がする……」

「いつでも降りていいよ」

口元を拭いながら、しかめっ面でジョージィが言った。サエは言い返した。

「絶対降りないから！」


照明の弱まる、緩衝林の夕方。

梢の上に安置されている、十字架のパロディのような奇妙なオブジェが、カタリと音をたてて開いた。ふわり、ふわりと二人の人影が出てくる。

「あ、ああ、生きて乗り切ったよ……」

運用試験開始から五十二時間。まる二日以上の実験を、二人は無事に終えたのだった。

「なんとかなるもんねー……」

サエは思い切り背伸びして、ぐるぐると腕を回したが、肉体的な負担は思った以上に少なかった気がした。閉所恐怖症になることもなく、ジョージィとのケンカもせずに済んだ。憎まれ口はいやというほど叩きあったけど。

ポッドの上に腰かけたジョージィが言った。

「ああ、狭かった」

「きみがお尻ぶつけてくるから」

「ヒップサイズはそっちが大きい」

「普通！　私、普通ですー！」

「でも、まあまあだった。薬ナシにしては」

ジョージィがにやりと笑った。

「気密以外は完璧だった。酸素も温度も」

彼の「まあまあ」は「とびきりいい」という意味だ。メカニズムの調子がよいだけでは、こんなセリフは出てこない。それでサエは気付く。ああ、この子も快適だったんだ、と。

「まあまあだったね」

舌を出していたサエも、微笑んだ。

「サエ」

「は⁉」

油断していたサエは、ぎょっとした。初めて、名前で呼ばれた。

ジョージィが、ふわりとそばに下りてきて訊いた。

「おまえ、火星に着いたらどうする」

「へ？」

再び間抜けな声を漏らす。ジョージィがさらに顔を寄せて、とても真剣な顔で言った。

「おれは、デイモスで循環技術をやりたい」

「循環技術、って、この森の」

ジョージィは一度うなずいてから、首を振って否定した。

「ここの技術は、バラマンディに特化してる。環境移入も環境移転も考えてない。でもその中にはデイモスや、他の都市彗星に転用できる技術がたくさんある。調べたんだ。技術を持っていけば、必ず役立つ。応用できる」

「……外へ出れば、きっと腕を振るえると思ってる？」

ジョージィは熱心にうなずいた。

「ここのことは、やり尽くした。もうやることがない。――サエ、おまえは。おまえはどうしたい？」

「えっと」

気味の悪い寒気が背中を走った。サエは急に居心地が悪くなり、目をそらした。

「それは、まだ……秘密」

「まだ言いたくない？」

ジョージィの顔が曇った。思いのほか素直な落胆の色を見て、サエは内心であわてる。彼が初めて夢を明かしてくれたのだから、自分も答えなきゃ、と思う。

「今度、今度教えるよ。まだ調べてないことが」

「今度か」

それを聞くと、ジョージィは期待するように微笑んだ。サエは曖昧にうなずいた。

ジョージィは体を起こし、ささやいた。

「正直、邪魔だと思ってたけど」

背を向けて、ポッドを見上げながら言う。

「おまえでよかった。見つかったのが」

なぜかサエは胸が痛くなった。向こうをむいたジョージィの顔を見たいと思い、見てはだめだと思った。だから、黙っていた。

何かを待つようにポッドを見つめた後、ジョージィは言った。

「十一日だ」

「十一日」

おうむ返しにつぶやくサエに向かって、ジョージィは振り返る。

「出発まで」

サエは声もなくうなずいた。ふわふわした気持ちが引きずり下ろされ、地面に押し付けられたような気がした。

「接合の見直しと、艤装をする。急ごう」

「う、うん」

「ああ、でも」

ジョージィは腕時計を見て言った。

「サエは帰れ。うちに」

「うん。じゃあ、また明日！」

空元気《から》を出して、サエは答えた。

出口のドアを開けるために、ジョージィがぺろりとなめた木の葉を受け取って、サエは作業場を離れる。内心では不安が渦巻いていた。どうしよう、どうしよう。

考えてなかった。

梢から梢へ渡り、壁際で飛び降りる。もう何度も来たので、緩衝林から出るドアはすぐに見つかった。葉を押し当ててロックを解くと、ドアが開いてロボットヘビが顔を出した。

その不意打ちに、サエは頭が真っ白になった。

「ひっ……」

「こんばんは、バラマンディ警察です。お名前をおうかがいしてよろしいでしょうか？」

ヘビが感情のない声でそう言って、サエの顔を見つめた。

5

サエは、そうなった場合にされるだろうと思っていたことを全部された。保護、質問、説教、親の呼び出し、また質問と説教、そして罰と説得。

もちろん外出は禁止された。ジョージィを手伝いにいくことはできなかった。

十一日後、緩衝林へ向かった。森へ入って合図代わりに木を何度か叩くと、すぐにジョージィがやってきて、強く手を握った。

「サエ！」

「ジ、ジョージィ」

「無事だったか？」

そのひとことで、ジョージィが何もかも把握しているのがわかった。

けれどもジョージィはそれ以外のことを聞かなかった。

信用してくれてるんだ。サエは胸が詰まって、うなずいた。

「無事だったよ、げんこつ食らっただけ。それに計画のことはしゃべらなかった。何ひとつ」

ジョージィは何も言わず、ただ拝むように頭を下げて、サエの手を額に押し当てた。戻ってきてよかった、とサエは思った。

そのとき、ジョージィがサエの足元に目をとめて、問いかけるように見上げた。

「足……」

サエは裸足だった。しかしサエは答えず、逆に尋ねた。

「それより、ポッドはどうしたの？　ヘビ来たでしょ？　見つからなかった？」

言いながら、サエは不吉な想像をしていた。ハンモックの作業場の上から、十字型のポッドが多数の工具ごと姿を消しているのだ。

「もう移した」

「見つからなかったんだ」

「ああ。それに艤装も進めた」

「一人で？」

ジョージィが手招きした。サエは彼について緩衝林の壁にあるハッチに入り、貨物用らしい幅広の通路を進んで、気密ハッチに突き当たった。小さな覗き窓を覗くと、その向こうは縦横高さが六メートルほどの四角い部屋で、奥の壁がハッチになっていた。それ自体が巨大なエアロックらしい。

真空らしいその空間に、青黒いギラギラしたシートに包まれている、大きなボールが見えた。

「氷の噴き付けと、太陽電池の設置は済んだ。あとはアルミ箔を巻くだけ」

たいした手際だが、サエは手放しで喜べなかった。

「ポッドの接合部、どうしたの？　改良した？」

「パテで塞いだ」

ジョージィは硬い表情で言った。それでは十分と言えない。だが彼は、何か言おうとしたサエを、手を上げて抑えた。

「外側の氷結層にもいくらか気密性がある。暴れなければ大丈夫」

「……わかってるの？」

「もう余裕がない。ヘビが梢の上まで来るようになったし……今朝、家族に詮索された」

サエは息を呑んだ。それでは試験をやっている暇などない。

サエは震える声でうなずいた。

「うちもよ。今日、窓割って出てきたの。次はない」

もう一度サエの裸足に目をやって、そうか、とジョージィはうなずいた。

そして、何も言わずにロッカーから宇宙服を取り出し、一着を押してよこした。サエが受け取るのを確かめもせず、服を脱ぎ始める。サエは渡された宇宙服を手に、彼を見ていた。シェルスーツを身に着けてバックパックを背負ったジョージィが、ヘルメットをかぶる前に、サエを見た。

ジョージィは動きを止め、サエを見つめてじっと待った。

サエは、自分の服のファスナーに手をかけ、脱ぎ始めた。

ジョージィに遅れること六分、サエも宇宙服を着終えた。あらかじめサイズの合うものを盗んでおいたので違和感はない。互いの周りを回って各部の接続を確かめ、無線のチャンネルを合わせる。それから、あたりの空間に散らばった服や持ち物をすべて手提げ袋に押し込み、それを提げて人間用の小型エアロックに入った。

エアの排出される音が聞こえないほど、サエの心臓はどきどきと鳴っていた。

氷塊ポッドが安置されている空間に入り、背後の扉を閉めた。ジョージィが九十センチ幅のアルミ箔のロールを取り出しながら言った。

「緩衝林に若木を運び込むために使われたエアロックだ。もう三十年以上使われてない。監視もない」

その説明は以前一度聞いたことがあった。緊張して、何かしゃべらずにいられないのだろう。サエは軽口で応じた。

「宇宙船か戦闘ロボットの隠し場所みたいね」

二人でアルミ箔を広げ、氷塊に巻きつけた。太陽光線を反射して低温を保つためのものであって、密閉する必要はないから、適当にやった。おかげでくしゃくしゃになったが、本当の氷塊もそんな感じなので、見つからないはずだった。

包装が済むとケーブルをかけて持ち手をつけた。そこで初めて、ジョージィが手順について口にした。

「ハッチを開け、地表に出て、ウインチでケーブルを引く。ポッドを投射施設《スローワー》の装填器《ローダー》まで運ぶ。ローダーで装填を待っている氷塊の群れに紛れ込む。ポッドに入って待つ。いいか」

「セキュリティ対策、全部済んだ？」

「済んでる。レール以外は」

ここが最後の引き返し可能点だ。ポッドは八トン以上あり、一度動かし始めたら慣性力がついてしまうから、二度とこのエアロックに戻すことはできない。前へ横へと引いていって、ローダーに当てるしか止める方法がない。事実上、今この瞬間が旅の始まりだ。

その大事な瞬間に、サエは大きく息を吸って、とうとう言った。

「本当に行くの？　ジョージィ」

ジョージィの宇宙服が振り向いた。

「行く」

彼の返事に、サエが期待したものは少しも含まれていなかった。

迷い、は。

ジョージィが外扉のロックを外し、開いた。目前に星空が広がった。バラマンディの赤道近くの空だ。今まで壁とみなしていた方向が天になる。サエがめまいをこらえている間に、ジョージィはさっさと地表に上り、太陽電池列の骨格にウインチをかけて、ケーブルを巻き上げ始めた。

サエの二百倍の重さの氷塊が、しずしずと外へ出ていった。

「サエ、ブレーキ」

「本当に、本当に行くの？」

逆にサエのほうは、一度口にしてしまったことで、ぐらつき始めた。自分の中のためらいを認めてしまった。慣性で上空へ昇っていこうとする氷塊を、別のケーブルで引き止めつつも、サエは聞き続ける。

「バラマンディのすべてを捨てちゃうんだよ」

「捨てる」

サエも地表に出た。ほんの五十メートルほど先を、超伝導磁石を並べたスロワーのレールが横切っている。少し先の地面には、巨大なドーナツを思わせる直径二十メートル級のカーボンフライホイールが二基設置してある。スロワーのために、モーターで重いホイールを超高速で回転させ、蓄積した運動エネルギーを投射の瞬間に一気に電力に変換する施設だ。

氷塊が地表の高さまで上がってくると、ジョージィは噴射を行って地上すれすれの高度で飛行した。頂上に監視所のある塔のような建物の基部に取り付く。それがローダーだ。氷塊を一つずつ持ち上げてパレットに載せるためのクレーンである。

ジョージィはローダーの下にウインチを設置しなおし、ケーブルを巻いた。

氷塊がゆっくりと横移動を始め、人間の忍び足ほどの速度に達した。ジョージィはそこで巻取りをやめ、氷塊を見守る。ほとんど高度を落とさないまま氷塊は浮遊してきて、ジョージィにぶつかった。ジョージィは全力の噴射を数秒続けてできるだけ氷塊を減速させてから、横へ飛びのいてそれがローダーにぶつかるに任せた。

そこはローダーの上の監視所の裏に当たり、もし係員が背後を見下ろせば見つかる位置だ。けれど今は、一枚の太陽電池を屋根のように差しかけて、さりげなく目隠しがしてある。ジョージィが仕掛けたクラッキングの、その一だ。

そこでジョージィが言った。

「サエ、震動センサ。打ち合わせどおり」

「う、うん」

「カメラはだましてある」

クラッキングその二とその三だ。レールを監視するカメラのレンズの隅にテープを貼り付けて、目立たない小さな死角を作ってある。サエは促されるまま、その死角から出ないようにこっそり歩き回って、レールの震動センサをクリップで固定して封じていった。

クリップ作業が済むとローダーの根元に戻った。レール脇にはいくつもの氷塊が無秩序に置いてある。彗星内から削りだされてきたものだ。氷塊置き場にはレーザーセンサーが立てられて、回転灯が設置してある。侵入者防止施設だ。うかつに近づけばライトが光ってお祭りみたいな騒ぎになるはずだ。

「待って、試す」

ジョージィがひそかに近づいてセンサーに石を投げた。何も起きなかった。故障だと思い込んだ監視員がスイッチが切りっぱなしにしているのだ。ジョージィが何日も前から石を投げ込んで、監視員をうんざりさせたおかげだった。

「よし」

自分たちのポッドを押していき、並んだ氷塊の端にまぎれこませた。最後のクラッキングが成功した。

後戻りできない手順が着々と進んでいく。

ジョージィが氷塊を予定の場所まで移動させ、あとは乗り込むだけとなったとき、ローダーの下まで来ていたサエは言った。

「捨てちゃうことになるのよ、きみの育てた緩衝林も」

ジョージィが動きを止めて、振り向いた。

「大人に言われたのか、サエ」

冷ややかな声を耳にして、サエは必死に言い返した。

「しゃべってない。きみのことも計画のことも、本当に何もしゃべってないから！　ただ—

―聞かされたの」

　サエは言葉を切る。脳裏に大人たちの言葉が浮かぶ。

「緩衝林が、バラマンディにとってどれほど大切な森かって。小さな彗星での不安定な生物化学環境を、あの森がどれほど穏やかに保っているのかって。一見静かで面白みのない森だけど、あの森自体も変化が大きくて、いろんなノウハウを駆使して維持されてるんだって」

　サエを捕まえた警察の人々や両親は、ひとつとして理不尽なことを言わなかった。緩衝林のある意味、それを安置しなければならない意味を、理詰めでサエに説き聞かせた。聡明であるがために、サエは反論できなかった。少なくとも理屈の上では理解した。ジョージィを止めなければいけない、という強い義務感すら抱くようになっていた。

　しかしサエ自身は、旅を求める十四歳の心は、そういうまっとうな理屈がどうしたってんだ私の知ったことかと叫んでいた！

「ジョージィ、ジョージィ！　教えて、どうして行けるの？　私だめだよ、わかんなくなってきた。お願い、私を連れてって！」

　気持ちが分裂してしまい、サエは立ちすくんだ。ジョージィは驚いたように見つめていたが、ガスを噴かして飛んでくると、サエの手をつかんだ。

「来い。おれと来い！」

「……うん！」

　引く手の強さを感じた瞬間、それにも増して強い力で、サエはその手を握り返していた。

ポッドに入り、アルミ箔で偽装した蓋を閉じた。あと少しで、十Gで四十秒という、強烈な加速が襲ってくる。その際、少しでも圧力を和らげるためにも、また、万が一ポッドが崩壊してしまった時のためにも、宇宙服は着たままにした。

シェルスーツを着たまま体を丸めるのはさすがに無理なので、二人はおのおののベッドで自分のノートを覗いた。ジョージィは自分たちの氷塊が映っているリアルタイムの俯瞰映像を、サエのノートに転送してくれた。

「これ、誰が撮ってるの？」

「ローダーの監視映像」

「きみ、そういうコンピューターのクラッキングもできたんだ」

「やりたくなかったけど」

不満げな声。この少年は、エレクトロニクスに頼るよりも、機械的工夫でうまくやることを誇っている節がある。地味だなあとサエは思う。地味だけどすごい。

「私たちのポッド、どれ？」

「五つ目。三時間後かな」

「もっとぽんぽん射ってくれればいいのに……」

「市街が停電する」

バラマンディから太陽までの距離は、今の時点で二天文単位と少し。直径二キロの彗星に降りそそぐ太陽光のエネルギーは五十万キロワットほどだ。この数値が都市彗星のアルファでありオメガである。彗星のすべての事業はこの供給電力の中で賄われている。莫大な電力を食う氷塊投射を連続でやったら、あっというまに電気が枯れ果ててしまう。

「心の準備をしよう」

ジョージィの言葉を聞いて、サエは小声で言った。

「ジョージィ」

「なに」

「火星で何をするのか、って聞いたよね」

馬鹿にされるだろうと思いながら、サエは告白した。

「まだわからないの」

「……」

「私、まだしたいことがない。外に行きたいけど、行って何をしたらいいかわからないんだ……」

恥ずかしくて顔が熱かった。彼はあんなにしっかりした目標があるのに。

すると、咳き込むような感じのそっけない声がした。

「なんでもできると思う……サエはこのポッドを作れたんだし」

「……まさか、慰めてくれた？　きみが？」

ふてくされたのか、ごそっと彼が背を向けた。サエは声を殺して笑った。

サエたちの前の氷塊が、ひとつひとつ投射されていった。ゴン、と地面を震わせてパレットが加速を始め、赤道を一周するたびに速度を増しながら、ローダーの前をびゅんびゅんと何度も通過し、四十秒かけてトップスピードに達したところで、パレットから離脱する。その瞬間には大質量が解き放たれる反動でレール全体がズシンと波打った。

空のパレットが減速をかけるときにも、ゴゴン……と不気味な余韻のような地響きが感じられた。

もうすぐ、そのとんでもない加速器に自分たちが吹っ飛ばされる。ぽつりとサエは言った。

「すっごいパワーだね」

「これの反動で自転速度が変わるらしい。だから毎日東回りと西回りを切り替えるって……」

「じゃあ私たち、星を動かすんだね」

うひひ、とサエは神経質な笑い声をあげた。

さらに時間が過ぎ、ついに二人の番が回ってきた。

ローダーの巨大な爪が氷塊をはさみ、ゆっくりと動かした。サエたちは狭い空間の中でゴトゴトと揺られた。氷塊はレールの上で待機しているパレットに載せられ、囚人の拘束具を思わせる二つのクランプでがっちりと固定された。加速されるまで、あと数秒だ。

「ジョージィ」「サエ」

サエがぱたぱたと動かした手を、ジョージィがしっかりと握ってくれた。早鐘のような鼓動を感じながら、サエはかたく目を閉じた。

たった四十秒、たった四十秒、と自分に言い聞かせる。大丈夫、何かあってもジョージィが蘇生してくれる。

嵐の前の静けさのような沈黙が続いた。

「うん……？」

ジョージィがうめいた。無理やりサエの手を振りほどいて、ノートを操作し始める。せわしないクリック音が続いたかと思うと、いきなりノートを放り出してポッドの扉に手をかけた。

「ばれた」

「え？」

「重心異常警報。なんでそんなのが！」

氷塊の中の空白分を、岩石のウエイトで補ってある。それが偏《かたよ》っているため、偽物だと見抜かれたということらしい。

ジョージィは二枚の扉を開けて外へ飛び出していた。

「待って！」

あわててサエも飛び出しはしたが、出た途端にジョージィを見失った。どちらへ行ったのかわからない。前後には地平線へと下っていくリニアレール。すぐ横にローダーの監視所。ドクドクという血流の音を耳元で感じながら、周囲を見回す。

「ジョージィ、どこ！　何する気!?」

「ホイールを直結する」

「ホイール⁉」

叫びながら目を上げたサエは、監視所のオペレーターとまともに目を合わせてしまい、ひっと息を呑んだ。

「み、見つかった！　見つかっちゃったよ！」

返事はない。ハアハアと荒い息遣いが聞こえてくる。なおも見回したサエは、パレットの進行方向にある、例のドーナツ型のフライホイールへと飛んでいくシェルスーツを見つけた。

サエは「待って！」と叫んでジョージィを追いかける。

その途端、叩きつけるような声で怒鳴られた。

「なんで出てきた！　おまえだけでも行け！」

「そっ……そんなの冗談じゃないよ！　ジョージィを置いてくなんて絶対いや！」

また返事が消える。サエは行く手と監視所に交互に目をやる。オペレーターがガラスに張り付いてこちらに何か叫んでいる。怒っているというより驚いているのだが、サエには彼が怒鳴り散らしているように見えた。

「ジョージィ、何をするの！」

「あった……これか」

横たわる巨大なドーナツの隣に、不釣合いなほどちっぽけな、金網に囲まれた縦長のボックスがある。ジョージィはその金網を蹴り破り、ボックスの箱をフルーレでこじ開けて、中を覗いた。内部をじっくりと見つめてから、金属製のフルーレをそっと差し込む。

サエはぞっとした。電源施設の近くにあるそういうボックスがなんなのか、サエたちは乳離れするより早く教えられた。星全体が密閉された建物のようなバラマンディでは、絶対必要な知識の一つだ。

配電設備。下手に触ると電気火災を引き起こす、恐怖の箱だ。

「ジョージィ、だめーっ！」

「リレーを直結させる」

そう言うと、まだ何も起きていないのに、ジョージィがすごい勢いで戻ってきた。サエの腕を引っつかんで、パレットのほうへ回れ右する。

「うわっ、なに!?」

「戻れ。フルーレを引っ掛けてきた。糸が切れたら通電する！」

電極の間に導体の棒がはまりこむように、仕掛けをしてきたらしい。サエが理解するより早く配電箱のほうで小さな火花が散り、同時に足元のリニアレールにずらりと赤い警告灯がともった。ホイールの大電力が投入され、スロワーが起動したのだ。「きっ」とサエは固まりそうになる。

顔を上げると、氷塊を載せたパレットがこちらへ向かってくるところだった。

巨大なパワーで加速されて、あっという間に目の前へやってくる。それが通り過ぎる瞬間、ジョージィが手をかけた。二人はかろうじて氷塊に飛びついたが、ぐんぐん加速する氷塊から振り落とされそうになる。開けっ放しの蓋に身を預けたジョージィが「中へ！」と怒鳴るが、サエはまだ片手片足をクランプにかけただけだ。「先に入って！」と叫び返す。

「く……」

ヘルメットの中のジョージィの顔が歪んだ。その瞬間、サエはこの少年の迷いを感じ取ったような気がした。

——何がなんでも行きたい。でも、二人で入る暇はない。

彼はそう思ってる。それに比べて自分は？

パレットはちっぽけな彗星を凄まじいスピードで周回する。二キロの小惑星の周りを回っているのだから、差し渡し二キロの観覧車で振り回されているようなものだ。強烈な力で外へひっぱられる。外へ、頭上へと二人は持ち上げられる。今にも放り出されそうだ。

サエはジョージィのヘルメットに手をかけ、怒鳴った。

「ジョージィ、先に行ってて っ！」

そして彼の体を氷塊の中にぐいと押し込んだ。

その反動で、つるりと足が滑った。サエはクランプを踏み外して、くるくる回りながら宇宙へ吹っ飛ばされた。必死に胸元を手探りしてコントローラーを握る。手動で姿勢制御する余裕なんかない。だから、非常用の赤い対地静止ボタンを押した。

とたんに全身のスラスターがものすごい勢いでガスを噴いた。サエは巨人の手で受け止められたような衝撃を受ける。コンピューターが姿勢とベクトルを読み取って、全自動で帰還噴射を始めたのだ。

噴射は何十秒も続いた。ほんの数秒スロワーにつかまっていただけなのに、とてつもない速度を受け取ってしまっていた。推力の小さい宇宙服のスラスターでそれを打ち消すには、長い長い噴射が必要だった。サエは歯を食いしばって耐えた。

足元のバラマンディを、小さな銀色の玉がぐるぐると巡っていた。

やがてその玉が地表から分離した。矢のようにまっすぐ虚空へ走り出していく。とっさにサエは叫んだ。

「ジョージィ！　ジョージィーッ！　生きてるーッ!?」

返事は、息遣いだった。はぁ、はぁ、と荒い息が聞こえる。

やがて、ごくりと唾を飲む音に続いて、消え入りそうな、けれども得意げな声が通信機から流れ出した。

「やった」

「ジョージィ……」

「行ってくる。サエ……」

「ジョージィ！」

「……ってる……」

語尾は薄れて消えた。素晴らしい高速が、あっというまに彼を交信範囲から連れ出していった。

「ジョージィ！　ジョージィ……うわあぁぁん！」

サエは声をあげて泣き出した。別れが悲しいからではなかった。

彼は成功し、サエは失敗した。彼は夢に向かう勇気があり、サエはそれを手放したのだ。

こみ上げる羨ましさと悔しさに、サエはいつまでも泣き続けた。


サエは捕まった。今度こそ保護では済まず、逮捕された。スロワーの乗っ取りと破壊は都市彗星でもっとも重い罪のひとつなのだ。君は過去二十年でもっとも凶悪な犯罪者なのだと言われて、サエは愕然とした。そんなに悪いことをしたとは思っていなかった。

しかし悪意があったわけではないし、未成年でもあったので、四ヵ月間の少年刑務所入りという、比較的軽い処分が科せられた。サエはすっかり罪悪感にとらわれており、真面目に囚人暮らしを務めた。

サエがまだ閉じこめられている間の七十八日目、氷塊がデイモスに着いた。

彼は捕まった、とサエは知らされた。それは彼が生きていたという意味だから、サエは塀の中で、嬉しさを爆発させた。けれども彼の肉声や姿、それどころか伝言のひとつでさえ、サエのもとには届かなかった。ジョージィは主犯であるために、サエよりも罪の重い犯罪者であるということにされて、裁判ののち大人並みの刑を科されることになった。

そのことは、仕方がないと思った。悪いことをやったのは確かなんだから。

けれども、彼の勇気と能力を評価してくれる人が誰もいないのは、サエにとってとても悔しかった。自分のことよりも。

刑期が明けたら、なんとかしてジョージィと連絡を取ってやろう、そう思い続けたサエが、いざその日を迎えて町へ戻ると、周りの扱いが、がらりと変わっていた。

サエは英雄になっていた。皆ができなかったことに挑んだ、というより、皆が抱いている漠然とした欲求を、これ以上ないほどはっきりと形にしたのがサエだった。サエは皆に受け入れられた。サエ自身も、仲間が思ったよりも自分に近いことを考えていたということを初めて知った。エンナンが、ヴィッキーが、学校へ戻ったサエを歓迎してくれた。そんな彼女たちにサエもようやく親しみを抱くことができた。

しかしそのいっぽうで、スロワーの警備は大幅に強化され、乗っ取りなど不可能になってしまった。サエは周囲の理解と引き換えに、願いをかなえる手段を失った。

ジョージィからの連絡はなかった。一年たち、二年たっても音信不通だった。サエのほうから連絡しようにも、彼がどこにいるのかわからなかった。それでもディモスのそれらしい場所へ、折に触れ便りを送り続けたが、届いているのかどうかはやはり不明だった。

月日がたつうち、サエが便りを書くことは、彼に知らせるというよりも、自分の境遇を見つめなおすための手記のようなものになっていった。

サエは成長し、バラマンディになじんだ。あのころのやみくもな衝動は覚えているが、次第に今の自分とは縁遠く感じるようになった。バラマンディは心地よいところだ。無理をして、周りに迷惑をかけてまで出て行くことはない――。

そんな風に考える、サエは十八歳の娘になった。

火星衛星フォボスの収容所で大規模な気密破壊事故が起き、多数の死者が出そうになったとき、都市彗星バラマンディ出身の男性ジョーゼフ・ハップスバーグ十九歳が十四人の負傷者を連れて倉庫に退避し、三日後に救助されるまで全員を生き延びさせたというニュースを聞いて、サエはぶっと団子を噴いた。

「え？　ジョー、え!?」

カバラ家の居間のテレビに、ほこりだらけの金髪の青年の姿が映っている。四年前別れたきり忘れかけていた彼が、成長した生々しいディテールを備えて唐突に現れたのを見て、サエは混乱して固まった。

救出直後のジョージィは、インタビュアーにマイクを突きつけられて、四年前に見慣れていた例の不機嫌そうな顔で、あろうことかこんな台詞を吐いた。

「三日間、何を考えていましたか？」

「待ってる女のこと」

サエはすいとんのお椀をカン！　とテーブルにはめ込んだ。両親が呆然と自分のことを見ていたが、気にならなかった。

私一体、何やってたんだ!?

冷水をぶっかけられたような気がした。失せかけていた感覚がいっぺんに蘇った。彼は遠くであんなに鮮烈に生きている。それに引きかえ私は、何かひとつでもやってのけたか？

ニュースは彼の境遇に言及し、人身犯罪者ではないことを告げ、今回の働きに対して彼を釈放する特赦が検討されていると知らせて終わった。

「ジョージィ――」

サエは叫ぼうとして、やめた。

あの時は叫ぶしかなかったけれど、今の自分にはそれ以外にできることが山ほどあった。ポーラソイルの扱いはもう誰にも負けない。たとえよその星の人が相手でもだ。四年の間に世情も変わった。バラマンディはちょっとだけ豊かになり、航路を開く計画も持ち上がっていた。

スロワーを乗っ取らなくても、友人を切り捨てなくても、ここから出ることはできる。努力さえすれば、なんとかなるのだ。

だから、静かに、口の中だけで言った。

行くよ、ジョージィ。絶対ね！

グラスハートが割れないように

1

秋の終わりの寒さが、グラスハートをはやらせた。

「おはよ、コースケ」

秋間《あきま》家のインターホンに手をかけると、八段の階段の上から声をかけられた。ひとつ年下の秋間時果《ときか》の笑顔を見て、おれは手を下ろした。

「おはよう」

鋳鉄《ちゅうてつ》の門扉《もんぴ》を開けて、階段を上る。時果は横へ下がって通してくれた。

「ばあちゃん、今日は元気か」

「うん」

そうかと答えたとき、おかしなことに気づいた。

時果が丸っこい小さな顔で見上げている。軽く脱色してあるショートカットと、気の早いマフラー。その下の、胸が。

高校御用達の紺のコートの胸の、中央が膨らんでいた。

視線に気づいた時果が、軽く目を細める。

「どこ見てるの？」

「ん？」

「どこ見てるの、ってば」

訊いてもいないのに聞かせようとするのが時果の性格だ。素通りしようとするおれのひじをつかんで、振り向かせた。

「もう、突っ込んでよ」

「はいはい。そのぽっこりはなんですか」

「へへ、これです」

時果がにやにやしながらコートの前を開いた。

チェーンで首にかけられた、拳ほどの大きさのガラス瓶が下のほうに見えた。瓶の中にも細かなディテールがある。ボトルシップか？

「ときちゃん、どうしたの」

玄関前でやり取りしていると、ドアの中からゆっくりした声が聞こえた。「だめだ、時間ない」と時果が胸元を合わせる。よく見えなかったので、おれは声をあげる。

「今の、なに？」

「なんでしょう」

「なんだよ」

言いながらおれは戸口へ入った。

時果のばあちゃんは上がりかまちに腰掛けて待っていた。当年とって七十五歳、寝たきりになるには早いが、何かと体に差しさわりの出てくる年代だ。おれは背中を見せてしゃがむ。

「どうぞ」

「手でいいよぅ」

「いえ、どうぞ」

押し問答を四、五回続けてから、おぶってやる。このやり取りはいつもの儀式みたいなもので、おれは嫌いじゃない。ばあちゃんは丸めた羽根布団みたいに軽い。

時果は逆に、この辺のまどろっこしさが気に入らない。もうおばあちゃん早く、時間の無駄だからとせかす。見てるこっちが気の毒になる。

二人とも、おれに気兼ねして言っているのだ。

秋間家とうちの日吉《ひよし》家は隣同士で、いわゆる家族ぐるみの付き合いというやつだ。けれども秋間家は女ばかり三代の三人暮らしで、男手がない。だからおれが秋間家に手を貸してきた。時果と付き合い始める前からのことだ。もう四年ぐらいになる。

二人はまだ遠慮と気兼ねのそぶりをするし、逆におれもそうだ。口ではいいと言っているが、面倒に思っていないとも言えない。家族三人丸ごと背負えるほどの大人物じゃない。むしろそれが向こうに伝わって、遠慮を呼んでいるんだろう。

道路まで八段の階段を下りて、すぐ隣のおれのうちに入り、中古の軽に乗せる。四ドアだから楽なものだ。ばあちゃんは何度も礼を言って、自分でドアを閉めた。

時果を乗せて車を出した。目的地は街にある総合病院だ。

「さっむくなったよねー」

時果がわざわざ窓を開けて白い息を吐くと、温度感応型エアコンが抗議するようにファンの音を高める。

病院までは十五分。ばあちゃんを連れて泌尿器科の待合室に入る。もう行っていいよう、と言うばあちゃんに少し付き合ってから、外へ出る。車に乗るまで、二人ともなんとなく無言だった。しかし乗った瞬間に時果が言った。

「コースケ、いつもありがとう」

「いやいや」

時果の感謝は本物だろうが、これも儀式と化している。

ばあちゃんは慢性腎不全なのだ。尿がうまく作れず、血の中に悪いものが溜まる。それを漉《こ》し取るために人工透析をやっている。八時前に病院について、昼までかかる。周りの患者さんとおしゃべりをするから楽しいと本人は言っているが、毎回、鉛筆ぐらいある太い注射針を四時間も刺しっぱなしにするのだ。楽しいわけがない。

現在、腎不全の治療法はない。

時果のばあちゃんに、針の刺し痕《きず》を見せてもらったとき、おれは病院が通学路の途中にあることに思い当たった。行きだけでもバスの代わりに送ってやったら、楽になるのではないかと。

病院の次は高校へ向かう。市街地の混み合った道をジグザグに走る。信号で止まると、

「あ」と時果が声をあげた。視線の先の歩道に黒めがねの男性が立っていて、ハーネスをつ
けた犬をつれていた。

「盲導犬」

歩行者信号が青になり、人波が動き出す。盲導犬がいやに自信のない様子で進み始め、た
ちまち誰かにぶつかられて、主人ごとよろめいた。

「LEDのせいで」

「ん？」

時果は唇を尖らせて信号をにらんでいた。

「LEDのせいで盲導犬が困ってるんだって。犬はLEDの信号が読めないから」

「ここの信号は電球じゃないかな」

「そういう問題じゃないでしょ！」

そういう問題だと思ったけれど、おれは口に出さなかった。

信号が青になったので、車を出した。

学校に近い橋の手前で、彼女を下ろす。門前に止めると友達が騒ぐ、と時果がいつも主張
するからだ。時果は「ありがとね」と言いながら降りようとしたが、外に立ってから振り向

いて、あっそうだ、と眉根を寄せた。

「コースケはこれ、見たことないの？」

　コートの胸をもう一度開く。今度ははっきり見えた。ゆるやかな三角形をしたガラスの入れ物が、時果の乳房を下から支えるような位置に張り付いていた。その中には星の砂を思わせる白い粒子と、ふっくらしたマシュマロのようなものが少々入っていた。

「なんだ？　それ」

「ふふ、グラスハート」

「え？」

胸元を閉じた時果がにこにこしながら顔を突き出す。何か、ドラマか漫画の一場面をまねさせられているようで気が進まなかったが、時果はその手の類型もかなり好きだ。

頭を引き寄せてキスをした。

「今日は迎えに来られる？」

「わるい、延長講義。何時になるか……」

「もうー」

「ごめんな」

埋め合わせしろよー！　と叫んで時果は走っていった。

手を振って見送ってから、大学へ向かった。

「グラスハート？」

それ、ラブソング？　と横から聞かれたので、歌じゃなくて物だよと補足した。

そのとき周には、同じ講座から食堂へ流れてきた学生ばかり、男女取り混ぜて六人はいたが、目を見交わすばかりで誰もうなずかなかった。まだみんな知らないようだ。

そこで話が途切れそうになったが、洞木《ほらき》という手間惜しみしない男友達が、ちょい待ちと言って携帯を取り出した。やつはいつも最新のデジタル機器を手足のように使いこなすのを誇りとしている。しばらく画面をはじいてから、テーブルに置いてこっちへ滑らせた。

「ほいよ、検索結果」

洞木は食べかけのカツ丼に戻る。おれは彼を片手で拝んで携帯を手に取り、画面の一番上の項目を叩いた。どこかの口コミ掲示板が開いた。グラスハートの名前や、手に入れ方や、価格を質問するユーザーがいて、それに答えるユーザーがいた。ただ、そこにも詳しい人間がいないらしく、要領を得ない返事ばかりだった。板にはヒーリングがどうのというタイトルがついている。

検索に引き返して、次の項目を見る。今度も別の掲示板に跳んだが、きっちりと系統立てられた答えはなかった。何日か前のラジオで聞いたとか、人から又聞きしたとかの話ばかりだ。板の分野名がグルメ関係になっているのが、ちょっと奇妙だった。

また検索に引き返したが、三つ目の項目から下は歌の歌詞や詩に関するものばかりで、あまり関係なさそうだった。

「どうだった？」

洞木が丼を空にしたので、携帯の表示を消さずに渡して、おれも定食に取りかかった。しばらくタップを繰り返した洞木が顔を上げた。

「このグラスハートに興味があんの？」

「そのグラスハートがなんなのかと思って」

「あれ、そうなんか。日吉って、こういう癒しアイテムみたいなのが好きなんだ。意外」

「好きだと何か悪い？」

おれが聞き返すと、洞木が口をつぐみ、一座がちょっと静かになった。すると、斜め向かいにいた城之坂《じょうのさか》という女が、さらりとした口調で言った。

「私も持ってるわよ、癒しアイテム」

「マジで？」

「ほら」

そういって城之坂が見せたのは、自分の携帯のストラップだった。人差し指ぐらいの、毛皮に包まれた房のようなものがぶら下がっている。

「ラビットフット」

「それはただのラッキーアイテムっしょ」

「どう違うの？」

そう言われると、洞木は首をひねって横を向いてしまった。城之坂はおれを見て、含みのありそうな笑みを浮かべた。

「お守りぐらい、持っててもいいじゃない。ねえ？」

髪が長く、おとなびた物腰の城之坂は、講座の女子の中でも人気がある。おれはうなずきつつ、一線を引いてみせた。

「他人なら何を持っててもいいよ。でも、付き合ってる子がそうだとね。気になる」

「日吉君の彼女が、グラスハートを持ってるんだ？」

「思わせぶりに、ちょっとだけ見せられたよ」

おれは肩をすくめた。

うーん、と桐木が城之坂を横目で見つつ、おれに尋ねた。

「気になるって、どういうことよ。結局やめさせたいってことか？」

「いや、それはものによるな。害のないものだったら、別にかまわない」

「あら優しい」

城之坂の微笑みから試すような気配が消えて、ふんわりとしたものになった。おれは警戒を要しない男のカテゴリに入れられたのだろう。同様に洞木の顔も満足げになった。

「そうだな、もし可愛いものだったら教えてくれよ。おれもあげたい子がいるからさ」

そう言って思い入れたっぷりに城之坂を見る。城之坂は実にさりげなく目をそらして別の相手に話しかけた。

この時は、グラスハートに関する話はこれだけで終わった。おれはたいして問題に思わなかった。

三日後にばあちゃんを送りに行ったときにも、時果のコートの胸は少し膨らんでいた。

時果が何かに入れ込むのは初めてじゃない。五年前にうちの隣に引っ越してきた彼女は、中一の女の子らしく、少女雑誌の広告ページに出ているような安物の占いとおまじないのグッズに凝《こ》っていた。

半年ぐらいするとそれを見なくなったが、代わりに、部屋の窓際に水槽が置かれた。どこから手に入れたのか知らないが、その中には白い金魚が泳いでいて、毎晩それを眺める時果の影が、おれの部屋からカーテン越しに見えた。

金魚が死んだ後は眠気を催すような音楽のCDを、CDを売った後は真鍮の香炉を買っていた。そのころまでは、時果がそういう趣味のことを無邪気に話してくれたから、おれも把握していた。

だが、香炉の次に何に手を出したのかは、わからなかった。時果が趣味のことを隠すようになったからだ。占いや金魚のころに、クラスメイトに熱心に話しすぎて、疎《うと》まれてしまったらしい。おれが聞いても教えてくれなくなった。

時果の趣味におれが口出しをしたことはない。理由は二つある。単純に無害だと思ったから。それと、事故で父親を亡くした時果に、気晴らしを見つけてほしかったからだ。

時果が金魚の水槽を置いたのは、葬式の二週間後だった。

あれからずっと、時果は自分を支えるための特別な何かが必要だと感じ続けているらしい。人として自然なことだと思う。しかも、外に出さないように努力している。普通の人間よりも立派なことだろう。

時果に対するおれの気持ちは同情を含んでいる。以前にそのことを打ち明けた友人は、それは望ましい付き合い方じゃないと言った。おれもそう感じないでもなかったが、同時に、そう言われたことへの反感も覚えた。望ましくないと言われても困る。おれたちは別に望ましい間柄を目指して付き合い始めたわけじゃないんだから。

おれがグラスハートという単語に対して鈍感だったのは、時果とそういう付き合い方をしてきたためだ。彼女は今まで、いろんなものに手を出しては打ち捨ててきた。今回もまた、似たような少し風変わりな趣味を持ったんだろうぐらいにしか思わなかった。

そういうものが、時として実際に強い力を持つことがあるのを、おれはまだ知らなかった。

2

「ごめん、取り込んでて、ごめん、すぐ」

デートの約束をしていた日曜日の朝、時果はそんな短いメールを三回も送ってきた。結局うちへ来たのは予定の一時間半もあとだった。

「ごめん、待たせた！　怒ってる？」

「ちょっと待って。いまセーブする」

玄関で息を切らせる時果の前へ、おれは携帯ゲーム機を持ったままで出た。そこへ、トイレ帰りの父が通りがかって、お、と片手を上げた。

「時果ちゃん、元気か」

「はい、おはようございます。元気です」

「みんな変わりない？」

「あ、はあ」

時果にしてはすっきりしない返事だった。おれはふと気づいて、小さな顔をよく見つめた。肌が荒れてくまが出ている。

「寝てないだろ。何かあった？」

「ちょっとね」

「ちょっとってなんだ。ばあちゃんか？　おれが行こうか？」

ゲーム機を置いて靴を突っかけると、時果がひじをつかんで引き止めた。

「大丈夫だって、ほんっとなんでもないから！」

「嘘つけ、なんでもなくないだろう。出かけるからって隠すなよ」

「いいって！　もう一ヵ月もお出かけしてないじゃない！」

おれは驚いて立ち止まった。時果も自分の甲高い声に驚いたみたいに口を押さえていた。

「そりゃ、そうだけど」

先週の日曜はおれが大学の講演会を聞きにいった。その前は時果の模試があった。その前もその前も用事があってデートがつぶれていた。土曜日は毎週、アルバイトを入れている。

「一ヵ月ぐらい、だめな時はあるよ。大体おれたち、朝には会ってるじゃない」

「学校行くのと遊びに行くのは違うよ……」

力なくうなだれた時果に、おれはもう一度、ばあちゃんかと訊いた。時果はこくりとうなずいた。

「昨日、熱が出て。夜中も目が離せなくて」

「そうか。おばさんと交替で？」

「……おかあさん、また配達入っちゃった」

「おばさんも？」

時果のおばさんは宅配便の配達の仕事をしている。あの人がいないとなると、秋間家には今、病気のばあちゃんが一人だけで寝ているわけだ。ほんの一瞬だが、おれは舌打ちしたくなった。

ばあちゃんが寝込んだなら、放っておくわけにはいかない。せめて、時々見に帰るぐらいのことはしてやりたい。外出は中止だ。うちでビデオでも見よう、とおれは言いかけた。

そのとき、ちょっと待っとれ、と父がキッチンへ引っ込んだ。母と何か話してから顔を出す。

「ほい、言ってこい。お隣は母さんが見るから」

「え、そんな、おじさん」

「いいんだ、時果ちゃん。おじさんたちは昨日デートしたから。な」

そういうと、父はしっしっとおれに手を振った。おれはちょっと考えて、提案を受け入れた。

「そうだな。父さん、悪いけど」

父は昨日デートになど行っていない。それは今日のはずだった。けれども出不精の父は母の買い物に（特に、服選びに）付き合うのが嫌いだ。だから看病を口実にお流れにしたのだろう。

「行こうか、時果」

時果はほっとした顔でうなずいた。


山へ行く予定だったが、出るのが遅れたので、街に変更した。二年前に電車で行ったことのある水族館は、新しい駐車場と新しいアミューズメント施設が併設されて、よりにぎやかになっていた。だが側道の花壇には段ボールとブルーシートの小屋が増えていた。そのそばを通り過ぎるとき、時果は首が痛くなるぐらい振り向いて、心配そうにそちらを見ていた。

暖房された館内を巡る間、時果はダッフルコートを脱がず、真っ赤な顔をしていた。そのくせ楽しくてしょうがないというような笑顔で、不自然にテンションが高かった。マグロの回遊槽で歓声をあげたり、深海槽のダイオウイカと目が合って悲鳴をあげたりした。受験生だとは思えないにぎやかさだ。

いや、受験生だからか。おれだって、以前はそうだった。

一巡してフードコートに入るころ、時果は馬脚を現した。

「はあー、疲れた……」

ラーメンをすするおれの前で、パイナップルジュースの紙コップを抱えて、深々とため息をつく。おれは箸で券売機を指す。

「なんか頼めよ。おごるから」

「ん、ありがと。ダイエット中」

「倒れたら置いてっちゃうぞ」

置いていくのは冗談だが、時果は本当に倒れそうだった。館内での元気が消えた後の時果は、かなり顔色が悪くなっていた。ダイエットなんかするなと一、二度言ったことがあるが、それをしたら危険なほどやせ細っているわけでもないので、今までは強いて止めなかった。しかし今は、そういう段階ではないように見えた。

おれは箸を置いて、時果の前に丼を押してやった。こうなるだろうと思って、わざと時果の好みの味噌ラーメンにしておいたのだ。鼻が少しでもひくついたら、強引に食べさせるつもりだった。

「ほら、少しでも食べて」

時果はラーメンを見つめたが、どういうわけかプラスチックの見本でもすすめられたように、不思議な顔でおれを見た。

「大丈夫だ」

「なにが？」

「匂いが。いい匂いじゃなくなってる。あっは、不思議。ぜんぜん大丈夫だぁ」

「なに言ってるんだ？」

「ううん、いいから。私ね、おなか空《す》かないの」

「ばかなこと言うなよ」

「本当だよ。だって、ほら」

時果は唐突におれの手を取って、誘うような目つきで胸元に導いた。おれは、ついぽかんとして、手を任せてしまった。手の甲がダッフルの第二ボタンに当てられた。

それでようやく、時果が今日もあの小瓶を持って来ていることに気づいた。

「グラスハート？」

「うん。これのおかげ」

時果が目を細めて自慢する。とても無邪気に。

「時果……」

おれが危険を感じたのは、この時が初めてだった。

手を伸ばして、ボタンを外そうとした。

「ちょっ、ちょっと」

「え？」

「見せてくれ。それ、どんなの？」

「あ、だめっ、ちょっと……こらっ！」

バシッ！　と乾いた音があがった。

時果が平手で思い切り、おれの手を叩いたのだ。おれは呆然とした。

周りの家族連れが振り向いた。おれがしぶしぶ手を引っ込めようとすると、きつい顔をしていた時果がいくらか表情を緩めて、手を握った。

「ぶってごめん……でも、これは出せないから」

「なんでだよ」

「冷めちゃうから。あったかくないとだめなのよ。だから……」

また突然、時果が名案を思いついたような顔で言った。

「ね、ぎゅーしてあげる」

「はあ？」

「してほしいでしょ？　だから。二人だともっとあったかいから」

「いや、時果、抱き合うのとべたべたするのは違うって――」

「ね？」

椅子をガッと鳴らして時果が立ち上がった。

かと思うと、次の瞬間には、糸の切れた操り人形みたいに、かくんとテーブルの向こうに沈み込んだ。おれは心臓が止まりそうになった。

「時果!?」

あわてて立ち上がって、テーブルの向こうに回りこむと、時果は尻もちをついたまま額を押さえて、うう、とうめいていた。おれはしゃがんで彼女を抱き起こす。

「大丈夫か？　どうしたの？」

「ごめんごめん、ちょっと立ちくらみ」

「立ちくらみって、おまえそれ……どう見ても大丈夫じゃないぞ」

「信用ないなあ」

そう言うと、時果はパッと離れて、その場で軽やかにくるりと回った。ほらほら、とスキップしておれの後ろへ回り込んで、ジャンパーの背中に抱きつく。

「それなら、このまま車まで連れてって」

一応、大丈夫には見えた。けれどもどこか危うい。おれはテーブルの上の食器を指差す。

「おい、皿を返さなきゃ」

「お皿ね、ほら持って」

二人羽《ににんば》織《お》りのような格好で皿を持って、カウンターへ返しに行った。やたら人の目が集まるのと、テンションの戻った時果がひっぱるのとで、おれはろくに抵抗もできずに駐車場の車へ向かわされた。

　家に着くと、エンジン音が聞こえたらしく、隣の秋間家の玄関からうちの母が出てきた。車を覗き込んで言う。

「おかえり、二人とも。山はどうだった、紅葉してた？」

「水族館にした。これ土産ね。ばあちゃんは？」

「まあまあよ。秋間さんに電話するほどのことはなかった」

　イカせんべいの袋を渡すおれの横に、助手席から降りた時果が回り込んだ。深々と最敬礼する。

「おばさん、お世話になりました」

「ん、いいから。時果ちゃんも大変よね」

　母が一足先にうちへ引っ込むと、じっと見送っていた時果がつぶやいた。

「いいなあ、コースケんちは」

「そうだね」

「ほんといいよ、コースケは」

　運転席のおれを時果が見下ろす。その向こうに傾いた日がかかる。逆光でよく見えない。

「ねえ」

「ん？」

「コースケは私の味方だよねえ」

「え？　そりゃあ彼氏だから……」

「彼氏だから？　ん、なあに？」

「味方だよ」

おれが言うと、時果は嬉しそうに肩をすくめた。

そして早足に家へ入っていった。


夕食後、携帯に電話がかかってきた。時果に合わせた着信音だったのでそのつもりで出たら、別人の声がした。

「あー、あー。いいのかしら、もしもし」

「はい？　あ、ばあちゃん？」

時果ではなくて、ばあちゃんだった。たどたどしい口調で言う。

「もしもし、康介ちゃん？　あのね、悪いけど、ちょっと来てくれない？　忙しいだろうけどねぇ」

「はあ、いいですけど、今ですか」

聞き返してから、遅まきながら異常に気づいた。

どうしてばあちゃんが時果の携帯を持ってるんだ。

「ときちゃんがね、ちょっと倒れちゃって」

「……え？」

おれは皆まで聞かずに走り出した。

3

低血糖、栄養失調。時果を連れていった休日診療所で、そう告げられた。それは病名というよりも症状名だった。

昏睡状態の時果を預けてうちに帰ったおれは、ばあちゃんからとんでもない話を聞きだした。時果は十日近くもの間、グラスハートしか食べていなかったのだ。

「あの、小さいガラス瓶ですか？」

「ガラスのね、小さい瓶に、何かお菓子を入れていてね」

確かめたかったが、実物は時果と一緒に診療所に置いてきた。服を脱がせてまで剝ぎ取るほどのものじゃないと思ったんだ。

念のため、おれはばあちゃんに断ってから、時果の部屋に向かった。時果のいないときに入るのは初めてだ。おれにも隠している異様なものが残ってるんじゃないかと、危惧しながら戸を開けた。

パステル調の絨毯とカーテンとシーツ。ラッセン風の幻想絵画のポスターが二枚。生活感があるのは上着かけに投げかけてあるパジャマぐらいで、全体的にきちんとしている。受験生らしく、机にはノートや参考書類が一山。

これといっておかしなところはなかった。口の中で謝りつつ引き出しなども開けたが、あやしいものもない。念のためばあちゃんに確かめたが、時果がグラスハート以外に別の何かを持っているところは、見たことがないという返事だった。

やはり、問題はグラスハートなのだ。もう一度ばあちゃんと話すと、私もそう思う、と同意してくれた。ばあちゃんによれば、時果はグラスハートのことを、特別な栄養食品だと話していたらしい。ばあちゃん自身も食べるよう勧められたが、断ったそうだ。

「ちょっとでも、食べておけばよかったかねえ。なんだか気色はよくなかったけど……」

「いえ、食べなくて正解だったと思いますよ」

おれはうちに帰って父のパソコンを借り、グラスハートについて調べた。

結果を見て唖然とした。

キーワード「グラスハート」の該当数は、以前調べたときの二十倍にも増えていた。トップ10はどれも愛用者の投稿やブログ記事だった。歌や詩の歌詞はずっと下位に追いやられている。おれが使った検索サイトは、世間で言及された回数の多い話題ほど、上位に持ってくる形式だ。自然現象か、誰かの仕掛けかはわからないが、この二週間ほどであのグラスハートがブレイクしたのは間違いなかった。

おれは、断片的な情報をピックアップして、グラスハートについてのまとめを作っていった。

「グラスハート」は商品名だ。商品としては、時果が持っていたあのガラスの小瓶と中身がセットになっており、ある輸入代理店が海外から入手し国内販売している。価格は一セットが一万円ほど。代理店のサイトは上位三位にきていた。前回調べたときには、まだ店の公式サイトが下位にあったため見逃したみたいだ。

そのグラスハートの容器は強化ガラス製だった。といっても特別なものじゃない。踏んでも壊れないていどに頑丈だというだけで、特徴といえば、開閉できて、小さな通気口が刻まれていることぐらいだ。特別なのは中身のほうだった。

そこにはアフリカ南部の鉱山で発見された、ハーティ・リッチェンという種類の、特殊な地衣類の菌株が封入されている。地衣類とは菌類と藻類が共生したもののことだ。グラスハートの目玉はこの地衣類だ。というのも、ハーティ・リッチェンはそのまま生で食べることができるのだ。とても味がよくて、代理店の宣伝文句を借りれば「天界のマシュマロのように」上品な甘みがする。そのくせ低カロリーで、体内の元素バランスを保つ作用がある。体調回復やダイエットにも大きな効果がある。

ここまで知ったところで、おれは相当ないかがわしさを感じた。この商品はいろいろな問題を抱えているような気がする。外国の生物を生きたまま持ち込んだり、それを食用として販売するのは、許可や資格が必要だったんじゃないだろうか。

よく知らないので、あとで調べることにしたが、グラスハートの情報を追い続けていくと、さらにいかがわしいことがわかってきた。

このコケは、人間の祈りの力で増えるというのだ。

人間が空《から》に近いグラスハートの容器を胸に抱いて、強く祈りながら数日持ち歩けば、中身がいっぱいになってしまう。それをちぎって食べても、数日たてば回復する。そんなことを大勢の体験者が保証していた。中にはまったく信じていなかった人もいた。その人は絶対インチキだろうと考えて、大きくなるグラスハートを、わざわざ毎日コップの水に入れて体積を量ったそうだ。すると、グラスハートは一日に数十立方センチも増えることがわかった。真っ暗な衣服の中に閉じ込めて、持ち歩いているだけなのに、だ。

それを目の当たりにした人は驚いて、奇跡の種だ、と評価していた。祈りの力によるとしか思えない、と。

「おいおい……」

おれは、正直いって困惑した。

この話の中で一番うさんくさいのは、容器の中身が勝手に増えるということだ。そんなことがありえないのは小学生でもわかる。いかさまがあるとすればそこだ。みんなそれにだまされているのだろうと、最初は思った。

だが、すぐにそうではないとわかった。情報を漁《あさ》れば漁るほど、「確かに増える」という話ばかり出てくるのだ。ありえないことなのに。だが情報の全部が嘘だとは考えられない。本当なのかもしれない。

いや、そこは本当なんだろう。グラスハートの中身が本当に増えたからこそ、時果はそれを信じこんだのだ。感動して肌身離さず持ち歩いていたのだ。

なぜかはわからないが、グラスハートは増える。それは認めなければいけないようだ。

きっと問題はそこじゃないんだ。

別のこと、たとえばハーティ・リッチェンという地衣類の、毒性や習慣性が問題なんだろう。その情報はまだネット上で見かけなかった。

最悪の場合、時果は健康食品を騙《かた》った毒草事件か、麻薬事件に巻き込まれたのかもしれなかった。

「時果……」

診療所に預けてきた時果のやつれた顔が、急に頭に浮かび、おれはあわてて休日診療所に電話して、時果がグラスハートしか食べていなかった、ということを伝えた。

事務的にわかりましたと答えた職員の態度が気になったが、向こうもプロだ、グラスハートの名前がわかっていればなんとかするだろう、と思うことにした。

翌日の月曜日はばあちゃんの透析があった。ばあちゃんの病院とおれの大学は遠くないので、おれがひとりで送っていき、逆方向にある休日診療所へは秋間のおばさんが向かうことになった。時果と同じように過剰に気を遣うおばさんが、「康介くん、いつもいつもね、ほんとにありがとうね……」と何度も頭を下げておれたちを送り出した。

車を出すと、時果がいるときには黙っているばあちゃんが、後ろから話しかけてきた。

「康介ちゃん、康介ちゃん」

「なんスか」

「ときちゃんを怒らんでやってちょうだいね」

バックミラーの中で、ばあちゃんが寒そうにショールの襟元をかき合わせていた。細くてごつい手首に、膿《う》んだ虫刺されみたいな穿刺《せんし》の跡があった。

そういえばおれは、送ってほしいかどうかを改まってばあちゃんに訊いたことがなかった。ばあちゃんはしきりに礼を言うけれど、さほど喜んでいるようにも見えない。おれも免許を取った得意さで、親切を押し付けていたようなところがある。ひょっとすると余計なお世話と思っているのかもしれない。

「怒ったりしないですよ」

「お願いね」

ばあちゃんが頭を下げた。

大学では、講義前の朝イチにレポートを出さなければならなかった。研究室棟の廊下に置いてある提出箱に、ファイルを入れて引き返そうとすると、洞木と鉢合わせした。

「やあ」

「おっ、日吉」

おれの顔を見た途端、洞木は真剣な目つきになり、駆け足でファイルを放りこんで戻ってきた。

「ちょうどいい。ちょっと来い」

「おい、なんの用？」

「いいから」

腕をつかんで階段下の喫煙スペースまで歩くと、洞木はおれの顔を覗きこんだ。

「日吉、おまえの彼女が持ってるって言ったよな」

「急になんだ。なにを？」

「あれよ。ほら。グラスハート」

「それがどうかしたか」

「あれ、やめさせたほうがいいぞ」

「いきなりだね。誰かにプレゼントしたいんじゃなかったのか」

おれはひとまず冗談で返した。しかし洞木はせわしなく首を振って言った。

「城之坂のことだったら、もうプレゼントする気はない。というかプレゼントする必要がない」

「誰かとくっついたのか、あの子」

「そうじゃない、もう持ってんだよ、グラスハートを」

「持ってるのか」

「そうだ。あの子に聞いたからおまえに教えることにしたんだ。あれはやばい」

「聞いたって何を？　やっぱり人体に有害なのか？」

「有害？」

洞木が妙な顔をした。おれは昨日グラスハートについて調べたことを、ざっと話した。その流れのままに時果が倒れたことも打ち明けた。

「おれは時果が中毒になったんだと考えてる。今日の帰りに診療所に寄って、聞いてみるつもりだ」

それを聞いた洞木は、何かを考えこむような目つきになった。

「日吉、おまえさ」

「ん？」

「おまえ、それでグラスハートが無害だって言われたら、どうする。あのなんとかいう地衣類が」

「無害なわけないだろう、現に病人が出ているんだから」

「低血糖、栄養失調って言われたんだろ？　それだけだったら？」

「そんなばかな……」

「その、トキカって子が中毒でもなんでもない、ただのダイエットのしすぎだって言われたら？　医者がグラスハートを禁止しなかったら？　おまえ、どうするんだ」

「どうしてそんなことが言えるんだ？」

「おれも調べた」

洞木は携帯を出して突きつけた。受け取って読み始めたおれは、次第に混乱してきた。

洞木が探し当てたのは世界保健機構《WHO》のサイトだった。探し当てたといっても別に隠されていたわけではなく、ただ検索ワードの組み合わせで見つけ出したというだけだ。しかし、さすがというべきか、そこには口コミサイトでは望めない確かな情報、が記されているように見えた。担子地衣類に属するハーティ・リッチェンの毒性に関する分析結果。動物実験や臨床試験の結果が、たくさんの点の散らばるグラフとともに、長々と書きつらねてある。過程は難解で、結論はひねくれているように思えたが、文系のおれでも意味はわかった。

画面を見たまま、洞木にむかって言う。

「食用に適しないと判断できるデータはない、って書いてあるな」

「言ってるな」

「信用していいのか？」

「WHOが信じられなかったら、どこが信じられるんだよ」

ため息をついて、洞木はおれの手から携帯を取り戻した。

「グラスハートは食えるんだよ。販売店サイトでも、ここの文言をコピペして宣伝に使ってる。あれは無害だ。もし医者に頼んだら、目の前で食べてくれるだろうな」

「でも、時果は……」

言いかけて、おれは洞木の話がちぐはぐなことに気づいた。

「洞木おまえ、言ってることがおかしいじゃないか。グラスハートは全然やばくなんかないのに……」

「やばいの意味が違う。おまえが勝手に毒だと思い込んだだけだ。おれが言ってるのはそういうことじゃない」

「どういうことだ？」

「なんで増えるんだよ。リッチェンが増殖するわけは？」

おれはちょっと眉をひそめた。

「わからない。なんでだ？」

「WHOのサイトにも増える理由は書いてなかった。なんでだと思う」

「さっきのところにも？　それじゃあ――」

「WHOでも確認できなかったからだ――と言ったらどうする？　祈りの力が実在すると言ったら……」

「なんだって……？」

おれは今度こそ驚いた。あちこちの掲示板で交わされていた眉唾の議論が、脳裏に蘇った。直感的に、時果の症状がどういうものなのかわかったような気がした。

「……時果は、グラスハートに精神力を吸い取られてしまったのか？」

洞木は苦いものを呑んだような顔で、おれをじっと見つめた。そして腕時計を見て、「このままだと一コマ目の講義に間に合わないな」と言った。

おれはそれどころではなくて、洞木の肩をつかんだ。精神力を吸い取る植物？　そんなものがあるなんて一大事だ。人命がかかってる。聞き逃すわけにはいかない。

「講義なんかどうでもいい、おごるから話してくれ。カフェテリアにでも行くか？」

「まあ仕方がないな。おまえはそこらの馬鹿どもと違って、話せばわかる程度の頭はありそうだから……教えてやろう」

大きくため息をつくと、洞木は耳打ちの素振りをした。おれも思わず身を乗り出す。洞木は静かかな、耳を澄ませていないと聞き逃してしまいそうな声で、ささやいた。

「いいか――これから話すことはおまえのこれまでの常識に反するかもしれない」

「あ、ああ」

「だが歴然たる事実だ。おれも最初は疑っていたが、今ではこれしかないと思うようになった。おまえはどうだ。信じられるか」

「内容次第だが――」

「いや、信じろ！　信じるんだ。いいか？　それがおまえのトキカちゃんを救うためだ。どんなに不思議な話でも、信じることだ！　わかったな？」

洞木がそんなに真剣な顔をするのは、今まで見たことがなかった。それほど突拍子もない話なのかもしれない。おれはごくりと唾を飲んでうなずいた。

「わかった、信じる」

「そうか、よく聞けよ。ハーティ・リッチェンはな、――赤外線で増える」

「ああ……ん？　なんだって？」

うなずいてしまってから、おれは聞き返した。赤外線？　精神力じゃないのか？

「赤外線。熱線だ。あれは普通の種類の植物と違って、可視光以外の赤外波長を最もよく吸収して育つんだ。祈りは必要ない。精神力なんざまるっきり関係ない。WHOサイトに書いてないのは、あそこが安全性を調べる組織であって、生物学をやる研究所じゃないからだ。超自然的なことは何もない。すべてが現代科学で説明できる。わかったか？」

固唾を呑んで身構えていたおれの前で、洞木は事務的にスラスラと話を済ませて、ふんと胸を張った。

さっきまでのおどろおどろしい口調や雰囲気は、きれいさっぱり投げ捨てていた。演技だったのは明白だ。これが、こいつの言いたかったことなのだ。

神秘のシの字もない。おれは見事に肩透かしを食らって、しばらく開いた口が塞がらなかった。

やがて洞木が馬鹿にしたような半眼で言った。

「なんだおまえ、本気で祈りの力なんて信じたんじゃないだろうな」

「いや……普通信じるだろ⁉ あんな前振りされたら！」

「それを普通と思うようなら、おまえはやや危ないな」

そう言うと洞木は立ち上がり、廊下の先を親指で差した。

「行くぞ、詳しく話してやる。カフェテリアだ」

「何を話すんだ？」

「今おまえに何が起こったかをだよ」

洞木は足早に歩き出す。おれはあわてて後を追った。

休日診療所に向かってのろまな愛車を走らせながら、おれはそれこそ、祈るような気分だった。洞木の説明は非の打ちどころがないもので、おれが陥りかけた罠の性質をも含めて、すべてを納得させてくれた。

しかし、おれがそれを時果にうまく納得させられるかどうかは、全然別の問題だった。

時果はお仕着せの無地のガウン姿で、診療所のベッドに横たわっていた。おれを見るとやわらかく微笑んだ。こちらを信頼しきった、庇護心をかき立てられる無垢《むく》な笑みだった。だが洞木の考えがもし的を射ているなら、その裏に手ごわい敵が隠れているはずだ。おれは内心の準備をしながら、ベッドの横の椅子に腰かけた。

「大丈夫か」

「うん、平気だよ。ちょっと食べたら元気になった」

ちゃんと食べたんだ、と手を握ってやろうとしたとき、時果がまるで糊で貼り付けたように、片手をしっかり胸に乗せていることに気づいた。グラスハートを握っている。

そして、かたわらの点滴台には、薬液の入ったままのバッグが所在無くぶら下がっていた。チューブの先は時果の枕の下に隠れている。

それを目にしたとき、おれは不吉な予想が当たってしまったことを知った。医者がつけた点滴を勝手に外すなんて、普通の人間のやることじゃない。

「時果」

どうしたらいいかわからないまま、切迫感に動かされて、白い手首を握った。

「グラスハートを渡してくれないか」

時果の表情がさっと変わった。胸に当てた手に力がこもった。

「それがないほうが、おまえは元気になると思うんだ」

「なんで？」

「なんでじゃないだろう。自分で思い返してみなよ。それを身につけてから、体がつらくなったんじゃないか」

「つらいのは当然だよ。油とかのカロリーを取らなくしたんだから」

「時果、カロリーは毒じゃなくて」

「グラスハートのこと、調べたんでしょ？　だったら心の力のこともわかったでしょう？　この中で、心が形になってるんだよ。本当だって！」

「疑ってやしないよ。ちょっと話を聞けって」

「疑ってるって。絶対疑ってる！　だって、そうでしょ。普通は信じないよね、心の力とか。でも美怜《みれい》は信じてくれたんだよ。美怜は見たし、食べてくれた。それでおいしいって言った。私のあったかい味がするって」

「ミレイ？　それっておまえのクラスの？」

「コースケはまだ早い気がしてたけど、もうこうなったら、食べるしかないと思う。ね、コースケはまだ知らないんだよね？　食べたほうが絶対いいよ。そうやって、ちょっとずつでもわかってくれるのがいい」

　おれがよく知らないクラスメイトの名前まで出して、時果は取りとめのない口調で一方的にしゃべった。そしていきなりガウンの胸を左右に開いた。彼女はブラジャーをつけておらず、痩せて鎖骨の浮いた首筋と、暗いミルク色のなだらかな乳房が見えた。その下のグラスハートも。

　おれは驚いて顔を背けたが、時果は半裸になることも気にしていないみたいだった。温まったガラス容器を取り上げ、蓋を開いて中身を一つまみ、むしり取った。

　おれの横顔に向かって突きつける。

「食べて？」

　頭を押さえつけられるような、恐怖、悲嘆、そんなものをおれは感じていた。この時果は、おれが知っている時果じゃなかった。まるで誰かがすり替わっているみたいだ。爪を短く切った指に挟まれた欠片《かけら》を、おれは複雑な思いで見つめた。

　それはまず第一に、生物だ。地衣類にはイワタケやエイランタイなどという、食用になるものもあるそうだから、これが特別と言うわけじゃない。実際、ハーティ・リッチェンの外見は、地衣類という名前の地味な響きに反して、愛くるしいとさえ言えた。ほのかなピンクを帯びた白色で、ふっくらと空気を含み、断面はごく細かな網状だ。汚れは見当たらない。そのまま和菓子として出されても違和感はなさそうだ。

　しかしおれにとってそれは、時果の体からの分泌を連想させるもの、爪や髪の毛などに似た嫌悪を催させるものでもあった。物理的にそうだし、それを育てることで時果の正気が奪われたという意味でもそうだった。それは不吉なものだった。

それでも――おれは、それを拒否する気になれなかった。

「食べて、コースケ」

時果の顔が歪み、口調が哀願のそれになる。彼女にとっては、文字通り精魂傾けて育てたものなのだ。拒まれるのを怖がっている。時果にそんな顔をさせるぐらいなら、たとえ毒でも食って死んだほうがましだった。

おれは欠片をつまみ、口に入れた。

ふっつりと歯に応える感触。控えめなのに滋味を感じさせる芳香。口にしっかりたまって、夢のように溶けていき、かすかな涼しさを残す後味。

美味《うま》い。……確かに人間が作った菓子みたいな味だ。知らなければ生の植物だとはとても思わないだろう。

でも、ただうまいのと、満足できるのとは、別のことだ。おれは嫌な気分を、生理的不快感と言うしかないものを味わっていた。それは時果に対して覚えたくもない感情だった。

時果が子供のような顔で言葉を待っている。おれはなんとか微笑んで、「うまいよ」と言ってやった。

「き、気持ち悪くなかった？」

「全然」

ほうう、と時果が息をついた。空気の抜けた風船のように肩が小さくなった。

「よかった……コースケに合ったやつ、作れた……」

「合ったやつ？」

「祈りの中に、コースケが喜ぶようにってのも、少し入れたから。あは、少なかったらごめんね」

うつむいた時果は、自分が半裸であることに今さら気がついたように、頬を赤らめてガウンの前を合わせた。それから照れくさそうにおれを見上げた。今の一事で何かが許されたような顔をしていたが、グラスハートを手放す様子は全然なかった。

おれには、こう言うのが精一杯だった。

「時果、お願いだ。それを持っててもいいから、他のものも少しは食べて。パンでもご飯でも」

「でも、食べると心が分かれて……」

おれが見つめると、時果は不満そうな顔をしていたが、やがて小さくうなずいた。

「頼む」

「帰ろう。ここはほんとは入院できないんだ」

おれは手を貸して、時果を立たせた。

一体この子は、何をこんなに強く祈っているんだろうと思いながら。

4

城之坂硝子《しょうこ》、とネームプレートが出ている。下の名前を初めて知ったが、古風でなかなか綺麗な名前だ。

自宅の液晶テレビの大画面に映った彼女は、バラエティにありがちな電飾の類のない、観葉植物を配した質実な感じのスタジオで、司会者と肩を並べていた。

「それじゃあ、人間から離れると枯れてしまうんですか？」

「大丈夫です。もともとは、自力で生えていたものですから」

「そうなんですか。こちらがその、グラスハートの実物ですね。可愛いケースですねえ」

特番の合間に押し込まれた通販番組だから、紋切り型で退屈だった。でも、今日は正月の二日目だ。全国で何百万人もの人が見ているんだろうな、とおれはぼんやり思った。

「ねえ、あれほしい。あれほしいー！」

コタツの向かいで六歳の従妹《いとこ》が叫ぶ。年始にやってきた伯父一家のお姫様だ。伯父夫婦は、はいはいと答えるだけで見向きもしない。キッチンから顔を出した祖父がチャンネル変えろと言い、祖母がテレビに命令した。

「テレビさん、時代劇の映画を探して」

音声に反応してザッピングが始まった。じきに白黒番組で落ち着いた。

うちの一族は、幸いこの調子だった。ガラスの容器に入った神秘的なコケを、本気でほしがる人間はいない。よく言って世俗的、悪く言えば鈍感だ。

しかし、城之坂がそうなったように、首まではまった挙句に広める側に回ってしまう人もいるだろう。

おれがグラスハートのことを知ってから一ヵ月と少し。流行はピークに達していた。グラスハートの関連本が十冊近く現れ、ハーティ・リッチェンそのものも、ケニア製の贋物《にせもの》が出回り始めた。こんなもの簡単に用意できるわけがないから、目端の利く業者がブームになる前から用意していたんだろう。

今までグラスハートを広めていたのは、販売元のIMSつまりインフィニティ・マクロビック・サイエンス社と、体験者や購入者たちの口コミだった。そのころはまだたいして知られてもいなかった。しかし心の力をうたった販売促進本が出て、プロ野球の監督や有名な建築家がそれを勧め始めると、だんだんネットでの言及も増えてきた。そして暮れの特番に取り上げられたところで爆発した。いまやグラスハートの名を聞かない日はなくなった。

「おーい、PC借りるよ」

祖父と一緒にうどんを打っている父に声をかけて、二階へ上る。自分のパソコンがほしいが、車の支払いが済むまではなんともならない。それでも、あるだけマシだが。

ネットでは争いが激しくなった。

年末に、ある県の教育委員会が、冬休みの児童向け推薦図書にグラスハートの本を挙げた。

それがきっかけでネット上に議論が起こった。本を出している評論家から十二歳の小学生まで、さまざまな立場の人間が発言していたが、それがすれ違っているのは珍しくなかった。まず、グラスハートの販促本を素晴らしいと考える人に対して、それを広めるべきではないと考える人が議論を仕掛けた。彼らはその本が、科学的に正しくないことを事実のように見せかけていることを問題とした。また、その見せかけによって畑違いの道徳心の向上を訴えていることも問題だと指摘した。

グラスハートの本の要旨は簡単だ。グラスハートとその中身の美しい写真を載せて、人間が祈りながらそれを抱き続けると育つと書いてある。抱かなければあまり成長しないこと、身につける時間が長いほどよく育つこと、水も光もほとんどいらないことも、一ページずつ取り扱っている。そして、育てた人によって一株一株の味が違うとも主張していた。放置しがちに育てたようなものは、すかすかして薄味でまずいものになる。よく祈って育てたものは濃密でとてもおいしくなる。自分で口にしてもいい。その場合は祈りの力が体内に還流してより清らかに精錬される。また人に勧めてもいい。それは祈りの力の輪を広める行いになる。

おいしい株を育てることができるのは、生活を正して敬虔《けいけん》に暮らす人なのだ、と本は丁寧に教えていた。

とても多くの人がこの本に感動し、賞賛していた。彼らは非難に対して強く反発した。

グラスハートは迷信ではないんだ。本当に増えるんだ。実際に祈りに応えてくれる。食べ始めてから断然体調が良くなった。夫婦仲も良くなった。誰かに口出しされる筋合いじゃない。感覚的に誤りだとは思わない。何かを信じることは素敵だと思う。仮に科学的に間違っているとしても、道徳の読み物なのだから気にすることはない。

そんな声がブログや掲示板に並んでいた。

感情的な強い擁護論は、当然のように、感情的な再反論を呼んだ。あちこちで罵声の応酬が起こった。大体において、懐疑派のほうが粗暴で高圧的な人間が多いように見えたが、中には腰を据えて丁寧な長文で答える人もいた。

そういった人たちによれば、グラスハートが増えるのは祈りのためではなく、三十六度の体温のためだった。水がいらないように見えるのも、人間が発散する汗を吸収しているからだった。人間は一日に二リットルもの汗を出すので、グラスハートぐらいの大きさの植物なら十分まかなえる。その他の微小元素は容器内の砂から得ているのだろう。よく見れば砂が減っているはずだ。

祈るために、肌身離さず身につけるという行動が、結果として水とエネルギーを供給しているのだ。これは科学的なプロセスで、祈りを持ち出す必要はどこにもない。そういうことが説明された。

しかし、こういった再反論は、ほとんど効き目がなかった。この段階ではまだ、首尾一貫した説明を決まった場所でする人がおらず、何人もの人がばらばらに発言していたため、ということもあった。それに、別の種類の反論も現れていた。

懐疑派が疑うならば、自分で実験するのが筋だ。――一部の人に有名らしい技術系ブロガーがそう言って喝采を浴びた。グラスハートがいんちきだというなら、実験で証明すればいい。肌に抱くことなく、三十六度の温度と一定の水蒸気を与えて、グラスハートを育ててみればいいのだ。祈りが必要ないというなら、抱いた場合と変わらない株が育つだろう。それで万事解決だ。

これはもっともな反論のように見えた。実験によって間違いを指摘しろというのは正しいアプローチだという意見、グラスハートを批判する側が自分で検証しないのは、不誠実だという声が相次いだ。

実際問題として、きっかり三十六度を何十時間も保ち続けることは、かなり難しい。湿度まで管理しなければならないのだから、なおさらだ。一般人にはできない。だからそれに反対する人、できれば本物の科学者がやってくれればいいのに、という思いは強かったのだろう。

やるのが難しいからこそ、グラスハートの販売者側にそれをやる義務がある、とある人が指摘するまで、そんな論調は続いた。

科学的な議論においては、古い説と衝突することになる新しい説を持ち出す方に、説明責任がある、とその人は冷静に指摘していた。なぜならば古い説は、長い間多くの実験に耐えて生き残ってきたからこそ、今でも生き残っているのだ。古いものとぶつかりたければ、同じぐらい厳しい検証に耐えなければならない。そして、それは新しいものを持ち込んだ側の義務となる。いや、義務というよりも権利ととらえるべきなのだ。科学のフィールドでは、どんな新人にも、新説を主張し検証する権利がある。十分な検証がなされたのなら、必ずそれは本流に受け入れられる。——検証を相手方に押しつけて新説を振りかざすのは、セールスマンが新製品のセールスを客にやらせるようなものだ。そんなことをやる客はいないし、そんなもったいないことはない、とその人は皮肉った。

ほどなく、その人を含む何人かの論客が実名を公表した。いや、公表したというと大げさすぎるかもしれない。クローズドな掲示板ではとっくに知られていた名前を、一般に向けてもあらわにした、という程度のことらしかった。いずれも大学の教職員や、メーカーの技術者などの専門家だった。

学者に言わせれば、実験そのものもたいして難しくはないということだった。たとえばグラスハートを、水分子をせき止めるフィルターのついた断熱容器に入れて、祈りながら育ててみせればいい。それでも育つというなら本物だ。

だが擁護派の中から、それを実際に試す人間は現れなかった。それに成功したという報告もなかった。

懐疑派の主張はずっと明確になった。ＩＭＳ社がグラスハートの詳細を説明するべきだ、というのだ。

ＩＭＳ社が、一面ではとても賢明な会社だったのは確かだ。彼らはグラスハートの本の中で、祈りながら抱けば育つとか、祈らずに放置するとよく育たないとかの表現は使ったが、

「祈るだけで育つ」とはただの一言も書かなかった。幸せとか、未来とか、平和とかを願うようにとは書いたが、具体的に何を祈るべきかも指定しなかった。

科学者がIMS社を非難しようとして初めて、その周到さがわかった。彼らは本のどこにも、断言する形では嘘を書かなかったし、どんな宗教にも触れていなかった。そして、そのことをおくびにも出さなかったし、ネット上の議論にも一切介入しなかった。もちろん、容器の中身の、ハーティ・リッチェン種の安全性は十分に説明していたし、国内へ持ち込む許可もきちんと取っていた。

どうもIMS社は見かけよりずっと周到な会社であるらしかった。

しかし、だからといって彼らが善良なわけがなかった。

ネット上では、愛用者たちがまだ抵抗していた。グラスハートの中身が増えることや、それが無害で美味なことは、とにもかくにも事実なのだ。彼らは言った。グラスハートを非難する人たちには、優しさというものがないのか。細かな理屈はどうであれ、何もないように見える容器の中に食べ物が湧いて出る、このことを不思議だと思わないのか。感動しないのか。究極的には、食糧難の解決策になるかもしれないのに。

それは擁護派が最初から頼ってきた理屈で、同時に最後の砦でもあった。しかし科学者の答えは明快で、容赦がなかった。

グラスハートの栄養源は人間だ。それを食べるのは、自分が捨てたものを回収して摂取することだ。このループは拡大しない。どちらも少しずつ消耗していくだけだ。最終的には共倒れで終わる。

――おれはパソコンの前で、そのような結論に達した掲示板を眺めて、ため息をつく。

おれがグラスハートを知ったのは遅かったが、この結論には逆にもっと早くたどりついていた。洞木が、ほぼ同じ内容のことを説明してくれたからだ。

おれとしては、詳しい計算はわからないながらも、懐疑派のほうが正しいことを感じていた。

ただ、だからといって、勝ち誇った調子で擁護派を罵倒する気にもなれなかった。むしろその逆のことをしたかったのだが――そういうことをやっている人間は、少なくともネット上では、あまり多くないように見えた。

懐疑派として、擁護派と和解しようとしている人間は。

おれはパソコンを切って眉間をもんだ。階下から父の声が聞こえた。

「康介、うどんできたぞ！」

下に降りたおれは、足にまとわりついてくる従妹を引き離して、キッチンに入る。お隣のは、と訊くと、だし汁の味を見ていた父がざるを指差した。

「待っとれ、つゆも特製だ」

「康兄《こうにい》、どこ行くの？」

「陣中見舞いにね」

こぼすなよ、と父が手鍋を差し出す。従妹に答えながら、上にざるをかさねて、玄関に向から。うちではもう何年も、食事を余分に作ってお隣へ持っていくのが当たり前になっている。引っ越してくる前はお互い赤の他人だったが、今ではそんな調子だ。おれはともかく、親はどんなつもりなんだろう、とふと思った。

「康介、時果ちゃんに」

サンダルを履いていると母が追いかけてきて、ぽち袋をポケットに押し込んだ。

秋間家のおばさんは、またいなかった。配達業なので正月も忙しい。ばあちゃんは何度誘ってもうちに来ない。休みの日によそ様の家庭へ上がりこんでは邪魔になる、という固い信念をもっているらしい。

「時果ー、うどん」

玄関から呼んでも時果は降りてこなかった。おれは部屋へ向かった。

「時果?」

ドアを開けると、勉強机の時果が、ん、と綿入れの背中で返事をした。おれはそばに立って、横顔を見た。

「どう?」

「順調」

時果はセンター試験まで秒読み段階なので、やはり年始のあいさつにも来ないでノートに没頭している。おれはハンカチを出してひらひらさせた。

「鉢巻、巻いてやろうか」

「お願い」

　時果が真剣な目をちらっと向けた。おれは冗談だと言えなくなる。細長くしたハンカチをおでこに巻いてやると、うんあったかい、と時果が手で触れた。こんな時まで験《ゲン》かつぎか、という言葉が喉まで出かかった。

　模試の結果らしい色刷りの紙を見つけたので、手を出そうとしたらさっとひったくられた。

「ひみつ」という口調に隠し切れない疲れがある。見なくても結果の想像がついた。

「うどん、来たぞ」

「ありがと。夕方食べるよ」

　振り返りもしない。手のつけようがないとはこのことだった。窓明かりに照らされた横顔よりも、むしろ時果の手元に目を奪われた。英単語を書くペン先が細かく震えている。

「時果！」

　後ろから肩をつかむと、ひゃっと叫んで邪険そうにもがいた。その耳元で、なるべく気軽に聞こえるように言った。

「あれ、くれよ」

「あれ？」

　ああ、と時果が椅子ごとぐるりと振り向き、おれの手を握った。

「またほしい？」

「うん」

生き生きした表情でそう言って、時果は階下へ降りていった。じきにお茶と角皿を盆に載せて戻ってくる。

「はい」

綺麗なサイの目に切られた、ハーティ・リッチェンの白い欠片が、四つ並んでいた。以前、和菓子みたいだと言ったら、それに見立てて出してくるようになった。

時果とベッドに並んで座り、添えられた竹楊枝《たけようじ》で食べた。

どう？　と控えめな期待の目で聞かれる。うまいよ、と答える。

でも本当は、依然として味わう気が起きない。

食べ終えて茶を飲むと、時果はうーんと思い切り伸びをして、骨をぼきぼき鳴らした。みじめに丸まっていた体が、元通りにすんなりと動くのを見て、おれもほっとした。

「ちゃんと息抜きしろよ。それ、いつまでつけてるの」

「どれ？」

「頭」

鉢巻ハンカチに触れた時果が、何これっ、と驚いた声をあげた。つけられたのも気づいていなかったらしい。

おれはそれを外してポケットに入れた。

「今さら焦らなくても大丈夫だって」

「わかってるけど、ついね」

時果が苦笑して頬をかいた。

他にいくらでも形がありそうなのに、おれと時果の間は、なぜかグラスハートでつながれていた。彼女が聴く耳を持たないほど集中していても、嚙みつきそうに苛立っていても、取り乱して泣き出しそうなときも、ガラスの容器をしっかり抱かせてやると、不思議に落ち着いた。それをくれと頼むと、切り出せるほど育ってさえいれば、時果はいつでも嬉々としておれに分け与えてくれた。

時果は、いくつもの意味で間違っていた。おれは祈りの力など信じていないし、食べ物としてのグラスハートなどほしくなかった。それにのめりこんでいる時果を見るのが苦痛だった。それを取り上げて地面に叩きつけたらどんなに爽快だろう、と思うことすらあった。

時果が祈れば祈るほど、皮肉にも、それを見守るおれは不幸になっていったのだ。

5

一月の間にブラジルで八百人乗りの大型機が落ち、ブリテン島にしかいない珍しいキッツキの仲間が絶滅し、三十年来の不作とかでスーパーからみかんがなくなった。年の始めだというのに、なんとなく気が滅入るような、とても寒い月だった。

おれは大学の試験でそこそこの成績を出し、無事に進級できることになった。おれの家族や、三が日で帰った親戚も、まず大きな病気やけがなどはしていなかった。

時果はセンター試験の足切りで、志望校だったおれの大学に落ちた。

だが、二月末までは私学の入試が残っているので、頑張っていた。

世間で何が起ころうが、ばあちゃんの腎臓には関係ない。おれは試験の当日にもばあちゃんを送ったし、ばあちゃんは透析を受けた。センターの前日にはちょっとした騒ぎもあった。ばあちゃんは以前、腕から血を取り出しやすくするために、シャントという血管を作る手術を受けたのだが、そこをうっかり物差しで突いて、少し出血してしまったのだ。動脈だから大事に関わると思って、医者へ連れていった。

その騒ぎが、試験前の時果の心を乱したんだと思う。本人は何も言わなかったが、おれはそう確信していた。

この頃ではもう、なんらかの形で事情が変わって、時果が楽になれるようにと、そんな心配ばかりしていた。

だから、雪の夜に時果を見たとき、おれはとうとう耐えられなくなった。

その日のおれは都心のほうに用事があって、車ではなく電車で出かけた。用を済ませて帰るとき、時果がここ最近、高校の夕方の補習に出ていることをふと思い出した。

時果の高校も同じ鉄道の沿線にある。こっちが少し時間をずらして乗れば、ちょうど途中から時果も乗ってきそうだった。おれはそうした。

タイミングは計算どおりだった。列車が高校の最寄り駅で止まると、黒コート姿の学生が大勢乗ってきた。けれども混み具合は計算どおりじゃなかった。帰宅途中の大人と学生でいっぱいになってしまい、身動きが取れなくなった。

時果を探すどころじゃない。おれは車内で彼女を見つけることをあきらめた。乗っていれば降りる駅で会えるだろう。

そう思って、暖房の効きすぎた満員電車の熱気に耐えていた。

もうすぐ降りる、というころだった。突然、車内に甲高い声が響いた。

「触らないでください！」

場所が場所だけに、痴漢でも出たんだろうとおれは思った。周りの客も似たようなことを思ったらしく、いっせいに声のしたほうを向く。

ひと目見て、おれは動き出そうと思った。車両半分向こうに、時果の学校の制服を着た子たちがいたからだ。いや、一人は他人じゃない。時果本人だ。クラスメイトらしい女の子と向き合っている。

様子がおかしかった。目を見張り、呆然として相手を見ている。それに対して相手は、歯を食いしばり、刺すような目つきでにらんでいる……。

痴漢ではなかった。罵《のの》しられたのは時果だった。

減速した列車が止まった。ドアが開き、事件ではないと見た乗客が足早に降りる。おれたちの駅だ。急行の止まらない露天の寒々しいホームが待っている。

客があらかた降りてしまい、ピーイッ、と笛の音がした。その瞬間、さっきより空いた車内に、強い感情を無理に抑えているような声が響いた。

「ごめんなさい、今日はちょっと」

相手の少女が、胸をトンと押した。時果は後ろ向きにたたらを踏んで、ホームによろめき出た。

自動ドアが閉じる直前、おれもそばのドアから飛び出していた。

冷たい重みに満ちた外気が体を包んだ。列車が走り出す。四角い明かりがいくつも流れていく。光に顔を撫でられていた時果が、ゆっくりと胸元に手を当て、目を閉じて何かぶつぶつ言い出した。

祈っている。

それを見た瞬間、おれはこらえられなくなった。

「時果！」

大股に近づく。揺れる視界の中で時果が怪訝《けげん》そうに顔を上げる。その右腕をつかんで高く持ち上げた。吐き捨てる。

「やめろ、そんなのは！　そんな、意味のないことをするのは――」

「コースケ？」

「いまのは見てたぞ」

時果が目を見張る。おれはうまく怒鳴れず、言葉を探す。時果が憎いとか腹立たしいとかいうようなことではないのだ。もどかしい、というのがいちばん近い。

「さわるなって言われていただろう。触るなだって！　あんな、な、あんなひどいことを言われたら、怒っていいんだよ、時果。怒れよ時果！　言い返して、やり返せ！　祈ったりなんかするな、そんなの意味がない！」

「ちょ、ちょっとコースケ、いきなり、なに……」

戸惑いがちに微笑もうとした時果が、しかし、おれの次のひとことで顔色を変えた。

「いつもそんな呪いみたいな祈りで、グラスハートを育ててるのか？　道理で苦くて吐き気がしそうな味だったわけだ」

「吐き気って、それなに!?」

急所をえぐられたように顔をしかめて、時果はおれにつかまれていた腕を、乱暴に振り払った。

「なんでそんなこと言うの、今までおいしいって言ってたじゃない。おいしかったんでしょ？　苦いなんて一度も言わなかったよ、コースケは？」

「苦くて生臭くて、最悪だったよ。ナメクジを生で食ってるみたいだった」

「ナメクジ？　ナメクジって、ひどすぎない？　そんなこと絶対ない！」

「時果がおかしいんだよ、あんな不気味なものをありがたがって食べるなんて。人間の食い物じゃないよ。合わせるのが大変だった。おまえ、おれの顔見てなかったの？　うまそうな顔なんかしてたか？　それも気づかなかったのか？」

罵倒が次々と出てくることに驚いた。自分がそんなに溜め込んでいたなんて知らなかった。しかし一度堰《せき》が切れると止まらなかった。決してまずくはなかったグラスハートの味まであげつらって、それを抱き続けた時果自身を、おれは勢いづいて弾劾した。

時果がいつの間にか黙り込み、苦しそうに顔をこわばらせていることに気づいたのは、ずいぶん罵ってからだった。

「おれがこれまでどんな気持ちでおまえを見てたか……時果？」

歯を食いしばって胸元を押さえていた時果が、ぽつりと言った。

「そんなにまずかったんだ」

「味の問題じゃなくて」

「呪ってないのに？」

耳たぶをチクリと冷気が刺した。水銀灯の光の中を、白いほこりのようなものが舞い始めていた。

「呪ってないよ、私。それだけは、してない。それは言える。だって私……自分の欲は出さなかったもん」

「なんだって？」

「私が何を祈ってると思ったの？」

「今はそんなことは」

「お願い、答えて！　私、何を祈ってるように見えたの!?」

それは恐怖さえこもった、切実な叫びだった。おれはちょっと鼻白んで、当然のはずのことを答えてやった。

「何って、まず受験のことだろ。……それからばあちゃんの病気、おばさんの仕事の苦労、友達との付き合い、それにあと、おれとの関係なんかも、か？　そういう悩みが消えるように祈ってたんじゃないのか」

そこまで言ったあと、少し口にしづらかったが、思い切って付け加えた。

「……亡くなったおじさんへの思いも、合わせて」

髪に積もる雪を払うのも忘れて、じっと突っ立っていた時果が、疲れはてたように長々とため息をついた。

「そんな風に思われてたんだ……」

「違うのか」

「違う。全然違う。えーっ、もう、なにこれ……全然伝わってないし……」

「じゃあ、おまえ……何を？」

呆れたような半笑いで首を振っていた時果が、顔を上げてひとこと。

「コースケの幸せ」

「なに？」

できの悪い冗談を聞いたような顔になった、と思う。想像と正反対の答えだった。時果が祈るのは、自分のためだと思っていた。

けれども違った。時果はおれが思い出せもしないほど古くて、身近でないことまで、引き合いに出していった。

「いつもいつも手伝ってもらって、迷惑かけてるから、コースケごめんねって。それに、コースケのうちのおじさんおばさんも、いろいろありがとうって。おばあちゃん、急《せ》かしてごめん。おかあさん、女手ひとつでありがとう。あの信号で止まってたわんこ、何かおいしいものがもらえますように。マグロ、水槽の中で病気になりませんように。入試、事故のない公正な判定が出ますように。美伶、さっきのことを気にしてませんように」

「さっきの……」

「やめてって言った子。あの子はいつも、私のグラスハートを受け入れてくれたの。さっきは断られたけど、多分私と同じで、受験のストレスだと思うな。普段はあんな声をあげる子じゃない。きっと気にしてると思う。気にしないでほしい、私は気にしないから……」

そこまでよどみなく言ったかと思うと、不意に時果は顔を歪ませた。

「でも――本当に嫌われてたら、どうしよう？」

時果の瞳が暗く深い。おれは物も言えなくなった。こいつはおれが思っていたよりもはるかに――

欲深だ。

ひたすら自分以外のものを心配することで、許されようとしている。清められようとしている。

それはきっと自分ひとりの救いを望むよりも、ずっと強烈に飢えた状態だ。

「コースケ、おいしいって言ってくれたじゃない」

時果は歪んだ笑顔のまま、止まらない涙を左右の袖で交互に拭う。

「あれ本気じゃなかったの？　嘘だったの？　ほんとは嫌ってたの？　気持ち悪いって思ってたの？　私、私、ちょっとずつでもみんなが良くなればいいって。いっしょうけんめいお祈りして、みんなのことしか考えなかったのにコースケはっ？　コースケまで私のこと、美伶みたいに触るなって——？」

瞳を大きく見開いたまま、時果はマフラーの下のチェーンを手繰《たぐ》って、胸元からガラスの容器を取り出した。水銀灯の光を浴びたそれは宝石のように輝いていた。

遠くから汽笛が聞こえた。轟々と音をたてて貨物列車が走ってくる。

胸からつかみ出した心臓のようにグラスハートを手にぶら下げ、もう拭いもせず涙の流れるままいっぱいに見張った目で、時果はおれを深い闇のように見つめる。

「結局これ、ぜんぜん、ダメだったの？」

答えは喉に固く詰まった。時果は、完全に間違った方法でだが、全力を尽くしていた。

否定したら、壊れてしまう。

だが肯定したら、やっぱり時果は絶望する。

おれは凍りついた。——そのとき、地響きとともに貨物列車がホームに入ってきた。電気機関車のギラギラしたヘッドライトが時果の背後から迫る。

「なら、もう、いいや——」

「時果！」

抱えた狂気ごと時果が飛び込もうとしたように見えて、おれは跳びかかった。

わずかに遅かった。タン、と軽く背後に跳んだ時果がおれの手をかわして——

ホームの縁でくるりと回った。両手を広げて、スケーターのように。

ぱぁん！

華奢《きゃしゃ》なガラスの容器は、機関車の前面に衝突して、煙のように細かく砕け散った。

おれは意表を突かれてたたらを踏んだ。一瞬、何が起こったのかわからなかった。次の瞬間すぐそばを駆け抜けた列車の突風が、おれたち二人をまとめて突き飛ばした。

ゴッ、と風の塊に押された細い体が、さらにもう半回転してホームに倒れる。おれはよろめきながらそのそばに近づき、コート姿を抱き上げた。

「時果、大丈夫か⁉」

「コースケぇ……これで、いいんだよね？」

時果はひとことそう言うと、子供のように高い声をあげて泣き出した。

おれはようやく理解した。——時果が、まだ狂ってなどいなかったことを。

その一歩手前で、こいつは戻ってきたんだ。気がついたんだ。頼るべきでないものに頼っていたことを。そうと知っていながら、自分を欺《あざむ》き続けていたことを。

この涙は、それをすべて認めたための涙だ。

「うん、いいんだ。うん」

ああん、ああんと泣く時果を、抱きしめながら立たせてやった。時果はおとなしく立ち上がり、一緒に歩き出した。

泣きやまずに腕につかまりはしたけれど、足取りは確かだった。

おれは長いため息をついて、細い肩をしっかりと抱え込んだ。

エピローグ

グラスハートは年度が替わるころまで生き延びた。そこで思わぬ出来事が起こって流行に歯止めがかかった。といっても、毒性が発見されたり、バッシングが効果を表したりしたのではなかった。

春が来たのだ。

グラスハートの容器は、むき出しで持ち歩くには大きすぎるものだった。人々が厚着をしている冬の間はよかったが、ひとたび皆がセーターを、コートを脱ぎ始めると、一転して邪魔者になってしまった。ガラスの容器を身につける人は減り、熱心な愛用者もあまり人に見せないようになった。

ひとたび冷静になれば、流行が夏までもたないというのは誰の目にも明らかだった。何しろ、グラスハートは熱を受けて増殖する。つまり暖かくなれば窓際に放置しておくだけで勝手に増えてしまうのだ。

手軽な神秘を求めていた人たちは、興ざめしてあっという間にグラスハートを手放していった。一部の人間だけが、健康食品として細々と愛用を続けるものになりそうだった。

春のある日。おれは軽四の助手席で、道端に目をやってつぶやく。

「あ、あの犬」

途端にハンドルを握る時果が怒鳴る。

「話しかけないでっ！」

通い慣れた病院への道も、四日前に免許を取ったばかりの時果にとっては、レーシングサーキットに匹敵する修羅場らしかった。後席ではばあちゃんが石になっている。春風の中を気持ちよさそうに歩いている犬と人のペアを、おれは横目で見送った。

時果は第三志望の短大になんとか受かり、通い始めていた。それがおれの大学へ行く道の途中にあるので、なんのことはない、今までよりも一緒にいる時間は増えることになった。

グラスハートを自ら割ってからというもの、時果は少しだけ強くなったようだった。あれから何か別のものに手を出した様子はない。

けれども、まだときおり危うそうなところを見せることはあった。

十五分で短大より手前にあるばあちゃんの病院につく。駐車場で、最後の難関であるバック入庫を決めた時果が歓声をあげる。

「ばあちゃん、ついたよ！」

「ほんとだねえ、ついちゃったね」

感動しているような、疲れているような声を出すばあちゃんの手を引いて、おれたちは泌尿器科の待合室に入る。年度替わりの書類を書きに一緒に受付へ行くとき、時果は一瞬だけ不安そうな顔をして、おれにささやいた。

「ここまで事故んなかったよね」

「うん」

「すごく嬉しい。――けど、誰のおかげかな？」

「おまえ自身だよ。大丈夫だ」

時果はちょうど一番多感なころに、人よりも少し多くの苦労を背負った。そしてすぐそばに、おれという人よりも少し苦労のない人間を見てきた。

だから、自分の幸福の量は少ないのが当たり前だと思っているような節がある。それがいくらかの屈折を経て、ちょっと奇妙な感謝という形で出てくるのだろう。

「もっと、ゆったりしてればいいんだよ」

おれはつぶやく。おれに対しても誰に対しても、祈りで育てた食べ物なんか貢がなくてもいいことを、わからせてやりたい。

世界は容赦なく回っているけれど、不幸だけを寄越したりもしないのだから。

「秋間さん、こちらの書類がまだなんですけど」

窓口の事務員のつっけんどんな物言いで、おれは我に返った。時果が困惑した顔でおれを見る。

「これ……」「なんだこりゃ」

ばあちゃんには関係ないと思って見逃していた書類を、おれはもう一度確かめた。新型埋設人工腎臓に関する施術料減額申請書、とある。県と厚生労働省。

「これ、うちも出すんですか」

おれが訊くと、事務員は呆れたような顔をしてから、物わかりの悪い相手だといわんばかりに言った。

「手術を受ける患者さんはこれを書くんです。書いてハンコをついてください。ご自分と、ご親族か保証人様のハンコです。こことここですからね。これは保険ききますから、国保で七割と、自治体の高額医療費補償で二割出ます。実質一割で済むんです」

「あの、手術って、絶対しなきゃいけないんですか」

「透析いらなくなりますから」

「あ、はあ」

いぶかしそうにおれたちを見つめる。受けるのが当たり前だろうと言わんばかりの態度に驚いた。手術って、大事《おおごと》じゃないか。押し付けるようなもんなのか。

だが両隣の受付窓を見ると、右も左も同じ書類を書いて出していた。右側のでっぷり太った金持ちっぽい男性など、順番を早められないか、いくら出せばできるんだ、と事務員に詰め寄っているぐらいだった。

おれはぼんやりと、時果と顔を見合わせた。

「なに？　なんの手術？」

「透析なくなるって」

「え、それって……えー？」

「人工腎臓、か」

書類を詳しく読むとどうやら本当のようだった。画期的な治療法ができたらしい。だから希望者が殺到している。だから事務員もうんざりしている。知らないのは時果の受験でバタバタしていたおれたちだけ――そういうことらしい。

ばあちゃんは透析をしなくてもよくなる。腎不全が治るようになったのだ。

時果はまだ信じられないという顔をしている。おれは一足先に微笑み始めた。こういうことをやるのが、この世界ってものなのだ。

「時果」

「あ、うん」

「ばあちゃんに教えてやれよ。針刺すのは、もうしばらくだけだって」

「ほんとに？」

おれは両手を広げて言った。

「たまにはこんなこともある」

ほわーっと感心したような声を吐いて、時果はばあちゃんのほうへ向かった。

まだまだ、とおれは思う。あの子には、もっといくらでもいいことが起こらなきゃな。

静寂《しじま》に満ちていく潮

自宅のシステムから、最初にその小さなシグナルが来たとき、あたしはロビンと交わっていたので、すぐには反応できなかった。

「ンッ……ちょっと、ロビン……待って」

「いや、待てない、テミス。このまま……」

「やっ、着信、なのっ……ふぁんん」

「後でいいでしょ？」

「でもこれ、特別、んっう」

「もうちょっとだからぁ……」

「んあっ！」

　それまでのぬるま湯のようなピリピリした刺激に代わって、二桁強い、針のような快感が二の腕を貫いた。あたしは全身を引きつらせるとともに、驚いた。ペニスやクリトリスのようなわかりやすい局部の他に、体のあちこちに第二、第三の急所を形成しておくことは、あたしたちの感交では当たり前だけど、あたしは今まで、めったにそれを見つけられたことがない。相手の急所を見つけてイかせた経験のほうが多かった。

だけどロビンは、はっきりそれとわかる「腰」の使い方で、仮想の二本のペニスをあたしの両腕に押し付け、滑らかな肌を何度もえぐった末、ぬぷり、と肉の中にまで沈めてきた。

「ひぁンッ!」

「ああ、やっぱりここ?」

のけぞるあたしの耳に、ロビンの弄《いら》うような甘いささやきが届く。他事《ほかごと》なんか考えさせないといわんばかりだ。こうなったらもう、あたしも不確かな着信シグナルのことなんか考えていられない。

黙って一方的にイかされるのは悔しいから、密着したロビンの体をわずかに押しのけて、ささやき返した。

「あんたがその気なら……あたしだって」

そう言うなり、増幅・拡張した仮想の膣で、栗色の短い髪を揺らして動いているロビンの上半身を、頭から腰までずぶりと呑み込んだ。

「んくンッ!?」

「これが一番好きでしょ? 思いっきり、包まれるの」

つかまれた魚のように、あたしの中のロビンがびくびく揺れた。全身でうなずいている。

こういうところ、ロビンはとてもわかりやすい。多少、強がりもするけれど、いったん弱点を押さえればあっさりと認めてしまう。

「ほら、イきなさいよ。迎えてあげるから……」

ぎゅうっと締め付けてやると、ロビンは歓喜で狂ったように動き始めた。あたしの体内と腕の中がずりずりと激しくこすられる。絶頂に向かって急激に増していく硬さがわかる。それにつれて、発電機につながれた電球みたいに、あたしの快感もまばゆく輝いていく。ロビンは、あたしが申し訳程度につけているペニスを舌で攻め立てることも忘れていなかったけど、そこからもたらされる快感はおまけみたいなもので、あたしは受け入れるほうの喜びを味わうことに集中した。

「テミス、テミス、わたし、もうだめっ……！」

体の中から聞こえる、くぐもった叫びが、急に切羽詰《せっぱつ》まったうめきに変わったと思った途端、あたしの中に湿った音をたてて大量の液体がはじけた。

「くゥゥッ……！」

明かりが閃光と化して、あたしを染めた。しばらくの間、白一色の快感と、ロビンの引きつるようなもがきだけを感じていた。

その白さをいつまでも味わっていることは可能だし、普段はそうすることも多いんだけど、あたしはじきに、自発的に絶頂を終えた。潮が引くように痙攣《けいれん》が消えていった。

濡れた干潟みたいな余韻の中で、あたしはロビンを軽くつついて言った。

「切り上げていい？」

「えっ……もう、なの」

「ごめん、さっきの着信、気になる」

「もう……」

不満げにつぶやいたものの、ロビンは身を引いてくれた。あたしは目を閉じ、地に足が着くのを待った。

あたしたち二人を感交させていた何重もの経路を、システムが注意深く切断して、本来の感覚器官につなぎ直す。あたしとロビンの間で相互に乗り入れていた触覚、温覚、聴覚と味覚が消えていく。豊かで複雑だった交わりが終わって、一本線のように単純な自分の輪郭が、ゆっくりと戻ってくる。

それまで聞こえていた和音が消えて、単音だけが残されたような寂しさを覚えた。あたしはいつものように、つかの間、このやり方が編み出された奇跡に対して、敬虔《けいけん》な感謝の念を送った。

人間がほんの百年前まで、肌と肌を合わせる性交《セックス》しか知らなかったというのは、ほんとにもったいないことだ。性交では、最大限うまくいったときでも、お互いの体表面積の半分以下しか刺激しあうことができない。体内感覚を味わえるのは受動側だけだし、ましてや相手側がどう感じているかを知るなんてことは、夢のまた夢だった。それは音楽で言えば、二人がハーモニカだけを持ち寄って合奏するようなものだ。悪いとは言わない。素朴で純粋だとは言える。でも、人間にはそれ以上のことが可能だ。

感交《シンフォス》は、人工義肢の開発の曙のころに始まったという話だ。電子的人工義肢というものは、最初は自分の意思を機械の手足に伝え、自分の機械の感覚信号を受け取る方向で発達した。でも、機器の無線接続が十分に行き渡ったころ、誰かがいたずらを思いついた。自分の意思を他人の手足に伝えたり、自分の手足の感覚を他人の脳へ送ったら、どうなるだろう？

広大な新世界への扉が開かれたことが、間もなく知れ渡った。肌感覚だけでなく、肉体の深部感覚や感情まで拾い上げて、デジタル信号として交換しあうのは、新しい次元の性行為が可能になったということだった。初期のころには、三本目の手で愛撫したり、狙った部位の感覚だけを敏感にしたりといった小技がいくつも発明された。やがて、信号を増幅するだけでなく、変換したり、ループさせたり、共有したりといったことが行われるようになった。因習にとらわれない人たちが、旧来の「性交」に代わって、「新しい交わり」をどんどん開拓していった。やがては指一本触れないまま、デジタル信号のやり取りだけで交わるようになった。

それが、感交《シンフォス》の経てきた道筋。あたしも含めて数多くの男女にとって、今ではそれなしでは暮らせないほど大事な交流手段になった。

目を開けると、ロビンと視線が合った。軟質材と繊維で人間らしく装った彼女の裸身を、あたしは優しく撫でてやった。ロビンは手を伸ばしてあたしに触れたものの、やっぱり物足りなさそうだった。あたしの体は一応人間のシルエットを持ってはいるが、硬質材料や金属の部分が多い。

「せっかく一緒に寝るんだから、ソフトボディにしておいてくれればよかったのに」

ロビンの趣味はボディデザインだ。実際、透明感のある上品な素材で形作った彼女の体はとても美しい。彼女の作るボディや彼女自身は、あたしの友達の間では人気の的だ。ただ、あたしの趣味とは少し違う。

「次はそうしておく。やわらかいほうがいいよね」

「うん……でも、髪はこのままでいいよ」

それも地毛じゃなくてカーボン繊維だけど、と言うのはやめておいた。次の機会を口に出したことで、ようやくロビンが機嫌を直してくれたから。本音を言えば、あたし自身はそれほど直接接触にはこだわらない。わざわざ同じベッドで添い寝したのは感交のタイムラグをゼロにするためだ。天体間の遠隔感交ではこうはいかない。

「じゃあ、また軌道が合うように」

「軌道が合うように」

挨拶をして、ホテルのベランダへ出た。

準惑星ケレスは、ちょうど夜明けを迎えていた。東の地平線からピンの頭みたいに小さく光る太陽が昇ってくる。五階のテラスから見ていると、ピアッツィ盆地を埋める改造ポプラの街路樹と、赤や青のカラフルな住宅が、ほのかに照らし出されていった。表土が炭素質のために地面は真っ黒だ。ピアッツィ市の観光課に言わせれば、ウクライナ地方の小都市を思わせる街並み——だそうだけど、あたしでなくともそのうたい文句には無理があると思うだろう。何しろここには地球と違って、青空がないんだから。

むしろ、どこよりも閑静で落ち着いた町、として売り出せばいいのにね。真空そのままの地表に作られた街だから、音なんか伝わりようがない。

あたしたちのような、体を造り替えた人間《ヌーピー》でなければ、ちょっと暮らしにくいかもしれないけれど。

ベランダに立ったあたしは、呼び出し信号を出して数分待った。じきにタクシーがやってきた。妙なことにそいつは、無蓋《むがい》馬車の腹にノズルをつけたようなおかしな形をしていた。市街地でロケットを噴かすといろいろとまわりに差し障《さわ》りが出るから、普通、低重力の土地ではホッパーを使うものなのに。

その客席に飛び乗ると、運転手が驚いたような声をあげた。

「おや、テミスじゃないか。エウロパにいたんじゃなかったの」

「何十年前の話？」言いながら顔を見ると、シュウ酸結晶みたいな真っ白なあごひげを生《は》やしたお爺さんが笑っていた。「トレントじゃない、久しぶり」

「実にまったく、ご無沙汰だ！　元気にしてたかい」

「見てのとおり、ハードボディよ。このまま惑星間に出られるぐらい元気」

「はっはっは、そりゃ結構だ！　せっかくだからこのままどこかに行くかい？」

「ごめんなさい、今は急ぎなの。うちに戻りたい」

「そりゃ残念。いい煙砂酒場を知ってるんだが」

「用事が済んだら呼ぶわよ。出してもらえる？　運転手さん」

「こいつは辻馬車だ。御者と呼んでほしいね！」

　トレントは古い知り合いで、乗り物に取り憑かれた人間だ。道々聞いたところ、この飛行馬車もどきも彼が作ったそうだった。エウロパで会ったときには氷面・水面両用の滑空ソリに凝《こ》っていた。その前は火星の高層大気跳躍艇《ストラトスキッパー》。いずれも安全でもなければ乗り心地がよくもなかった。もちろん、今回もそうだった。

　ケレス赤道の宇宙港に着いたのは四十分後。暴れ馬に乗せられた気分で、ぐったりして降りた。区画割りされた簡易舗装の平地に、大小の宇宙船が見渡す限り並んでいる。あてにできるだけの表面重力があって、しかもそれがかなり小さい――〇・〇三G――ケレスは、宇宙港になるために創造された準惑星だとまで言われる。旅客や貨物がひっきりなしに動き回り、繁盛している。

　港内タクシーに乗り換えて小型機区画まで行き、ようやく自分の家にたどり着いた。

　あたしのねぐらについては、取り立てて言うことはない。周りに何百機も並んでいる他人のものと同じ、きのこ型をした一人用の居住施設だ。家と呼んでも宇宙船と呼んでもかまわない。そういったことよりも、そこがあたしの個人空間だということのほうが大事だ。それがある土地があたしの居場所。あるいは、それがある空間が。

　だからあたしは、出迎えてくれる人がいなくても、こう言いながら中に入る。

「ただいま」

声に反応して家のシステムが生き返った。照明がつき、スタンバイチャイムが鳴る。屋根と壁といくつかの家具と、自分の匂いのある空間。あたしを含めて多くの人がこの様式に従っているけど、いっぽうで多くの人がこの様式を捨て、宇宙のさまざまな環境により適した居住文化を創ったことも確かだ。

そういう人たちとは違って、あたしはお茶も飲むし、シャワーも浴びる。要するに人間っぽく暮らすのが好きだ。けれども今はそんな気分ではなく、ソファに陣取ってさっそくシステムに命じた。

「さっき言ってきたやつ、見せて」

視覚的情報、つまり映像が展開された。わざわざうちの中で見る利点は言うまでもない。覗き対策だ。

その報告の一次情報は、太陽系内を飛び交う宇宙船（か、宇宙機か独航人かコンテナか建造物か何か）がもたらしたものだった。

あらゆる航行体は航法と安全確保のために周辺空間を走査しながら進む。もっとも重要なのは太陽系内の天体の位置と軌道であり、そのデータは通信条件の許す限り多くの対象に送られる。太陽系の航路監視システムがその第一の対象で、収集された情報は無限に・永遠に蓄積される。監視システムは人類に対する公共物なので、もし希望すれば、すべての人間がその情報を入手できる。

同様にして天体の他のデータも航路監視システムに送られる。温度や組成などだけど、それ以外にも、回っているか、溶けているか、破裂寸前かどうかなどの活動状態の情報がある。人間が関わっているのか、乗っているか、所有されているかなどの属人情報もある。属人物体ならば国籍や族籍や正常・異常などの船況情報もある。これらの細かい情報は、軌道情報ほど詳しく収集されないし、また公知もされない。個人や団体のプライバシーに応じて、それぞれのレベルで情報がせき止められる。

こういった、航行体に関わる膨大な情報の中から、ある種のフィルタリングに耐えるものを集めるよう、あたしは自分のシステムに命じていた。

使ったフィルターは次のようなものだ。任意の天体を、反太陽側から観測したものであること。発熱か吸熱を表すものであること。あまり強烈な——四百K以上だとか百七十K以下だとかの——現象でないこと。

そして人間が関わっていないこと。既知の自然現象ではないこと。

ただでさえ成功率ゼロに近いSETIに、さらに難しい注文をつけるなんて、ふざけていると思われても仕方ない。実際、おふざけのつもりだった。あたしが思いついたのは、アレシボの昔から連綿と続く宇宙人探しの作法に背く行為だ。まともな学者ならこう考える。生き物や知性はエネルギーを必要とするはずだ。太陽系で一番簡単に手に入るのは太陽エネルギーだ。だからもし彼らがやってくるか、発生するなら、太陽を欲しないわけがない。

あたしは逆を行った。太陽系に現れながら、太陽をあまり好かないようなお客を探そう、と。

そんなひねくれた命令を出したのが、四十年か五十年、ことによると八十年か百年ほども昔のことだ。それが今さら成果を報告してきたんだから、ちょっとした驚きだった。

あたしは期待を抑えながら確認作業を始めた。この手の試みの常で、誤認や事故は今まで何十回も経験している。放置された電池が時間がたってから発火したとか、天体上で風変りな表面現象が起こったとか。そのうちいくつかは記録にない現象で、天文学や天体地質学、あるいは太陽系海難審判所のログに埋もれた未解決事件にささやかな貢献をしたものだけど、正真正銘のコンタクトは一件もなかった。

だから今回もあまり期待していなかった。

ほとんど期待していなかったのに――。

「……クロだ」

誰も住んでいない、どんな文献にも現れたことのない、小惑星帯の七桁ナンバーの、まったく自転していない小さな小さな星くず。

そこに、既知の何事にもあてはまらない発熱現象が起こっていた。

アルベド五パーセント以下の、まっくろけっけの岩塊の表面に、赤外線波長でポッンと浮かんでいる、綿ぼこりみたいな白点の映像を目にして、あたしは考えた。どうしよう、まだ連合政府も天文学会も環境保全軍も三大ネットも気づいていない。もし気づいているにしても意味を理解してない。それ以前に、まず自分が信じられない。このままじゃ人に話せない。

確かめなきゃ。

といっても、この『綿ぼこり《ファズ》』は航路帯から離れている。公共レーザー照射網の支援を受けられないから、光帆走のあたしの家ではそこまで行けない。一人では無理だ。誰か頼れる人は……。

あたしは勢いよく立ち上がり、ケレスの低重力を忘れていたので浮かび上がって天井に頭をぶつけ、反動でふらふら落っこちながらシステムに叫んだ。

「トレントを呼び出して！」

彼の返事を待つ間、あたしはどきどきしながら思いを巡らせた。人間は暮らしを完成させたはずだった。あらゆる未知が暴かれたはずだった。自分も世界もずっと変わらないと思っていた。

そうじゃなかったんだ。

ケレスから四十日、太陽から五億キロ離れた虚空に漂う石ころのそばに、あたしたちは近づいた。

「着きましたぜ、レディ」

トレントがうきうきと言って、シャーマン号を相対静止させた。このトレントの持ち船は、電飾付きのクリスマスツリーが化石化したような馬鹿でっかい代物《しろもの》で、大きすぎて仲間内で笑われているんだけど、今回は珍しく活躍することになった。

あたしは彼ほど無邪気にもなれないまま、間近に迫ったファズのいる小惑星を見つめていた。

この（多分）異星人は、積極的な子だろうか？

この太陽系に人類がいることを知っているんだろうか。当今の人類は、隣の恒星からでもわかるほどの電磁波をワンワンまき散らしているから、知っているほうが自然なんだけど。こちらに興味を抱き、コンタクトの意思を持って、代表者との交渉を求めたりするんだろうか。

そうでなければいい。そういう大げさでかったるい様式を無視できることが、ヌーピーになった人間の一番の長所だとあたしは思っているから。

まったりいきたい――そうでなければ、惑星が二つ三つふっ飛ぶぐらいの大戦争になってもいいけど。

「まずは謁見の儀を願い出てみよう。いいかね？」

「そうして」

トレントお手製のカメラドローンが、暗すぎて黒い穴にしか見えない小惑星に送り出された。あたしはパイプに詰めた煙砂に火をつけてそれを見守った。

酸化していくレゴリスのチリチリした風味を、目を細めて楽しんでいると、やがて映像が送られてきた。黒い砂山の中になかばめり込んだ、黒いつややかな異形の物体。中心にある主要部はネジを思わせる先の尖った螺旋形で、そこから周りに、探査用か操作用らしい脚部をたくさん突き出している。シャーマン号に調べさせていたトレントが言った。

「人類のものじゃないそうだ」

「あたしにもそう見える。乗り物なのか生物なのかわからないけど、よそからのお客なのは間違いないわね。挨拶してみよう」

「うむ、大使閣下におかれましては、ご機嫌うるわしゅう、と……おい、ご返事なしだ」

「どうやって挨拶したの？　普通の通信？」

「わしらの言葉と通信方式がいきなり通じるとは、さすがに思っちゃおらんよ。ひとまずサーチライトでぽかぽかやってみたんだが」

「そういうのって、探せばいくらでもあるんじゃない？　ファーストコンタクト用の波長とか変調とか言語とか」

「無論あるだろうな。どれ、しばらく船に任せてみるか」

あたしたちは異星人とのコンタクトに詳しくなかった。でも人間は、ヌーピー以前のまだ衣食住にも困っていた頃から、知恵を絞ってコンタクトのプロトコルを編み出し、公開しあってきた。そういうものをネットの海から拾ってきて、片っぱしから試すように、あたしたちはシステムに命じた。

「知能のない機械や昆虫だったらどうするね」

「別にそれでもいい。ツーカーでわかりあえる宇宙人なんか、来ると思ってないし」

「まともな返事がなくてもいいって？」

「まともな返事が来るわけないじゃない。トレントこそ、どうしたいの？」

「わしゃあもちろん、これをきっかけに世界が変わっちまうことを望んどる。具体的には亜光速船の建造が始まってほしい。反陽子を湯水のように使うそんな化け物、わし一人ではさすがに作れんからな。生身でよその星に、それも大きな生態系のある星に行けるとなったら、こりゃあ、どえらい楽しみじゃないか」

「オトコね」

トレントはあたしの知る限りずっと男性をやっている。男性だから外向的なのではなくて、外向的な性向を保つために都合がいいから男性を続けているんだろう。そういうすっきりした生き方も嫌いじゃない。でもご苦労様とも思う。

待ち時間はそれから十一時間に及んだ。暇があるときの常で、アルゼンチン風の豪勢な肉料理と、火星植民時代のたった二種類のコケからなる精進料理を、たっぷり時間をかけて食べたけれど、あたしにしては珍しく、仮想でも現実でも一度も感交《シンフォス》しなかった。その程度には真剣に、コンタクトの成立を待っていた。

十一時間たっても、真っ黒なファズは日の差さない影にうずくまっていた。この小惑星は自転しない（というか、摂動を受けているわけでもないのに太陽に片側を向け続けている）天体だという点で極めて珍しい。

そんな星を選んだのだから、この子はきっと太陽が嫌いなはずだ。そしてあたしも日陰のほうが好きだ。

だったら何かしら話の通じるところがあるだろう、あってほしい、とあたしは期待し続けた。

その甲斐あってというべきか、変化が起こった。

「動いたぞ！」

トレントの叫びを聞いて、あたしは映像を見た。細長いネジのようなたくさんの操作肢を使って、ファズはのろのろと歩き出していた。向きは、上空のシャーマン号から離れる方向だ。

「これ、逃げてるんじゃない？」

「待ちな、ホッパーで頭を押さえてみよう」

トレントが小型機を送って、ファズの行く手に先回りさせた。するとファズは大儀そうに向きを変え、今度は九十度横手へ進み始めた。

「逃げてるわよ、これ絶対逃げてる。通信が聞こえていたのよ！」

「そうかね？　何か用事があるのかもしれん」

疑い深く言ったトレントが、送りっぱなしの挨拶の送信出力を倍にするように命じた。あたしはシステムがいま送信している挨拶の、詳細情報を表示させた。そして眉をひそめた。イスラム教徒がやる暁《ファジュル》の礼拝への呼びかけ《アザーン》を、両側波帯の短波に乗せて送っている。

「誰よ、こんなローカルな呼びかけを、こんなゆるい変調で送ることを考えたのは……」

「二十世紀にはそれが普遍的な挨拶だと考えられていたんじゃないか？　おお、美しい旋律だな」

「ひげが生えているかどうかもわからない異教徒に、砂漠の唯一神が理解できるの？」

そのとき、システムがチャイム音を鳴らした。表示を覗いたトレントがにやりと頬を緩めた。

「わかったらしいぞ。同じAMだ。導線と磁石があれば作れる波形だしな」

返答は音声だった。とにかく音声っぽい何かだ。あたしは一生懸命それを聞き取ろうとし、じきに降参してトレントの顔を見た。

「何語？」

「アラビア語、水圏エウロパ語、マリネリス米語、ラテン語、中国普通話、スペイン語、フランス語、ロシア語、高地ドイツ語のごった煮……らしいぞ、船によれば。こりゃあれだな、こっちが送ったやつ全部混ぜちまったかな」

「わかった、ちょっとそこら辺の小物、あるだけ袋詰めにしてくれる？」

食器やら果物やら衣服やら船の部品やらを袋に詰めながら、トレントが訊いた。

「何をするんだ」

「船を出てあの子のそばに下りる」

「なんでまた」

「教育のため。あたしたちの言葉を、これはリンゴです、から叩き込んでくる」

「そんなことができるもんか」

「やってみなくちゃわからないわ」

呆れたように言うトレントに、あたしは少しばかり投げやりに言い返した。

「あの子は意思を音声で表した。それだけでも上出来よ、言語どころか自我さえ持ってない恐れがあったんだから。声で答えたということは、たぶんコンタクトは可能だわ」

「だとしても、言葉を仕込むなんて乱暴じゃないか。連中の認識フレームをスポイルしちまうぞ。貴重な異星人の思考方法をぐちゃぐちゃにする気かい」

「知らないわよそんなの、あたしは学者じゃない。お付き合いできればそれでいい。にしても、ああ……何ヵ月かかるかしらね」

種族「ファズ」の、個体名「レクリュース」を、あたしは気に入った。彼女はとてもいい子だった。乗り物の外殻をしつこく叩かれてしぶしぶ外へ出てきた時の、異形の姿を見たその瞬間ですら、あたしは不快に思わなかった。子馬ほどもある五体節の甲虫。コーヒー色の纖毛《せんもう》に覆われた流れるような胴体と、見事なヘラ状に発達した大顎が、穴居性である彼女の本性を、訊くまでもなく語っていた。眼球は解像力のない小さな黒いビー玉で、大きな脳を収めた第二体節に、とても敏感な耳を備えた器用な四本の操作肢が生えていた。萼《がく》や鞭毛《べんもう》や環状水管《かんじょうすいかん》を持つ生物なんてわかりやすいの、とあたしは感嘆してつぶやいた。

が出てくることも覚悟していたのに。

とはいえ、もちろんコミュニケーションをとるのは大変だった。

たとえばレクリュースは「あれ」「こちら」「その球体」などの指示語が理解できなかった。逆に「前方の見通し位置にある軽い物」「三枚以上の壁を隔てた激しく振動する物」などを表す単語を八百語以上持っていた。視覚に頼らず、振動に頼って進化してきた生き物だからだろう。リンゴはおろか、「これ」すらわからず、おかげで This is an Apple. の段階でつまづいた。

また彼女の体質も厄介だった。最初に顔を合わせてから三十八分後、彼女はいきなり全身をうねうねと波打たせてから返事をしなくなった。そのフリーズ状態は、十七分十秒後に突然解けたけど、そのあと六十三分後にまたしても波打ちを始めて、十七分十秒フリーズした。以後、彼女はランダムな数十分の間隔をおいて、何度でもそのうねうねを繰り返した。

ずっと後になってから、そのうねうねが、人間の睡眠にあたるリフレッシュ行動なのだとわかった。行動が起きる間隔を計ってみると、十二分三十秒ごと、あるいはその二倍、三倍、五倍、七倍、あるいは十一倍の時間ごとに起こっていた。

毎回同じタイミングで眠ると捕食者に予測されてしまうために、そんな変な眠り方をするようになったらしい。けれども最初はそれがわからなかったので、うねうねが始まるたびに、苛立たされた。

あたしはしかめっ面で叱りつけた。

「レッキイ、真面目に聞きなさいよ。こっちは手弁当であなたに付き合ってるんだから」

あたしが持ち込んだ携帯システムが、それを適当な低周波の振動に変換し、レクリュースの船のシステムが、その振動を翻訳して彼女に伝えた。逆の経路で返事がきた。

「あたしはラワ撫でに掘った穴。テミス来た自発自己機械」

「環保軍にでも見つかったらホルマリン漬けにされちゃうのよ？」

何がラワ撫でに掘った穴だ。あんたが乗り込んできたから仕方なく相手してやっているのよ、ぐらいの意味だろう。人ん星《ち》に黙って入ってきたのはそっちのくせに。

三日ほど続けたところで、嫌気が差したらしく、話の途中でレッキイはもぞもぞと船に戻ろうとし始めた。あたしは追いかけて彼女の尻尾をつかまえた。

「こら、待ちなさい！」

「おいおい、テミス。いい加減にしとけよ。この辺で専門家に任せたらどうだ」

バックアップ役として簡易居住ポッドを建てたり食事を持ってきたりしていたトレントも、飽き飽きした様子で言った。あたしもいい加減うんざりしていたけれど、ここでやめるのは癪《しゃく》だったので、言い返した。

「専門家にこのぐうたらの相手がつとまるもんですか、あたしだからこの子のだらしないうねうねに付き合ってやれるのよ！」

そう言ってレッキイの胴体を抱え、ごぼう抜きに戻ろうとした。

「こら、待てってば」

すると、いきなりレッキイがくるりとこちらを向いた。飛びのくまもなく、毛に覆われたごつごつした図体が、あたしを押し倒した。

「きゃ……！」「テミス！」

あたしは悲鳴をあげたけれど、びっくりしただけで別にダメージは受けなかった。重力がほとんどない小さな天体の上だったからだ。

ただ、レッキイの四本の操作肢に、腹のくびれと胸のふくらみをざわりと撫でられたのは、はっきり感じた。

「うン！」と思わず声が漏れる。あたしのそこは珪素《けいそ》樹脂の肌にエナメルのタイルをモザイク張りにした硬性の作りだけど、神経は通してあった。もちろん乳首は一段と入念に、だ。

「セァレラしい」

「え？」

あたしは周りを見回した。声は、近くの地面に置いてあるシステム端末が発した。レッキイの振動を訳しているらしい。

セァレラしい、ゾェヘラ以上、末ファザル、ワンゲアる、と次々におかしな言葉が漏れ出した。レッキイが少しずつニュアンスを変えて何度も言い直しているらしい。やがて意味のわかる言葉が出てきた。

「可憐に、甘つやつやしい」

「……誉めてる？　もしかして」

腹に目を落とすと、レッキイの鼓膜のある外骨格の指先が、あたしの薄桃色に焼いてある亀甲文様のタイルを撫で回していた。「とろけ滑らか」と言葉が続いた。

「あなた、こういうの好きなの？」

「ファズがやけに愛好の堅固で低摩擦」

「ああ……なんとなくわかるわ」

気に入ったらしい。ファズは砂糖の甘みも、夕日のオレンジ色もわからない。だからその分、触覚に濃厚な嗜好を持っているんだろう。磨き抜かれた曲面ガラスの幾何学的な配置は、レッキイたちにとって、煮詰めたソースの旨みのように感じられるのかもしれない。

「腹直下の微振動な無害物はテミス？」

「あなたの下でおとなしくしてるのがあたしよ」

「極めてわかったわ」

トレントが馬鹿みたいに口を開けて見ている。あたしはくすぐったいのを我慢して、この偏屈なでっかいオケラがようやく見せた親愛の行動を、受け入れてやった。


それから二ヵ月ほどの間に、あたしたちはだいぶ打ち解けた。

「第六集合月の遠慮レセプションがノリ卵族の狭路対面をほじくり返したの。ノリ卵族は段階的扇状掘削をかさねがさね飛び越えていた、がぜん、テバスの中ではね。頭から尾、メラ卵族の卵族的身震いを表すところの、ふてぶてしい電撃ひょろひょろ運びは、とっくに四体節をねぶり越えて、頭ヘラをへし折りがちだった。成体の全身に相当するテバスの万卵族も逆巻きながらほとばしるほど伏せた。ノリ卵族はたった一枚の壁の向こうに八体以下ではありえない敵を遅れに遅れて感知したのと同様、高規格の締め固め済みふんわり抱卵床を見捨てて、涼しい無天井の銀河座標が未記録の海域へ、尻に帆をかける蛮行をゆずりあったのよ」

「要するに、あなたは、内輪もめに負けて逃げてきたってことかしら」

「上質の低振動環境にへたりこむことで、いっそう溜め込むに値する多元坑道図をまつりあげるのよ。あたしが遺伝的につながり、今後もつながるところのノリ卵族は。そしてもう八十八分五秒以上お黙りなさい」

レクリュースは地表に掘った体高の三倍ぐらいの深さの穴の中で、氷泥のスープをすすりながら言った。自転のないこの小惑星では、低温の夜側の地下に氷泥が蓄積されている。それをリアクターで（生意気にも圧縮電子炉だ）溶かしてすするのが彼女の食事だった。

　彼女との会話は、聞けば聞くほど芋づる式に意味不明の単語が出てくるやっかいなものだった。それに彼女は会話を断りこそしないものの、しじゅう休憩や休眠を要求した。けれども、大まかな事情は大体わかった。

　ファズ――と今まで呼んできたけど、彼女が自分たちの言葉で表せるようになったから言い直そう――テバス族は、手掘りのできる柔らかい表土を価値観の根本に置く、地中生物の種族だ。地中の過密を解決しようとしたために、発展と拡散を引き起こした。文明を発展させて、宇宙進出と他の天体の占有を体験したところに、人類と異なるテバスの性質が際立ってきた。それは彼女たちが触覚の生き物だということだ。

　テバスの宇宙は、触れているものと、それ以外からなっている。触れられるものを知ろうとし、手に入れようとする欲求はとても強いけれど、それ以外のものには関心が薄くて、知識も少ない。

　彼女たちは、ちょうどこの小惑星のような、常温の固体には強い興味を抱く（テバスの外皮は相当強固で、氷点下百度以下から鉛の融点近くまで耐えられる）。けれども、木星の縞《しま》や太陽の光にはほとんど興味を持たない。光が情報を運ぶことは知っているけれど、それを自ら受けようとすることはできないし、受けようとも思わない。

それはあたかも人類の味と匂いに対するがごとしだった。人間は月を舐めたことはないし、舐めようともしなかった。天王星を嗅いだこともない(もっとも今ではそういうことをする人もいる)。

いっぽうのテバス族は、「触れられなければ興味が湧かない」性質のせいで、人類と重大な違いがあることがわかってきた。

空間や惑星全体を「領有する」という概念が、彼らは理解できないのだ。

太陽系は人類のものよと言ってみたら、戸惑ったような返事をした。

「じゃあたとえば、あたしがイオの硫黄泉に触れたら人類は感じる?」

「感じはしないでしょうね。不法着陸だと騒ぐかもしれないけど」

「感じないのに何が衝突なの」

人間は過去未来の時間空間、光学的観測可能空間や高次空間、空想領域までをも世界として感じている。でもテバスの種族としての外縁意識は、単純に、テバスの個体のテリトリーの総和でしかないらしかった。彼女たちが振動を感じる部分と、何らかの事業を行っている領域だけに限られるということだ。

そんな彼女がなぜ一人でここへ来たのか。最初のうち、レクリュースはただ土を掘って氷を舐めているだけだった。本人に聞いても、それが目的だと言った。なんだそれだけかと思ったけれど、その行為にもっとずっと深い意味があることが、だんだんわかってきた。

彼女に言わせればこうだ。

「ここの土と氷は、大きな惑星での猛烈で目まぐるしい化学変化や生物代謝を受けてはいない。はじけ乱れる絡み味も、ヘラの引きつるとろけ甘さもない。頭でなく尾、うんと繊毛を潜らせると、かすかな灰色透明の静寂つぶつぶが、ほの曲がりのぬめり苦さの中に座っている……どんな坑道も崩れるほど、ずっとずっと古い時代の、深く見えにくい味だわ。真下でも真上でもない方向へくねり潜る、あたしの想脚《けれども》は」

あえて説明を求めることはしなかった。ここらの小惑星が生まれたのは太陽系創生時だ。彼女は四十六億年ものワインの味わいを語ったのだ。そんなものを言葉で教わるなんて、空《むな》しいだけだった。

レッキイはそれ以上の思索にふけっているんだろう、とあたしは了解した。ほとんど船も通らない辺鄙《へんぴ》な星空の下、忍び足で世話してくれるトレントのことも忘れて、彼女のかたわらにもたれながら、殻の中の想いを想像した。あたしたち人類ですら、人に伝えられることの千倍も奇怪な空想を抱く。あたしたち人類は操縦桿を握り、ページをめくるけれど、そんな仕草の最中にも、頭の中だけの流れと結びを持つ。だったら氷をかじる異星人が、その行為にどれほどの意味を与えているか、わかろうったって無理な話だ。

それこそ、船を仕立てて飛んでくることの一万倍も価値ある想念が、この単純そうな食事で引き起こされているのかもしれない。

「あなたをもっと知りたいわ、レッキイ」

しゃりしゃりと静かに動いていた異星人が、六分ほどたってから、つぶやいた。

「人間は氷を食べないの？」

「食べるわよ。でも、あなたと同じ意味では食べない。人間は――」

彼女は人間に興味があるだろうか？　あるだろうというよりも、あってほしいという思いで、あたしは彼女に聞かせた。

「人類全体について話すのは大げさだけれど、あたしやトレントのことを語るためには一つの大事な現象に触れないわけにはいかない。ヌーピーがあたしたちを解放した。栄養《ニュートリティブ・》完結《パーフェクション》、全環境適応《エンバイロメントフリー》、不老《エイジレス》。これらが福音の御名よ。適温と大気《オリジナル・エンバイロメント》、すなわち地球大気の底で、肉を食べる肉として生きていた大昔のあたしたちの元に、この三つの天使がいま挙げた順に降りてきた。戦争も貧困もなくしてはくれなかったけれど、それらも含めたあらゆる災難から逃れる手立てを与えてくれた。太陽光か、それすらない場所ではある程度の熱さえあれば生きていける代謝能力、真空とそこそこの放射線に耐える防御力、そして強固な情報ネットワークに支えられた意識のバックアップ。最初は数人が、今では数百億人が、それらを手にしている。ここに地球からの脱出が加わったとき、あたしたちは、人間という動物がずっと欲してきた『生きること』を、完成させてしまったわ。あたしたちはほぼ間違いなく滅びない。地球に異常気象が荒れ狂おうが火星に有毒物質の汚染が蔓延《まんえん》しようが、びくともしない。ぶっちゃけ太陽が爆発して地球と火星がふっ飛んでも堪《こた》えない。残ったわずかなハードウェアだけからでも、すべてを復元できるから。数千年か、数万年ほどの時間は必要だけど、いずれは必ず復活する。手近のどこかの星に流れ着いて、ね」

「天使が来たのは、奇跡のおかげ？」

「まさか、人間が泥臭いのを我慢して続けてきた、科学の成果よ」

「そう。……ノリ卵族は科学が得意よ」

こっちと同じ意味の科学じゃないだろう。けれど、それを突き詰める気は別にない。

「テミスとトレントは科学の話をしに来たの？」

「太陽系の人間たちが何をしていると思う？」

問いを投げかけただけで、あえて答えずに、あたしは続けた。

「目下のところはひたすらモノ作りに邁進しているわ。金星都市、木星都市、土星都市。採水鉱山、採ガス船団、推進レーザーネットワーク。クワオアーやエリス、セドナにまで住んでいる人がいるし、人間の組織もそこまで及んでいる。汎惑連、純人団、自経会、環保軍。科学だの文化だのの振興団体、交流団体。旧国家、民族、思想、宗教、それにミトコンドリア遺伝子なんかのつながりを信奉する集まり。なんやかやと理屈をつけては仲良くしたり、しゃべったり、集まったり、戦ったりしてるわ。まあ、わりと多くの人は」

「なんの会？　いくつかわからなかった」

「わからなくてもいいわ、たいしたことじゃないから。そう、それをたいしたことじゃないと思う人間も、生きていけるし、多いのよ。あたしたちみたいに、部屋と友達しか持たない人間が。政治や科学はどうでもいい、新しい友達が増えることに比べれば――」

ふとあたしは、自分がどうしたいのかわからなくなった。レクリュースに会うためにここまで来たのは確かだ。でも、なんのために？　おしゃべりはできるようになったし、この調子なら詩作や踊りや遊びをすることも、遠からず可能になるだろう。

　それでいいんだろうか。

　ちょっと毛色の変わった友達ができた、というだけで満足していいんだろうか？

　続く言葉は独り言みたいになった。

「あたしたちは——ただの暇つぶしに来た、のかな」

「暇ってわからない」

　レクリュースがそっけなく答えたので、あたしは苦笑した。

「じゃあ、あなたが土も氷もなしで、仮死状態にもなれずに放置されたら、どうする？」

「産卵するわ」

「産卵ですって？」

「卵は成体よりずっとずっと長く残る。あたしが死ぬなら産卵しかやることがないじゃない」

　テミスたちは産卵しないの？」

「もちろんするし、したこともあるけど——卵じゃなくて幼生をね——今までは、ただの種族的義務だと思っていたわ。個人の楽しみじゃない」

「ああ、人間は卵に頼らずに記憶を引き継ぐのね。じゃあ、ヌーピーの前はどうやっていたの？」

　あたしのテバスたちへの感嘆に新たなものが加わった。自分の子供へ、記憶を直接、受け継がせることができるなんて。それだから、どう見ても器用そうな体つきじゃないのに、文明の継承と発展ができたんだろう。

　レクリュースは今いる穴の底の氷に飽きたのか、もぞもぞと動いて、第四体節から下を大きな革製の繭《まゆ》のようなものに収めた。繊毛が関わっているらしいということ以外、入出力の方法はわからないが、視覚のない彼女の、それが操作端末だ。言ってみれば操縦席みたいなもの。

　船から伸びてきた長いアームが、繭ごと彼女を吊り上げて別の穴へと移した。

「テミス、あたしはしばらく、土と氷のことに頭ヘラを埋めたいわ」

「どうぞ。でも、また呼びかけたら答えてくれる？」

「嫌だわ、不愉快で強く気が進まない。だけどテミスはうるさくするから」

「あはは、ごめんなさい……じゃあしばらく休憩にしましょうか」

　考えてみれば、ずっと尋問していたようなものだった。彼女としては、ひたすら土に頭ヘラを突っ込んで思索にふけりたかったんだろう。悪いことをした。

　これはあたし自身の信条にももとる。功利的なコンタクトを求めずに、のんびりやるつもりだったのに。もう一度彼女の気が向くまで待とうとあたしは決めた。一ヵ月や二ヵ月ぐらいの待ちはどうってことない。時間はいくらでもある。

「一度帰ってまた来ようかしら……」

　考えていると、不意にトレントが深刻そうな顔で呼び出してきた。彼はいつの間にかシャーマン号に戻っていたらしい。

「すまん、テミス。悪い知らせだ」

「何をやったのよ」

「その、わしらがこんな何もない星に長っ尻を据えているのが、ジョアンのやつにバレてな。希土類天体でも見つけたんじゃないかって問い詰められて……レッキイのことを話しちまった」

「ジョアンですって⁉　なんで彼なんかに話したのよ！　イオの火山より盛大に星間粒子をばらまくに決まってるわ！」

あたしたちの仲間内でも、いちばんのお調子者がジョアンだ。悪い子ではないのだけれど、とにかく口が軽くて、秘密を守るということが金輪際できない。ちょっとでも面白いと思ったことは、後先考えずに全太陽系ネットで吹きまくってしまう困った子だ。

「そのとおりだ。やつはこともあろうに、カリストのメインパブリックホールでファズの生データをさらしちまった」

「そうなるのはわかりきってるじゃない。どうして……」

「それがな、以前やつとエウロパで、高層大気跳躍艇《ストラトスキッパー》のレースをやって負けちまったんだ。借りがあったんだよ。……その、すまん」

トレントが申しわけなさそうに肩を縮めた。あたしは首を振った。

「言い訳されても困るわ、そうとなったら、早くレッキイをよそへ移さないと。木星でバレたんなら、一週間もしないうちに、ケレスから環境保全軍の多段哨戒機が来るわよ」

「それがなあ……軍はレーザーベースを借り切ったそうだ」

「ええっ⁉　それって、航路帯を一本、丸ごとこっちへ向けたってこと？」

公共航路の大出力推進レーザーに軍の機体が乗ったら、一週間どころじゃない、下手をしたら一日で来られてしまう。どんくさいシャーマン号ではとうてい逃げ切れない。

「やるだけやってみるかい？」

「やるわよ。義理があるでしょ、彼女には」

新しい穴に収まってほっとしているような黒いオケラを見て、あたしは嘆息した。説明するのも、引っ張り出すのも大変だろう。


「ハイ、テミス」「おや」「久しぶり」

ピアッツィの小さなダンスホールに入っていくと、見知った仲間が振り向いた。あたしは適当に手を上げて笑みを返し、人の輪に溶け込んだ。

三線《サンシン》の音を含むゆったりした弦楽を、友達のナンガムが指揮している。薫香《くんこう》の煙が漂う中を踊って回った。今日の集まりのテーマはアジア風らしく、振袖やアオザイの子が多くて、メタリックのロングスカートを穿《は》いてきたあたしは、だいぶ浮いていた。

「テミスじゃない、どこへ行ってたのよ」

一年ぶりに会うロビンが、あたしのそばへ来て眉をひそめた。

「何その格好。サテライトスタイルのリバイバルはとっくに終わったわよ。なんなら後で服と肌、作ってあげようか？」

「お願いするわ。何しろこの一年、まともに脱ぎ替えもできなかったから」

「エイリアンと会っていたのがバレて、軍に捕まっていたんでしょ。聞かせてよ」

その言葉を耳にして、周りの友達が寄ってきた。踊りを切り上げてテーブルに移り、あたしは話し出した。

「災難だったわ。環保軍創設以来の大事件だったらしくて、連中、総がかりで襲ってきたの」

環境保全軍は太陽系の自然環境と生態系の保全・記録を任務としている。そんな彼らにしてみれば、系外からやってきた初の高等生物であるテバスのレクリュースは、乗り物に付着していた微生物も含めて、最上級の汚染物体に該当した。

あたしたちとレッキイは逃走むなしく、シャーマン号ごと捕獲、隔離された。もちろん彼女の降りた小惑星も丸ごと袋詰めにされて、軍の本拠地の火星へ運ばれた。

それからあたしたちは三人とも、徹底的な検査にかけられた。医学的な検疫に続いて、物理検査と生物検査の名目で、毛根から精巣の中まで微に入り細をうがって覗かれた。その拷問が半年かけてやっと終わったと思ったら、今度は順番待ちをしていた太陽系学術会議が割りこんできた。天文学者と宇宙工学者と言語知能学者と文化人類学者と分子生物学者が、よってたかってあたしたちを質問攻めにした。

それを聞くと、みんな憤慨した。

「ひどいじゃない、テミスの権利は？」

「そんなのプイよ。向こうにとっては人類史が変わるぐらいの大イベントだもの。特例と例外と超法規的措置の嵐で、個人の権利なんか、節電節水の張り紙よりも露骨に無視されたわ。実際、遠心分離機にかけられなかったのが不思議なぐらいよ」

「反撃するかい。君がその気なら、僕の友人たちに声をかけてみよう。それほどの事件なら、五億人は動かせる」

「ありがたいけど、遠慮する。別に泣き寝入りってわけじゃないのよ。レクリュースが——あたしの友達になったエイリアンが、これ以上騒がれるのを嫌がっているから」

「そう、その子よ！　そのレクリュースはどうなったの？」

「今は大丈夫。学者たちのお祭り騒ぎの後で、ようやく汎惑星連合が乗りこんできたから。小惑星帯の適当な場所に戻されて、休んでいるはずよ」

「その子はどんな子だったの？」

「レッキイは——」

飲みかけのグラスを宙に止め、あたしはぽつりぽつりと話した。彼女の落ち着いた色。沈潜した性格。ひっそりした生活態度、食性、深く窺い知れない思索。それはあたしにとって、親しみのもてる性質ばかりだった。

聞くうちに、みんながにやにやし始めた。紋付袴《もんつきはかま》姿でこの場に乗りこんでいたトレントが、紹興酒を舐めながら言った。

「奇遇にも、わしら泰平の逸民《いつみん》と趣向を同じゅうする隠者殿だったのさ」

「宇宙の先達者としての冒険的な気性も、めくるめく芸術と科学の精華も、なぁんにも持ってなかったのね」

「そりゃあ、軍人や学者たちも困っただろう」

「わしとしては、ワープ機関みたいなオーバーテクノロジーが手に入ることも、ちょっとは期待したんだがね。――テミスは違うんだろう？」

「ワープして何をするのよ」

あたしはパイプに火をつけた。

「世界を広げる道具なら、あたしたちはもう十分に持ってる。広げた世界に対して何をするか、じゃない？　レクリュースが来た、そのことそのものを最も楽しむ方法は？　楽しむというより、知る、味わう、取り込む……実らせるにはどうしたらいい？」

「それはもう、レクリュースそのものになるしかないんじゃないかしら」

そう言ったのは、ロビンだった。

「……それよ」

あたしはパチンと指を鳴らした。彼女に他意はなかったんだろうけど、その一言はあたしがずっと感じていたもどかしさを、しっくりと補ってくれた。

「それだわ。彼女としてみよう」

「何を？」

「何を、じゃないわよ」

わからなかったらしく、ロビンはきょとんと瞬きした。

そのとぼけた可愛らしい様子を目にしたあたしは、まだ果たしていなかった一年前の約束を思い出した。

「ごめんね、ロビン。ソフトボディにするのは、もうちょっと待って。冷たい泥に住むオケラと試してみるから、アレを」

ようやくロビンも察したらしい。アラバスターの頰を赤らめた。


以前のようにトレントに頼んで、あたしはレッキイの星へ向かった。土の穴に下りてコンコンと足で叩くと、意外にもすぐに返事があった。

「テミスなの？」

「よくわかったわね」

「下心のない軽めの足音は例がない、あなたを除いては」

「一体何十人に言い寄られたのよ。連合は大事にしてくれている？」

「亜卵族であるところの汎惑星連合は、ましなほうの坑道ジャッカーよ。猛々しく探りを入れてくるし、どの横方向でもない五枚以上の壁の向こうで聞き耳を立てているけれど」

「この対面中は、野暮な割り込みをかけてこないように言ってあるわ。監視衛星も追い払った。覗かれてたら、やりにくいからね」

あたしはちらりと星空を見上げた。先日の、前例のない不当な身体検査の代償として、もう一度レクリュースに会わせるように申し入れ——それに加えてありとあらゆる表裏の取引を駆使して——彼女と二人だけで話す時間を作った。トレントには、呼ぶまで戻ってこないよう頼んである。必要な道具はすべて持ってきたから、あとはあたし一人でことを進められる。

異星人・レクリュースとの、感交《シンフォス》を。

「それで今度は何をしに来たの」

「なんだと思う？——あたしも下心で来たのよ」

彼女の前方に回って、掘削ヘラの横にひょろりと突き出している、一番敏感な触角を握った。びくっ、と後ずさろうとするレッキイを引きとめ、触角の先を頰に触れさせる。ビロードに似た柔らかな繊毛の感触がした。小さく声を漏らす。

「んふ……」

「乳ぬるい……うす乾きの膨らみ放物面だわ。なに？」

「以前、ずいぶん気に入ってもらえたわよね、あたしの肌。——それに、もっと触れてもらおうと思って」

「事実？」そう言って乗り出しかけたものの、レクリュースはためらった。「検査行為に付属して？」

「検査なんかじゃないわ。あたしはあなたと……愛を語りに来たの」

冷たい土に腰を下ろして、触角を引き寄せた。おずおずと、やがてしっかりと、レクリュースはあたしの上に乗ってきた。第二体節の四本の操作肢が、ロビンに作らせた滑らかな耐冷シルクウール織りの乳房の肌を、まさぐり始めた。

「ひや、はふ、ン……もっと強く」

「初めての質。結晶でも非晶でもない？」

「心地いいでしょう……レッキイ、あなたは死の前提としてしか産卵できないの？」

「いいえ、容易よ。頭でなく尾、死の前兆がなければ輸卵管に精子が出て来にくい」

「溜めてある精子は使わないで。無精卵がほしいの」

「テミスはあたしと繁殖したいの？」

遠慮がちにまさぐっていた操作肢が動きを止めた。あたしは、どんな甘言で彼女を釣ろうかと考えていたけれど、もう、そういうのはやめることにした。

小賢《こざか》しい理屈を抱いてここへ来たわけじゃない。あたしは人間の抱く一番古い気持ちに動かされてやってきた。ほしいのは彼女の同意じゃなくて、テバスのレクリュースが生き物として望んでくれることだ。

「あたしたち人間は、気の合う恋人と子孫を作るのよ。テバスはどうなの？　単なる記憶の継承のために繁殖するの？　それとも社会的使命？　片方の性による無理強《じ》い？」

「継承と使命と無理強いのすべてだったわ、経験したところでは。テミスは繁殖を個体の欲求が命じるの？」

「そういう欲求、ない？　あたしに子供を産ませたいっていう……」

じっと止まっていたレクリュースの肢が、再び、より熱心に細かく動き始めた。乳房から腋へ、首へ。顔や股間にも忍びこんで蠢《うごめ》く。

「想脚も届かない。乳ぬるい、甘つやつやしいテミスとあたしから、どんな新生体ができるのか……」

「あたしにも、んっ、わからない……ふぁっ……卵をちょうだい、あたしが受精させる。きっとうまくやるから……っ」

人間とテバスの生殖細胞はまず接合しない。テバスが遺伝子に人間と同じアミノ酸を使っているかどうかさえ怪しい。だけど彼らにも遺伝子があって、そこに情報を載せているのは間違いない。

それなら、あたしのＤＮＡから読み出した情報を、テバスが使っている三重螺旋だか四重螺旋だかの書式に翻訳して、レクリュースの卵に流し込むぐらいのことは、今の時代、不可能じゃない。それに比べたら、化学物質の微妙な働きが支配する、胎児の発生機序を制御することのほうがずっと難しい。

頼みの綱は、卵というものがそれ自体、優秀な孵化《ふか》装置だということだ。あたしがおなかを冷やさないように気をつけてさえいれば、それが孵《かえ》ってくれる見込みはある。——多分、ケレスにいる生き物に詳しい友達すべての助けを必要とするだろうけど。

子供が生まれてさえくれれば、後の心配はいらない。あたしはその子を愛する自信があった。何しろ今では、外骨格で繊毛の生えているレクリュースの姿にさえ、愛しさを抱くんだから。その幼生はきっと可愛いに違いない。

「レッキイ、押さえて。あたしをしっかりつかんで、押さえて……くぅんっ！」

「熱いわ、テミス。ノリ卵族の抱卵床と同程度に、感嘆、ヘラが開くっ……」

「そう、そこ、そこよ……広げて、そうっ、そのまま……ああっ！」

硬く丸いものが、ぐるりと入ってくるのを感じて、あたしは叫び声をあげた。

「テミス、壊れない？」

「だいじょう……ぶ……」

異星人の肢が、どんな相手よりも気遣わしげに頬を撫でてくれるのを感じて、あたしは確信した。

船やワープで飛ばなくても、あたしたちは潮が上がるように少しずつ、この宇宙に満ちていくだろう、と。

占職術師《ヴォケイショノロジスト》の希望

1

次のお客様です、と待合室のアシスタントの声がした。若い男が面談室に入ってきて、室内をぐるりと見回した。

おれはソファから立ち上がって、彼の様子を観察した。中肉中背、ジーンズに細縞の長袖ワイシャツ。刈り上げてから二月ほどたっていそうな黒髪を、整髪料で簡単に撫でつけている。目は細く、耳が大きい。歳は二十二、三だろうか。動作はおとなしい。顔色と肌の感じはよくない。もっともこれは、ここへ来るたいていの人間に当てはまる。職に悩んで人に相談しようという人間が、つやつやの福相であるわけがない。

彼の目には、やや意外な光景が映ったことだろう。それとも、妥当だと思っただろうか？部屋の広さは、中央のひと抱えのガラステーブルが大きく感じられない程度だ。テーブルには棒と箱が置いてある。それとテーブルを挟んだ革張りのソファだけが据えつけられ、他の家具はない。窓は内戸で閉ざしてあり、床には紺色の絨毯が敷かれ、壁には水色の更紗《さらさ》がかかっている。

もう一度言うが、紺の床と水色の壁だ。普通の店舗や住宅ではまず見かけない配色だ。意外に思うだろうと言ったのはこの点だ。

妥当に思うかもしれないと言ったのは、客が占職術師なる人間に、まず会ったことがないはずだからだ。知らないのだから、何を見てもこういうものかと思うかもしれない。

おれ自身は暗色のスラックスに白のワイシャツと銀のループタイという格好で待っていた。これが占職術師にふさわしい姿なのかどうかという話は、後でする。

おれは穏やかに挨拶して、客をソファへ招いた。

「占職術師の紺野《こんの》哨平《しょうへい》です。久巻《ひさまき》さんのご紹介ですね。よくいらっしゃいました」

「あ、どうも」

男はぎごちなくソファに腰を下ろした。スーツ姿の女性アシスタントがやって来て、静かにお茶を出し、退出した。

おれが口を開くより早く、男が言った。

「さ、最初に言っておきますが、僕はニートじゃありません。働く意欲も能力もあるんです。あると思ってます。し、しかし、どうもよくわからないんです。相性が。僕と仕事の相性のことで、いいと思うときもありましたが、人間関係や、労働環境……人との関係なんかで、ちょっとまずいことになったことがあって。今まで二回就職したんですが。それで、意欲はあるんですけども、職場のほうがちょっとひどいところで、やむを得ず、退職という形になったんです」

「ええ、よくわかります。お名前をうかがってよろしいでしょうか」

男が何か言おうとした瞬間、おれは続けた。

「本名でなくてけっこうです。仮名やハンドルネームでも」

「おぎ……じゃあ、吉田《よしだ》です」

「はい、吉田さん。今からちょっと、ご説明させていただきますね」

「あっ、はい、すみません、先にべらべらと……」

仮名・吉田はうつむいてしまった、客を心地よくさせつつ仕事を進める方法を、おれはいまだに身につけていない。そんなもの知ったことかとさえ思う。おれにできるのは、自分の流儀を説明することだけだ。

「吉田さんのお話はよくわかりました。ついてはですね、私も最初に申し上げておくことがあります」

「はあ」

「占職術師は、職業を斡旋《あっせん》する者ではありません。どんな職業が狙い目かを教える者でもありません。またどんな職業が儲かるかを教えるわけでもありません。占職術師がお伝えするのは、お客様の天職、vocation《ヴォケイション》が何かということだけです」

「はあ、僕は一応、普通免許と公衆衛生の修士号を持ってるんですが――」

「修士号ですか、それはすばらしいですね。それについては後で聞かせていただきます。占職術師はある特別の方法であなたの天職を判定します。あなたには、私の言ったとおりのことをしていただきたい。それはかなり突拍子もないことになりますが、それで占職術師は判定ができるんです」

「はあ……どんなことを？」

「まず、そちらに立っていただけますか」

吉田は席を立ち、ソファの横に立った。おれも付き合いで隣に立った。

「気をつけをしてください」

吉田が両手を緩慢にもの横に貼り付けた。あまりパッとしない気をつけだが、一応気をつけではある。おれは彼の立ち姿を注意深く見つめた。

違う。この姿勢は重なっていない。おれは次の指示を出す。

「左を向いて——むこうを向いて——もう一度こちらを向いて」

おれは彼の姿勢を変えさせながら目を凝らして言った。吉田は首を傾げつつもしたがっていたが、次の指示を聞くとさすがに言い返した。

「では次に、この棒でソファの背を思い切り叩いて」

「それはどういうことなんです？」

おれは棒を差し出したまま、ちっとも貫禄がないのを自覚しつつ、答えた。

「占職術師は、人間の動作を見ます。腕の振り方、足の運び方、呼吸の激しさや視線の動き……そういったもので、どんな職業に向いているかを見るんです」

はあ、と吉田は言った。今までよりもっと納得していない様子だった。おれは切り札を出した。

「久巻さんはなんとおっしゃっていましたか？」

久巻というのは吉田におれのことを教えた紹介者だ。その久巻も、元はといえば別の人間に紹介されてここへ来た客だった。おれは今のところ、この芋づる式紹介形態で営業している。おれのやり方はこうでないと伝わりづらいからだ。

吉田の視線が、少しだけ宙を泳いだ。久巻に力説されたことを思い出しているのだろう。できれば思い出してほしい。体験者のほうが、多分、術者のおれより説明がうまい。

やがて吉田は、しぶしぶながらうなずいて棒を受け取ってくれた。

「では叩いて——もう少し腰を落として——次に、前に構えて。剣道のように。それから——この箱を抱えて。重いです、二十キロあります」

おれは吉田にさまざまなポーズを取らせながら、彼の表情と輪郭に注意した。棒を振るたびに張り詰める上腕の筋肉。箱を抱えたとたんにたわんで重さを受け止める下肢。運動するうち、いぶかしげだった表情が消える。毎日繰り返している習慣的な動作ならともかく、初めての動きに集中しながらほかのことを考えられる人間はあまりいない。

「棒を立てたままのけぞって、上を向いて。そうそう……ああ、これは」

吉田が体を傾けてのけぞったときに、彼がようやくすっぽりと重なったことを、おれは見抜いた。

いや、実を言うと彼が部屋に入ってきたときから、おれは彼のズレが見えていた。ズレだけでも大体のことはわかるから、その時点で言い当てることはできた。

だが物事には手順というものがあるし、何よりも、ズレと本人が重なった瞬間をこの目で確認するのは心地いい。この感覚は説明しづらいが、美容師が見事なカットを決めたときや、医師が患者の脱臼した関節をきれいに整復したときの感覚に、似ているんじゃないかと思っている。

吉田の重なる瞬間が見えたので、おれは満足した。それからさらに二分ほど彼を運動させて、試みを打ち切った。

吉田は少し息が上がっている。彼をソファに座らせてから、アシスタントにお茶を出させた。おれは手帳を取り出して、茶を飲む吉田の前で何かを書きつけ、考えごとをしているふりをする。すべて時間稼ぎだ。

やがて、おもむろに言った。

「わかりました。おおむね、これだ——という天職が見つかったようです。申し上げてよろしいですか」

「は……はい」

カップを置いて、吉田が身を乗り出した。おれはゆっくりとした発音で言った。

「柱上作業員です」

「ちゅうじょう、作業員？」

瞬きして、たどたどしい発音でつぶやく。きっとそんな職業のことを知らないのだろう。おれだって詳しくは知らない。こういう場面で解説できる程度に、書籍やウェブサイトで丸覚えした、上っ面の知識があるだけだ。

「柱の上の作業員と書きます。電柱に登ったり、高所作業車で高いところに上がったりして、電線や電話線を架設したり、取り外したりする仕事です。電力会社か、電話会社にお勤めになるのがよろしいでしょう」

おれが、自分ではちっとも気が進まないのに「占職術師」を名乗っている一番の理由は、いつもこの瞬間に客が見せる表情のせいだ。

吉田はぎょっとしたように眉を傾け、細い目を大きく見開いた。こちらの顔を穴が開くほど眺める。

「柱上……？　僕が、電柱に……登って……？」

吉田がゆっくりと視線を上げていく。まるで、ここにない電柱を見上げるかのように。

「柱の上で、電線を……」

見上げたまま数十秒。おれは言葉を挟まずに待つ。受け取った言葉が正解だと気づくために、客にはこういう時間が必要だと、おれは経験から知っている。

やがて目を下ろした吉田の顔は、驚きに輝いているようだった。

「信じられない」

「――そうですか？」

「いや、そうじゃない、そうじゃなくて。電柱ですよ。そうです。そうみたいです！　そういう、街中にいますよね、人たちが。言われて見れば確かに……うぅん、うまく言えないけれど、この、どうして気づかなかったのかな！」

吉田は身振り手振りを交えて、子供のように喜びを表そうとする。

「あなたの言うとおりみたいです。すごい、どうしてわかったんですか？」

おれは内心のあれこれをすべて押し隠して、穏やかな笑みを浮かべた。

「それが仕事ですから」

「不思議だなあ、なんでわかったんだろう！　きっとそれですよ、柱上作業員」

「でも、どうしても公衆衛生関係のお仕事につきたいとおっしゃるなら、止めはしませんよ」

「何関係？」

「修士号をお持ちだとか」

「ああ！　いい、もういいです、その話は。まわりに流されて取っただけで……」

吉田は顔を赤らめて手を振る。おれはベルを押し、立ち上がって出口を示した。

「ご満足いただけたようですね。本日はどうも、ありがとうございました」

アシスタントが扉を開けて手招きする。待合室へ出ていく吉田の背を、おれは愛想笑いで見送った。

そして一人になると、だらしなくテーブルに足を投げ出した。彼が今日の最後の客だった。

だが、煙草に火もつけないうちに表から騒々しい声が飛び込んできたので、ライターを取り落としそうになった。

「哨平さん、あっそぼー！　いるんでしょ？」

一瞬、アシスタントに頼んで居留守を使おうかとも思った。でもすぐにあきらめた。寛奈《かんな》のやつには居留守が効いたためしがない。とにかく部屋の中まで覗かないことにはあきらめない。

吉田を送り出したらしいアシスタントの信濃《しなの》さんが、扉から、ちらりと顔を覗かせる。

「寛奈さんです。聞こえましたよね」

「ええ。通しちゃってください」

やがて、トレードマークの腰まで届く黒髪を揺らしながら、山科《やましな》寛奈が軽やかな足取りで部屋に入ってきた。

「ハロー、哨平さん。お仕事終わったんでしょ？」

彼女はこの事務所のあるマンションの最上階に住んでおり、仕事もそこのアトリエでやっている。気が向くとうちへ降りてくる。今日はたまたま夕方に来たが、いつもは朝でも夜でも気にしない。やってくる目的は、たいていの場合、おれを捕まえてからかうことだ。

おれは火のついていない煙草をつまんだまま答える。

「いや全然。これから夜の部を開始する」

「だったら見せて。哨平さんの人相当て、横で見てると面白くって」

「夜の部の前に、腹ごしらえに行くつもりだが」

「それこそちょうどいいわ。夕食に誘いに来たんだもの。何を食べるの？　屋台からホテルまでどこでも付き合うわよ」

ソファで老犬のようにぐったりしているおれを見下ろして、寛奈はにっこりと微笑む。ほのかな化粧の乗った二十五歳の滑らかな肌に照明が映える。清楚な空色のワンピースに上品な白のボレロ。相当なプレイボーイでも誘うのに気後《きおく》れしてしまいそうな美しさと明るさだ。

ましてや、怪しげな自由業のおれから見れば、まぶしさのあまり目をそらしたくなるような娘が、寛奈だった。

しかしながら、おれは彼女の誘いを正面切って断れるような立場ではなかった。というより、どのような形でも断れない。都心に建つこのマンションに、おれのようなタウンページにも載っていない、いかがわしい人間が事務所を構えられたのは、彼女の口利きがあったからだ。他にも片手の指では足りないほどの恩恵をこうむっている。

それでもおれは、十も年下の小娘にはいはいとついていく気にはなれず、最後の抵抗を試みた。

「一人身の若い乙女が、ホテルまでなんて言っていいのか」

「いいの。だって哨平さんヘタレだし」

隣室で信濃さんがくすくす笑うのが聞こえた。おれはもう何を言う気もなくして立ち上がった。

「あの人の天職は？」

「庭師かな」

「あの人は？」

「会計士……いや、税務署の査察官だと思う」

「あっちは？」

「ビルの屋上の貯水タンクに入って中にこびりついたコケを落として回る仕事」

丘の上にあるマンションから歩いて十五分ほどの繁華街。知り合いの店長がやっている洋食屋で夕食を取りながら、おれは寛奈の質問に次々と答えてやった。

対象は、窓の外を歩く通行人だ。おれには、彼らの実際の姿に、別の姿をした分身が重なっているのが、ピントの合わないカメラのようにぼんやりと見えていた。

それが彼らの「天職」だ。

「彼女は？　あのピンクのミュールの」

「肩より大きい動物に関わる仕事……そう、牛。牛飼い、酪農家、だろうなあ」

「牛飼いですって。ピンクのミュールなのに？」

パスタを巻いたフォークを空中で止めて、寛奈が大仰《おおぎょう》に目を見張る。

「ピンクのミュールなのにだ」

おれは重々しくうなずいた。

「本人、それを知ったらどんな顔するのかなあ……」

「いや、単に『はあ？』って顔して終わりじゃないかね」

「でも、それが本人にとって、一番適した職業なんでしょ？」

「おれに言えるのは、仮にあの子がブラシなりタワシなりで——雑巾かもしれんが——牛の大きな温かい体を洗ってやったなら、満ち足りた気分になれるだろうということだけだよ。給料が安かったり人間関係が悪かったりで苦労することは十分ありえる。その苦労が十分に小さければ、牛に触れる満足感のおかげで、幸せになれるだろう」

「そうかな。他にどんな苦労があるとしても、天職につけるなら満足だって人間は多いと思うけど？」

そう思うのはおまえが天才だからだ、という言葉を、おれはビーフシチューの牛肉とともに呑み込んだ。

寛奈は絵描きだ。正確に言うと、絵も描ける才人だ。本人が見せてくれないのでおれ自身には判定できないのだが、それでも寛奈の才能はわかる。街頭絵描きの業界で「カンナ風」の画調が増えすぎて問題になっているとか、東北の寂れた美術館が彼女の絵を三枚置いたら黒字になったとか、そんな逸話を人伝手《ひとづて》に聞いている。

その彼女が、ほんの四年前には駅前で携帯電話会社のティッシュ配りをしていたと言ったら、どれほどの人が信じるだろうか。

今の寛奈の人気から考えれば、おそらく誰も信じないだろう。だがそれは事実だ。他でもない、おれが彼女を見つけて画家にしたのだから、自信をもって言える。

いや、画家に「した」というのもおこがましい。おれは彼女に天職を告げただけだ。彼女はそれを信じて絵筆を握り、一年と少しの努力の結果、奇跡的な成功を収めた。

あの一年、寛奈はただ一本の絵筆を握り、ただ一足の靴で都内のあらゆる場所に出かけていた。そんな苦労に耐え抜くことができたというのは、天才以外の何者でもあるまい。

「ちょっと、哨平さん。シチューはちゃんとお皿の底までパンでぬぐうの！　こう、こう！」

身に着いた貧乏性は一生抜けそうもないが。

皿を引き取って熱心に綺麗にしている寛奈を眺めて、おれはつぶやいた。

「才能って、なんだろうなあ」

「ん？」

「おまえのような変わり者にいくつも天職があって、真面目に生きている世の中の大部分の人には、たいてい一つしかないっていうのは……」

それを聞くと、寛奈はそれこそ「はあ？」と言わんばかりに、くっきりした眉をひそめた。

「哨平さんがそれを言うの？　ただの人間に過ぎない私に向かって、あなたが？」

「おれが人間じゃないみたいな言い方をするなよ」

「今さら何。超能力者のくせに」

「超能力は才能じゃない、よな」

「ないわね。でも才能以下のものでもないでしょう」

あきれたようににらまれた。冷たい目だ。もっとも、他の人間がおれを見る目に比べればずっとましではある。

おれは普通の超能力者ではない。そもそも普通の超能力者なんてものがいるかどうかも知らないが、ともかく、通俗的な意味での超能力者の分類に当てはまらない。おれは読心能力《テレパシー》も透視能力《クレヤボヤンス》も持っていない。人の未来を見るわけでもないから、予知能力《プレコグニション》だとも言いがたい。奇妙なかたちで人間の天職が見えるだけだ。ひょっとすると、個々人の並行世界《パラレルワールド》での姿が見えているのかもしれないが、そういう超能力はちょっと聞いたことがない。しかもその像は確かなものではなく、おれの指摘した天職が実現することは少ないし、天職が複数見えることもある。

複数例の代表は、目の前にいる山科寛奈だ。この娘は六つもの天職をおれに見せた。画家になったのは、そのうちわずかひとつを実現させただけのことだ。残る五つの可能性も巨大なものばかりだが、本人はそんなもの不要だし知りたくもないと言っている。それに比べれば、おれの超能力などどうでもいいことに思えてしまう。

どうでもいい能力ではあるが、おれは今のところこの力で食っており、実際そんなに無関心でもない。おれは自分の能力に初めて気付いたとき困惑したし、今でも困惑している。何しろこの世には、確認された超能力者というやつがただの一人もいないのだから。おれにわかる限りではテレビに出ている連中はすべて偽者だったし、出ていない連中もほとんどがそうだった。わずかに数人だけ、真贋《しんがん》つけがたいと言いたくなる者もいたが、いまだに実際に会うところまではいっていない。理由は、それについて知ってもおれの人生はあまり変わらない気がしたからだ。

そんなわけでおれはまだ、自分の能力が科学的なものなのか魔法的なものなのかも、似た人間がいるのかどうかも知らない。だから、占職術師《ヴォケイショノロジスト》という肩書きは、実はインチキだ。地球には占職術《ヴォケイショノロジー》という学問は存在しない。あるのは単におれ。おれひとりだけだ。

余談だが、おれの事務所や服装、あの吉田氏にやらせた体操もどきなどは、すべてインチキを隠して箔《はく》をつけるためのものだ。それ以外の神秘的な意味は一切ない。拍子抜けしてはいけない。これはけっこう重要なことだ。おれの二十年にわたる、つらく厳しい経験から得た真理を話そう。たいていの人は、道端でいきなり呼び止めて「あなたにはジャーナリストになって中米の麻薬禍を報じてピュリッツァー賞を得る未来がありうる」などと話しても、喜んで鑑定料を払ってくれたりはしない。

逆にいろいろな出費が発生する可能性が高い。

当たり前だ。だからおれは事務所を手に入れた。

身も蓋もないことを言うなら、事務所さえあれば、能力がなくてもこの手の仕事は務まるだろう。そうやって食っている人間は世の中には大勢いるし――おれもその類だろうとみなされたことが何度もあった。

それを思い出すと世をすねた気分になり、おれは顔をしかめて言った。

「才能だろうが超能力だろうがどっちでもいい。確かなのは、おまえの絵は金持ちから一般人まで、ケチをつける人間がひとりもいないってことだ」

寛奈はしばらくおれを見つめると、いい年してすねちゃって、と息を吐いた。

テーブルの料理はあらかた片付いた。おれはしかめっ面の寛奈に軽く手刀を切って、煙草に火をつける。店内ではズレた客たちが談笑している。雰囲気にそぐわないという意味ではなく、先ほどの通行人たちと同じで、天職についていないという意味でズレているのだ。なりたい姿になれない体。本物の生きがいを知らない、倦《う》んだような顔。

知らない人は驚くだろうが、この世の人間のほぼ百パーセントに、とにかく何か一つは天職がある。食って寝てばかりいる生まれついての怠け者にさえ、魂の底から打ち込める仕事というものが確かにあるのだ。しかし、偶然天職に巡り合う確率は高くはないらしく、おれが街で見るのは不幸せな顔をした人ばかりだ。

だからおれは、事務所を開いている。

実現されずにいる可能性の種を調べるために。

カウベルが鳴った。表のドアを開けて二人連れの客が入ってきた。高価ではないが品のよい身なりをした、年配の男女だ。おれは軽く息を詰めた。知り合いではないが、彼らをこの店で何度か見たことがあった。

フロアにいた店主が客に気づいて、笑顔で迎えに出た。筋のいい常連客なんだろう。

そういえば、この二人について寛奈に話したことがなかった。おれは寛奈に顔を向けて話しかけようとした。

「なあ、寛奈――」

「ところで哨平さん、明日の午前中はひま？」

「ん？　午前中？」

面食らいつつも、おれは急いで知恵を回した。

「すまんな、午前は予約が十件ほど入ってる」

「よかった、午後ならいいのね、十二時に部屋に来てちょうだい。お昼の希望は？　なければ決めておく。そのあと湾岸へ行くから軍手は貸したほうがいいわよね？」

「なんだって？　そりゃ、借りられるならそのほうがいいが」

「いいのね。それじゃあ午後に」

「ちょっと待て！」

「いいって言ったじゃない。まさか私に四十号の額を抱えて歩けっていうの？　荷物持ちもしてくれないなんて冷たいわ。あ、それとも仕事が簡単すぎるのかしら。もっと難しい仕事を頼むほうがいい？」

「冗談じゃない」

「よかった、じゃあ軍手は貸してあげる。洗って返してくれればいいわ」

「おまえ、おい、ちょっと待てって！」

おれが声をあげると、寛奈はふとためらいの色を浮かべて、強引過ぎた？　とつぶやいた。

おれは強くうなずく。

「こっちの都合も考えろ」

「ごめんなさい。それじゃ――お昼は哨平さんが決めて」

「寛奈」

「はあい？」

周りが振り返るほど明るく微笑みやがった。そういえばこれも才能だ。

せめて苦手な食べ物でもあれば一矢を報いてやれるのに、この娘はそれもないのだった。

2

翌日。せっかくだからこの機会に寛奈の絵を見てやろうとしたが、品物は布でしっかり包まれていた。しかもきちんと職人に頼んで額装してから包んだというのだから、軍手の出番などありはしなかった。

「そもそも、なぜ画商や運送業者に頼まないんだ」

「哨平さんとデートしたいからに決まってるじゃない」

「はいはいデートね」

いちいち反応していたら脈が乱れる。おれは適当に流して包みを抱え上げた。大方、引渡しのときに立ち会いたいというのと、いつもの貧乏性が本当の理由だろう。

乗り物は、もちろんタクシーなんぞではなくて電車だった。ベレー帽をかぶってケープを羽織り、乙に澄ました寛奈は、大荷物を抱えたおれをやけに邪険に遠ざけた。自分の絵を他人に持たせているというのになんたる態度か。まあ確かに近寄りたくないほど滑稽な姿だと、おれ自身も思ったが。

腹が立ったので昼は駅の立ち食いソバにした。寛奈はむしろ上機嫌で食っていた。貧乏性なのを忘れていた。

湾岸のどこが目的地なのだろうと思ったら、前衛的なデザインの社屋で有名なテレビ局だった。駅を出てすぐのところにそびえるビルを見上げ、脇に抱えた包みに目を落として、おれはつぶやいた。

「鑑定番組にでも出すのか」

「値段はもうついてるわよ。頼まれて描いたんだから」

「誰に？」

寛奈はビルの上のほうを指差した。それ以上聞く気もなくなった。

おれたちはビルの入り口に向かい、警備員のいるエントランスゲートを通ってホールに入った。わ、と寛奈が声を漏らす。

「さすが」

おれもつぶやいた。ソファの並ぶラウンジの一角に、体育のゼッケンのようなものをつけた数人の若者がいる。別の一角には、犬だか虎だかの着ぐるみの人々が、頭の部分だけを脱いで休息している。鳥のように髪を毛羽立てた女が難しい顔で新聞を読んでいる。見た目だけはまともなスーツ姿の一団が「ギリギリでいいんですよ、むしろギリギリがいいんですよ」と甲高い声で話している。

なるほどテレビ局だ。そういうのは噂だけだと思っていた。街中のオフィスではあまり見かけない、不思議な光景だ。

ところで、ここでまた人間と天職の興味深いかかわり合いについて話さなければならない。

おれは見ただけで人の天職がわかる。天職のまったくない人はいない。無能、無才でなんのとりえもないような人も、単に体調が悪くてそう見えている場合がほとんどだ。健康なのにまるで無能、という人は今まで見たことがない。

しかしそれでも、世の中にはおれにも適切な職業を教えられない人間が、二種類いる。

そのひとつは、おれに理解できない種類の仕事を天職とする人間だ。

おれの目には人間の天職が、本人の姿から少しズレた二重写しのように見える。電柱に登って工具をふるっていれば柱上作業員だろうとわかるし、イーゼルの前で絵筆を握っていれば画家に決まっていると思う。机について事務をしている姿はいちばん見定めがたいが、それだってしばらく見ていれば服装や仕草で、だいたい何をやっているのか見当がつく。しかし大前提として、おれに理解できる仕事でなければならない。茫漠たる海にポツンと突き立てられた竹の棒の上でヒマそうに座っているだけの姿が見えても——実際に一度見かけたことがあるのだが――一体それがなんの職業であるのかわからない。

それが、天職を教えられない人間の、一種類目だ。

二種類目は、すでに天職についている人だ。

自分が為すべきことを為している、と感じている人間に、何を伝えることがあるだろうか。そういう人は、ひと目でわかる。立派なのだ。別に美人や美男になるわけではないが、まず表情がいい。力がある。楽しんで活躍している人も、苦しんで重責を担っている人もいるが、どちらも使命の自覚があるためか、実にくっきりした顔をしている。

顔に出さない人もいる。何か秘め置かねばならない強い理由があって、苦楽を無表情に押し隠す人がいる。そういった人にしても、背筋の伸びや歩き方に自覚が出る。自覚という字は自分に覚めると書くぐらいだから、自分が何者かを知っている。アイデンティティが立っている。天職を得るということは、自己の目的に気づくということだ。その域に達した人間は、現状と理想とのギャップがない。

おれはここで、民放のテレビ局のホールで、そんな人間を見つけたのだった。しかも異様な形で。

その人は二人連れだった。この連れの人間もかなり変わった人間だったが、もう一人ほどではないように見えた。中年過ぎで、艶のある真っ黒な長髪を肩に流した長身の男だ。彼はすぐにエントランスから出て行った。

そしてもう一人の、残された若い男が、驚異だった。

　まだ二十歳そこそこ、寛奈とさほど変わらない年頃のその青年は、今まさに天職を果たしつつあることを、昂然と反らした額で示していた。短く刈り込んだ、坊主に近い頭。大きな目と濃い眉、髭剃り跡の残る青い頬。今の季節にはかなり暑いのではないかと思わせる、嵩《かさ》のある革ジャンパー。

　大切なものが入っているかのように手の平で覆った、腹。

「八階だって、あっちのエレベーター……哨平さん？」

　受付で話してきた寛奈が声をかけたが、耳に入らなかった。男から目を離せなかった。腋《わき》の下がじわりと冷たくなって、膝の感覚が薄れた。こっちを向くな、とおれは念じた。こっちを向いたら、おれが気づいていることに気づかれちまう。

　男は高揚感たっぷりに、エントランスホールの高い天井を一瞥すると、力のこもった足取りで近くのエレベーターに向かい、その中に消えた。

　おれはどっと息を吐いて膝に手をついた。猛烈な立ちくらみが襲い、吐き気がした。絵を床に立ててしまった。倒れる寸前に寛奈がそれを押さえ、おれの肩に手を置いた。

「ちょっと、大丈夫？　すごい顔色よ。やだ、さっきのソバ？」

「食あたりなら……よかったんだがな」

　おれはよろよろと歩いて、近くのベンチに座りこんだ。寛奈が顔を覗き込む。

「医務室の場所を聞いてこようか？　……きゃっ！」

　おれは彼女の手を引いてささやいた。

「おまえの顧客、誰だ」

「え？」

「絵を頼んだ人間だ。ここの経営者か？　重役か？　誰でもいい、とにかく地位のある人間と話したい！」

「緊急事態？」

ケープから携帯を出して、パチンと開いた。見れば、顔が変わっている。こんな冷静な目つきになれる女だったか。

ああ、そうだ、こいつはただの絵描きじゃない。それ以上のものを持っている女だった。

おれはがっくりと頭を垂れるようにうなずいた。

「爆弾テロリストがいた」

「なんですって……」

「坊主頭の若い男、黒の革ジャン。胃の中に爆弾を隠してる。種類や起爆方法まではわからん。しかし自爆するつもりなのは間違いない――今すぐ一般人を避難させろ。奴はこのビルを全壊させられると信じている」

「ど、どうしてわかるのよ？」

「それが奴の天職だからだ。自爆、殉教、破壊。そういった行為に全力を捧げる喜びを、奴は体中で表していた。おれはそれを見た。わかるか？　想像してくれ――」

緊張した顔の寛奈を見上げて、十分の一も伝わらんだろうなと思いながら、おれは言った。

「大勢の仲間が心の底から望む行いがある。それをすることで称えられ、とてつもない快感が得られる。華麗なセレモニーになる。世界中の注目を受ける。自分の人生がすっかり説明される。今日ほど晴れがましい日はない。ボタンをひとつ押すだけでそれが起こる。苦痛は一秒にも満たない。一瞬ですべてが完成するんだ。――こんな職が、爆弾テロリストの他にあるか」

ぞくっ、と寛奈が肩を震わせた。色の失せた唇の端に、キリッと音をたてて歯が覗いた。

「そんなの、天職じゃないわ」

「おれに言うな、奴の信念だ、どうだ、電話は」

「今かけてる。あ、もしもし？　お世話になっております、山科です、突然のことで申し訳ありませんが、いま下のロビーに来ておりまして……」

挨拶もそこそこに寛奈は直談判を始めた。頭の回転の速いこの娘らしく、おれの能力について うまくぼかしつつ、爆弾犯人が局内に潜りこんだのを目撃したと告げている。

おれは天井を眺め、最悪の可能性について考えた。寛奈はこれまで地道に信用を築いてきたから、一笑に付されることはないだろう。しかしおそらく、対処は遅れる。まず、奴を見つけるだけでもひと苦労のはずだ。エレベーターのランプは何度も止まりながら上階へ昇りつづけている。

間に合わない。おれは破局を止められない。

「ふん……」

罵声を吐く気にもなれず、小さなため息ひとつをついた。

それから立ち上がって寛奈の手を引く。「待って」という彼女にささやきかける。

「出るぞ。外だ」

「自分だけ逃げる気？」

「何を言ってる、巻き込まれたいのか？」

叱りつけてから、ためらった。寛奈の瞳にも、おれがめったに見たことのない怒りの色が浮いていた。彼女はおれの腕を逆に引き込み、片手でフロアを指し示した。

「これだけの人が死ぬのをみすみす見逃すの」

その手の先をかすめて二十名ほどの一般見学客の団体が通った。見えているだけでも百名近い人間がいた。おれにとっては気の毒なだけの、ただの他人だが、寛奈にとっては縁のある人々らしかった。

寛奈を張り倒して連れ出したいという思いを、おれは苦労して抑えた。それは可能だが、やったら彼女はおれを許すまい。

代わりに、壁の火災報知器に近づいて、手をかけた。

「電話、まだつながってるな。警報を押すから放送をかけろって言ってくれ」

「……いいの？」

「他にどうしろと言うんだ、爆弾だと叫んで走り回ればいいのか？」

どちらにしても、おれは後で釈明しなければならない。寛奈をつれて逃げるより百倍も苦労する。

ようやく寛奈は譲歩する気になったらしく、うなずいた。

「お願い」

おれはカバーを割って警報ボタンを押した。とたんに耳を聾する音量のベルが鳴り渡った。寛奈が顔をしかめながら携帯電話に怒鳴っている。エントランスの警備員があっという間に気づいて、こちらへ走ってきた。フロアの人々が驚いて周囲を見回している。おれは半ばやけになってつぶやいた。

「下手をしたら犯人の代わりに捕まるな」

「大丈夫、直結してくれた！」

「なに？」

駆けつけた警備員たちの前で、寛奈はスカート姿であることも省みず、いきなりそばのモニュメントによじ登った。背丈の倍以上もある高みから、よく通る声で叫ぶ。

「フロアの皆さん、お聞きください」

同時に、フロア中のスピーカーから寛奈の声が降ってきた。驚きのあまり、事態が飲み込めるまでしばらくかかった。寛奈は携帯を頬に当てっぱなしにしている。通話音声を局内放送につないでもらったのだろう。

「フロアの皆さん、局内で事故が起こりました。立ちあがって、外へ避難してください。ゆっくりと歩いて入り口へ向かってください。止まらずに、走らずに」

最大限の聴衆に届く、絶妙の語り口だった。おそらく半分以上の人からアナウンサーだと思われたことだろう。それが寛奈の天職ではないと知っているおれですら、そんな気がした。

しかし、それほど的確な語りかけを聞いたというのに、人々の動きは鈍かった。戸惑い顔を見交わしたり、にやにや笑ったりしている。

おれは、ここがどこなのか思い出した。寛奈の足元から小声で叫んだ。

「テレビ局だぞ！　みんな信じてない！」

寛奈の顔に、ハッと理解の色が浮かんだ。口調を厳しくして言い直す。

「――フロアの皆さん、これは番組の収録ではありません、本物の事故です！」

効果は劇的だった。人々の顔がこわばった。

小走りに群衆が流れ出すのを見ると、寛奈はようやく床に飛び降りて、待ちかまえていたおれの手を取った。

六分後、テレビ局の二十八階から宙に突き出した特別展望室で強力な爆発が起こった。一階から逃げ出したおれたちは、局から三百メートル離れた路上でそれを目にした。展望台のすべての窓からパッと白煙が噴き出し、ガラスや建材の破片がキラキラと輝きながら飛び散っていった。とても美しい光景で、なんだか現実離れしていた。

それを見ながら、おれの上腕をつかんだ指に、寛奈が強い力を込めた。

「あれ、まだ人がいたわね」

「多分な」

後で知ったが、犯人を追い詰めていた警備員二名が死に、十名以上が大怪我をしたのだった。

「ひどいわ。一体誰が……あっ、絵は？　私の」

「すまん、知らん。後で取りに行こう」

「私の絵まで！」

寛奈は怒りを新たにする。おれは、誰かがあの包みを持ってきていないかと思って周りを見回した。

そして凍りついた。髪の長い男がいた。爆弾犯人が決行の直前に話していたあの男が。人々の間から展望台を眺めるその男は、目にうっすらと涙を浮かべていた。意味は明白だった。その男はズレていた。おれには男の、いまだ実現していない天職が見えた。

その男は涙をぬぐい、ちらりとこちらを見て人垣に消えた。

おれは、爆弾犯人を目撃したときよりももっと重苦しい気分で、立ちくらみに耐えていた。

3

週日の昼すぎ。いつものように事務所で午後の仕事を始め、三人ほどの客をさばいたころ、寛奈がやってきて責めるような目つきで言った。

「女の子を泣かせるなんて、一体何を言ったのよ、哨平さん」

「見たのか」

「やっぱりあなたの客だったのね。エレベーター前ですれ違ったわ」

おれは苦い顔になるのを抑えられないまま言った。

「貴女《あなた》には封筒貼りが向いています、と」

「……あきれた。本人の希望は聞いたの？」

「チェリストだそうだ、くそっ、そんな目で見るな！　おれだって仕事でなけりゃ、ぬるい嘘ぐらいついてやったさ。しかし彼女の本性はそれを望んでいたんだ。いくら表面上で芸術家ぶっていても」

いま一本吸い終わったばかりだったが、おれは次の煙草に火をつけた。寛奈がこれ見よがしに窓を開けてソファにかける。本日はゴシック調にレースを盛りつけたワンピース姿。

「仕事でも嘘ぐらいつけばいいじゃない。むしろ仕事だからこそよ」

「それをやり出したらきりがない。おれは何を言えばいいんだ。ひたすら相手が喜ぶおべんちゃらを並べるのか」

「世の中の仕事の大半はそういうものじゃない？」

「おまえはそうしてないだろう。それに天職を告げること自体、不確実なものだ。永劫不変のアカシックレコードに、汝封筒貼るべしと彫ってあるわけじゃない。どっちかといえば体脂肪率みたいなものだ。自在に変えられはしないが、努力は反映される」

「ごくごくわずかに、でしょ」

おれがうなずくと、寛奈は深々とため息をついた。どう見ても遊びに来たようには見えないので、どうせ例の話題だろうと思ったら、その通りだった。

「剪世鐘が、今度は高層ビルの爆破予告を出したって」

「どこのビル？」

「そこまでは言わないのよ、まったく汚いったら」

〝転世改削《てんぜかいさく》・剪世鐘《せんせいしょう》〟。そう名乗る奇怪なカルト集団のことを世間が知ったのは、半月前の例のテレビ局爆破事件の直後だった。剪世鐘の手になる犯行声明文が局内に残されていたのだ。報道によればその文面は、人心の乱れと失業をもたらしたマスメディアと高所得者を、文殊《もんじゅ》普賢《ふげん》の左右菩薩《ぼさつ》と福沢諭吉翁の名において弾劾するものだった。

警視庁が捜査本部を開き、公安警察もすぐさま捜査に乗り出して、翌日には東京と大阪で剪世鐘の拠点四ヵ所に踏み込んだが、どこももぬけの殻で、一人も逮捕できなかった。

この団体は、事件を起こす前から、就職困難な人々を集めて自活する若者たちのサークルとして、一部の人には知られていた。しかし労働の強制や外部との決別など、グループの方針にひどく危険なところがあって、周囲の理解が得られずに排斥されていた。一度、テレビ番組で反社会的な逃避サークルのように揶揄《やゆ》されたことがあり、それが呼び水となってバッシングを受け、自殺者を出した。

そのためにかえって強く結束し、今回の事件に至ったようだった。

おれと寛奈も避難のすぐ後で警察に連れていかれた。法律的にまったくやましいことはないし、剪世鐘などという団体だか結社だかとのつながりも皆無なので、すぐに解放されるだろうと思っていたら、どういうわけか一晩留め置かれてしまった。警察にとっては占職術師もカルト宗教も同列なのだろう。何しろ人が死んでいるだけに追及が厳しく、おれは危うくやってもいない犯行を自白しそうになった。目撃者の証言と寛奈の伝手《つて》がなければ、釈放されたかどうかも怪しい。

そして、無用の災難をこうむったおれたちを尻目に、剪世鐘は捨て身の活動を始めたのだった。テレビ局に続いて、国内二位のメガバンクの本店と、与党本部ビルが爆破された。自爆でこそないが、いずれも犯行声明つきの爆弾テロだった。短絡的ではあっても、その狙いは明らかだった。要するに、彼らにとっての金持ちの象徴を攻撃したのだ。

与党ビルの事件では自衛隊の特殊部隊まで動いたが、この犯行集団はいまだに捕まっておらず、テレビも新聞もネットもこの話題で持ちきりらしい。おれはよく知らないのだが、このところ毎日寛奈が来るので、嫌でも耳に入れられてしまうのだった。

「あのね哨平さん。私の友達の一人から、ちょっと嫌な話を聞いた」

「どんなだ」

「剪世鐘は鉄道を攻撃しない。そのことを彼ら自身が、鉄道は庶民の足だから壊さないのだって主張してる。でね、その友達は、彼らの言い分もわかる、だって。きっと彼らも生き方が不器用で職場や社会から追われたかわいそうな人たちなんだろう、なんて言うのよ」

「ナイーブすぎだ」

「私もそう思うけど」

寛奈はおれを見つめる。けど、の後に何が言いたいのかは想像がつく。この娘も最初から
マンションの最上階に住んでいたわけではない。他人事とは思えないのだろう。

「剪世鐘が、ではないけど、それに共感する人がいるというのが、やるせない気がする。なんとかできない？　哨平さん」

「おれに連中をやっつけろって？」

「そのリーダーを見たんでしょ」

「リーダーかどうかはわからない」

「リーダーに違いないみたいな口ぶりだったじゃない、あのときは。哨平さんがそう言ったっていうことは、見えたんでしょ？　そろそろ聞かせてくれてもいいんじゃない。誰にも言わないから」

「おまえに言いたくなかったんだ」

寛奈は口を尖らせた。意地悪だというふうに誤解したのだろうが、おれはあえて訂正しなかった。

「あいつは才人だったんだよ。四つもの天職を持っていた」

「四つも？　初めてね、そんな人」

「ああ、おまえ以外ではな。その一つ目は役者、二つ目は軍隊の司令官だった。どちらもなろうと思ってなれるものじゃない。特に後者は現代日本では不可能に近い」

「役者に、司令官か……カリスマがあって、決断力に富んでいるということ？」

「他人や自分をあざむく力を持ち、意のままに動かせるということでもあるだろうな。そして三つ目が、死刑執行人だった」

こく、と寛奈が喉を鳴らした。

「無情な人殺し？」

「それは悪い誤解だな。死刑執行人はただの殺人者とは違う。正義に基づき、社会の意志を託されて人を殺す仕事だ。それ自体に悪のニュアンスはない。もし悪があるなら、それは死刑を実現している法制度のほうにある」

「そうか。じゃあ、そのリーダーには良いところもあるのね？　少なくともその一点に限れば」

口の中に苦いものを感じつつ、おれは首を振って否定した。

「ところがそいつに限っては違う。何しろ、そいつには社会の意志など託されていないのだから。代わりにそいつが背負っているのは、独善的な正義感と、剪世鐘の身内だけのルールだ。しかも己のためでなく、社会のためと信じて犯行を指導している。――そいつを善人だと思うか？」

「……最低」

寛奈が嫌悪に眉根を寄せた。おれは首を横に振った。

「まだ早い。その三つだけなら、不快ではあるが、ただの悪人だ」

「ただの悪人って。そいつはそれ以上にやっかいなやつなの？」

「母親」

「母親？」

寛奈が息を止める。

「女性なの、そいつ！」

「いや、男だ。そいつは職業としての母親の適性を持っているんだ。子に対する愛情と期待、外敵への憎悪。強靭な意志力。我が子のためなら何をしても許されるという、度外れた正当化心理がある。これは実際に母であるかどうかとは無関係だ」

「それはおかしくない？　だってそいつ、自分の仲間を——つまり、子供を自爆させたのよ？　そんなの母親じゃないわ！」

「子供のためと称しながら、子供を自己実現の道具に使う母親は、現実に存在する。母性にさまざまな悪い要素が絡まりあったときに、そんなことになる。繰り返すが、世の母親すべてがそういうものだ、と言っているわけじゃないぞ。母性が母親のものだとは限らないという意味だ。ありあまる母性が最悪の宿り方をしたのが、この男だ、ということだ」

寛奈は口を閉ざした。嫌悪感のあまりか顔色まで悪くなっている。

「そいつは役者・司令官・執行人に加えて、母親の天性まで備えていた。そのために仲間や部下を惹き付け、グロテスクな愛情で包みながら、ためらいなく自爆を命じられる人間になった」

「なんでそんな組み合わせに……」

「わからんが、複雑な生い立ちなんだろうよ。しかし問題は彼の素質じゃない。素質だけならもっと変な人間もいないことはない。救いがたいのは、現実には彼がどの天職にもたどり着けていないということだ」

「それって……ものすごいストレスなんじゃない？　母親になりたくてなれない、というだけでもすごく苦しんでいる人がいるのに」

「だろうな。そうやって、剪世鐘のリーダーは生まれた」

寛奈がうつむいて額を押さえた。さすがにこの奇怪な人物像には圧倒されたようだった。

「そ……それで、そいつは自分たちを守るために、闇雲にまわりに襲いかかってるのね。居場所はわかる？　次はどこを狙ってるの？」

「それはわからん」おれは肩をすくめた。「忘れるなよ、おれは読心術をやるわけでも、精神分析をするわけでもない。才能が見えるだけなんだ」

「そうか……。でも、それだけわかれば何かの役に立つかもしれない」

唐突に寛奈が立ち上がったので、面食らった。

「どうした」

「今の話、伝えてきていい？」

「どこへ。警察か？」

「警察とか、そのほか知りたがっているところへよ。大丈夫、哨平さんの名前は出さないから」

「構わんが、そんなたわごとを交番に持ち込んで信じてもらえるのか」

おれが言うと、まかせて、と片目をつぶって寛奈は出ていった。おれはあっけに取られて見送った。

「あれで犯人が捕まると思ってるのかな」

独り言のつもりだったが、ちょうど受付の信濃さんが入ってきた。午後分の郵便物を差し出しながら言う。

「寛奈さんの交友範囲だったら、あれが役に立つ方もいるんじゃありませんか」

「いるんですか」

手紙を受け取りながら、ややかしこまってそう聞くと、信濃さんはうなずいた。

「寛奈さんは、年配のお客さんから引く手あまたですから」

「年寄りが女子供にデレデレする風潮は早く滅びればいいんですよ」

「中年がしっかりしないからでしょ」

おれが顔をしかめると、信濃さんは微笑して続けた。

「変な意味じゃなくて。あの子、すごくいい話相手なんです。どんな話にもちゃんとした返事ができるし、明るくて表情豊かだから、お年寄りにも可愛がられてるみたい。紺野さんもわかるでしょう」

「それは、まあ」

年の差のわりに、寛奈には世代の違いを意識させられない。多分年の差が大きいほどそう感じる、彼女は特異な娘なのだ。

「交番じゃありませんよ、あの子が行くのは」

信濃さんに意味ありげな目配せをされて、おれはううんとうなった。いわゆる有力者にコネがあるということだろう。

「きっとなんとかしてしまいますよ、あの子」

「……だといいんですが」

信濃さんは隣室へ下がる。おれは茶をすすりながら考えこむ。

仮におれがその気になったとして、剪世鐘のリーダーを捕まえることはできるだろうか？

――まず無理だろう。理由は三つほどある。ひとつ、リーダーは類稀な指導者だ。頭は狂っているし心は腐っているが、才能は凡人のはるか上を行く。居所を突き止めることさえできまい。ふたつ、剪世鐘はグループだ。こちらは一人だ。多勢に無勢でかなうわけがない。みっつ、おれは素人だ。探偵ですらない。なんの手立てもない。

「まあ、普通に考えればそうなんだが……」

おれは携帯を取り出して、ネットを見て回った。剪世鐘関連のニュースは多く流されており、捜査本部の記者会見を映した動画もあった。それをしばらく眺めた。

やがて湯飲みを空けると、おれは上着を取って部屋を出ながら信濃さんに声をかけた。

「すみません、ちょっと駅まで」

「お出かけですか」

「ええ、中年の務めを果たしてきます」

「何か考えが湧いたんですね。お帰りはいつごろに？」

「さあ、何日かかるか」

信濃さんが軽く目を見張って、旅行ですかと聞く。

「いえ、ずっと駅です」

そう答えて、おれはそそくさと事務所を出た。

向かったのは、一日に三百五十万人が乗降する日本最大の駅――新宿駅だ。

中年の務めとは何か。いろいろあるが、一番はまあ、耐えること、汚れることだろう。

おれはコンビニで買い込んだ軽食を抱えて、駅の一角にあるベンチに陣取り、視界を広く取った。

そして眺め始めた。――目の前を流れていく通行人を。

右から左へ、左から右へ。さまざまな、本当にさまざまな人間が通り過ぎていく。スーツ姿のビジネスマン、大荷物の老婆、同僚と並んだ運転士、垢抜けないセーラー服姿の女子中学生。僧形の若者、胸元もあらわなキャバ嬢、悪臭のするホームレス、学生、浪人生、娘連れの父親。ギターを背負った男、ハンチングにサンダルの男、小山が動いているような肥満した男、ベビーカーの中で身動きする乳児。

すべての人間が、おれには二重写しに見えた。その影のほうだけを見ようと集中した。楽な作業ではなかった。刑事が指名手配の人間を探しているとしても、これほどの凝視は必要なかっただろう。十分も続けると集中力が切れてしまい、その都度目を閉じて同じだけ休息した。そしてまた目を開けて見つめた。

目的はひとつだった。ある天職を持つ人間を、探し出すこと。

そういう人間がいるのかどうかも、おれは知らなかった。ただ、街を歩いていれば、一年の間にほとんどの種類の天職の人間を、必ず二、三度は見かけるということは知っていた。人間の天職は、実際にその職に就けるかどうかに縛られない。温かい海に素潜りする海女《あま》になるべき人が伊勢志摩にいるとは限らないし、ヒグマ猟のハンターになるべき人が大雪山のふもとにいるとも限らない。要するにどこに何者がいるかは完全にランダムだ。となれば、母数の大きさだけが確率を決める。

だから東京には、日本のどこよりも、あらゆる天職の人間が存在しているはずなのだ。

理屈ではそうだった。だが実際にやるとなると実にしんどかった。

おれは夜十時までそれを続け、次の日は朝七時に同じベンチに来た。一日中腰掛けて人波を眺め、休んでは目を開け、休んでは目を開けることを繰り返した。翌日もそうして、翌々日もそうした。

五日間かかった。別にカウントしたわけではないが、十万人以上は見たと思う。

五日目の、午後二時過ぎの、昼食時の雑踏がピークを過ぎて、ややあたりが空いたころだった。おれは凝視の数分間を終えて、コンビニ袋から取り出したカレーパンを開封しようとした。

視界の隅を一人の白髪の男が横切った。

「あっ」

おれはパンとカフェオレを放り出してダッシュした。男に追いつき、後をつける。五十歳以上、六十に届いていそうな髪の白さと肌の荒れ具合だが、長身で背筋はピンと伸び、コートの胁をグッと締めていて、歩調が速い。間違いなさそうだった。

問題は声のかけ方だった。——おれはそれを考えながら、男の後について通路を曲がり、改札をカードで通り、階段を上がって男子便所に入った。そこで意外にも、問題が解決してしまった。向こうが行動に出たのだ。

男が小便を始めたので、こっちも二つ隣の小便器についた。ついでに、とファスナーを開けたとたん、男がさっと便器を離れて背後に来た。彼はズボンの前を開けていなかった。うまくおれに隙を作らせたのだ。あっと思ったときには、後ろからベルトをつかんでぐいと吊るし上げられてしまった。年寄りのくせにとんでもない馬鹿力だ。おれは転ばないように、前の壁に手を突くのが精一杯だった。

「〝K4〟か、それとも〝バレイズ〟か？」

声の冷たさにぞっとした。Ｋ４やバレイズはなんらかの符丁なんだろうが、おれはその意味すら知らない。ただ尾行をしていたのは確かだ。彼はそれを察知して、敵だと判断したんだろう。おれはあわてて言い返した。

「待って、待ってくれ！　おれはそんなのじゃない、そんなの知らない！　あいっつ！」

男はおれの左腕をつかんで腋の下に親指を突っ込んできた。腕がもげてしまいそうな激痛が走る。地味なやり方だがおそろしい威力がある。いきなりベルトをつかんで動きを封じたことといい、水際立った手並みだ。おれはますます、彼が適任であると確信した——のだが、このままでは自分の身が危ない。

「あんたに用が、用があって探していたんだ！　せ、剪世鐘のことで！」

「——剪世鐘？　違ったか」

勘違いに気づいたらしい。だが力は緩まない。まわりの人間の驚きの目も気にしていない様子だ。おれは仕方なく一か八かの賭けに出た。

「あの髪の長いおかしなリーダーを捕まえてくれ！」

肩をつかまれて、ぐるりと向かい合わせにされた。おれは右手でかろうじてファスナーをあげたが、彼の目つきを見たとたんにごくりと唾を呑んだ。

「なぜ知っている。おまえはなんだ」

彼の目許には、古い鉈《なた》にも似た重く暗い敵意のかげりがあった。単に嫌ったり警戒しているという度合いじゃない。憎しみ、そして恨みを感じさせる目つきだ。

自分が剪世鐘のメンバーでなくてよかったと、心底思った。これほどまで憎まれているとは……。

——恨み？

そのとき、おれは気づいた。人がこれほど深い恨みを抱くのは、ある理由しか考えられないことに。

またおそらくは、その理由のために、彼が天職を持っていながら腕をふるう機会を与えられていないのだろうということに。

賭けるに値する直感だった。おれは腹を決めて、ひとことを口にした。

「あんたは家族の仇を討つべきだ」

そのとたん、おれは——恐らく投げ技か何かで——小便くさい床に背中から叩きつけられていた。激痛が走って、息が止まる。怒らせたか？

だがそのとき、男の吐き捨てたひとことが耳に入った。

「できるならやってる」

そう言うと、男は出て行こうとした。

行かせはしなかった。男の言葉はおれが欲していたものだった。天職を求める人にそれを示す——まさにおれの仕事だ。

跳ね起きて便所から駆け出し、人ごみにまぎれようとしていた男の肩を、もう一度つかんだ。

「やれるよ。あんたにしか、できない」

男は足を止めた。おれはもう一度投げられるのを覚悟して待った。雑踏の中での息詰まる数秒が流れていき——男が言った。

「詳しく話せ」

おれは長いため息をついた。

その翌日、おれは寛奈からの電話で叩き起こされた。

「哨平さん、哨平さん！　テレビ見て、テレビ！」

ただならぬ声に、何が起きたのか想像がついた。受話器を頬にあてたままベッドから這い出してテレビをつけると、想像通り、黒煙を吐くビルのライブ映像が大写しになっていた。

「止められなかったわ、哨平さん！」

涙ぐんでいるような声音《こわね》だ。知り合いでも巻き込まれたのかと訊こうとしたおれは、会話の背後から聞こえる音に、はっとなった。消防車のサイレンや殺気立った命令、無線機から流れる割れた声。こいつ、こんな朝から！

「いま現場なのか!?」

「現場指揮所よ、警察の。予告があったから来ていたの！」

喉まで出かかった罵声を、ぐっと飲み込んだ。一体どうやってそんなところに潜りこんだとか、なぜおれに言わなかったとかいったことだが、もっとはるかに大事なことがあった。

「寛奈、おまえ。まさかビルの中にまで入ったんじゃないだろうな」

「入ったわよ、当然でしょ？　私だってテレビ局が爆破されたときにいたのよ。もし例の男がここにいれば、見分けがつくかと思って。だけど、見つからなくて外へ出たとたんに、中で……！」

「この」腹の底から怒りをこめた。「馬鹿」

受話器が沈黙した。次の言葉を探す間、煙草をくわえずにいられなかったが、火をつける前におれは叫んでいた。

「場所」

「え」

「場所だ、そこの！　どこだ、今すぐ行くから待ってろ！」

生まれて初めてタクシーに前払いでチップを渡した。現場の近くは、三百メートル手前から通行規制が敷かれて、黒山の人だかりになっていた。警備の巡査は寛奈の名を出したら先導してくれたので、一体どんなＶＩＰ待遇なのかと思いながら歩いていったら、路肩に止めてあった金網張りの機動隊バスの中にいた。邪魔だからと安全なところに追いやられたのだ。別にＶＩＰでもなんでもなく、ただ面通し要員として参加を許されただけらしかった。

バスに入ったおれは、開口一番に言った。

「無事だったか」

「無事じゃないわよ、五人も亡くなったって……」

そう言って悔しげにビルのほうを見る彼女には、怪我ひとつなさそうだったので、おれは内心で安堵のため息をついた。

こちらを見て、寛奈が言う。

「捜査本部の人、ちゃんと話を聞いてくれたわよ」

「通じたのか。おれやおまえのような素人の言うことが。どんなコネを使った？」

「そういうこともしたけれど、ほんのつなぎをしてもらっただけよ。私たちがテレビ局の事件に居合わせたのは事実だから、証言を聞く気になってもらえたみたい。向こうも情報が乏しいのよ。哨平さん、もっと手がかりはないの？」

「おまえ、絵描きだろう」

煙草を吸える場所でもなかったので、手持ち無沙汰に顔を眺めた。

「絵描きって、それでいいのか」

「どういう意味よ。絵でも描けっていうの。こんなときに？」

「じゃなくて、なんでそこまで関わりたがるのかってことだ。人が死んだって言ってもあかの他人だろう」

すると寛奈が立ち上がり、頬を紅潮させておれの顔を平手打ちした。

「人の命のことそんなふうに言うなんて、怒るわよ!?」

男女を問わず、今どきこんなにまっすぐなやつは珍しい。おれは叩かれたにもかかわらず、微笑んでしまった。

「そう言われると思ったから、やることやってきたよ。ああ、そのことだけでも先におまえに言っとけばよかったな」

「やること？」

「ここの責任者に会わせてくれ。警部でも警視でもなんでもいい」

いぶかしげな顔をしつつ、寛奈がバスの前に向かった。

やがて許可を得たおれたちは、巡査に先導されて別の場所に向かった。多分、指揮車というやつだと思うが、屋根の上にアンテナや何かが林立しているバンのそばで、制服と私服の男たちが入り混じって、地図を見ながら話し合っていた。

おれたちが近づくと、年配の制服姿が寛奈に目を向けた。

「どうしたの、山科さん」

おれは横から進み出て、唐突なのを承知で声をかけた。

「班田《はんだ》柾目《まさめ》さんという人が適任者です」

男たちが一斉に誰何《すいか》の目でおれを見た。おれは繰り返した。

「あなた方は多分、班田柾目という人をご存知だと思います。その人を捜査の中心に据えれば、この事件をもっともうまく解決できるはずです」

「あんたは？」

「この女性の友人です。どうも、話はそれだけです」

おれは目礼した後、寛奈の手を引いてさっさと立ち去った。男たちは狐につままれたような顔をしており、後を追ってはこなかった。

元の警察バスを通り過ぎようというところになって、「ちょっと、哨平さん」と寛奈が立ち止まって腕を引いた。

「今の、なんなの？ なんだったのよ」

「寛奈、おれはね。無能な男だよ」

「それはわかってる。でも無能にしたって今のは――」

「いや、聞けよ。おれは本当に能無しなんだ。天職の何もない男だ」

冗談話ではないと悟ったのか、寛奈が言葉を切った。おれは彼女をバスの陰に引っ張り込んだ。

「毎朝鏡を見るたび、おれはなんの天職もない男と顔を突き合わせる。その男にできるのは、あらゆる人々が備えている天賦の才を、指をくわえて眺めることだけなんだよ。だからね、今回の事件でも、何もできなかった。犯人を絞り込むことも、追うことも、捕まえることもな」

「いえ、哨平さん……そんな、いきなり深刻にならなくても」

「が、人を見ることはできる。だからテロリスト狩りが天職の男を探し出した」

寛奈が驚きに口を開けた。

「それが班田柾目って男だ。カルト宗教対策や防諜が天職の男で、実際にそういう仕事で経験を積んでいた。おれは彼に話を持ちかけたけど、他人に言われるまでもなく、自分で独自に剪世鐘の調査を進めていたよ」

「そ……でも、そんな人を部外者がいきなり推薦したって、採用されるわけがないじゃない」

「勧めたおれは部外者だけど、班田はもともと警察官だ。ただ、今回の捜査には参加していなかった。おれが捜査本部の記者会見の様子を見たとき、そこに天職の人間がいないわけがないんだ。警察ほど大きな組織で、テロリスト狩りを天職とする人間がいないわけがない。どこかにいるのは間違いない。が、人事のしがらみだとかなんだかんだがあって、うまく配置されていないってことがあり得る。おれはそう思ったんで、そういう人間を探して、見つけた」

「人事のしがらみで外されていた人が、簡単に採用されると思う？」

「さあな。だが、される気がするよ。おれが天職を指摘した人間は、どうも単に自分で気づいた場合よりも、その職にたどりつきやすいみたいだからな。――おまえみたいに」

寛奈は面食らったように自分の胸を押さえた。フリーターから一年で人気画家に這い上がった、自分の信じがたい過去を思い出したんだろう。

「そういうことなら……効き目があるのか、な」

「期待できると思う。彼が外されていた理由は悪いものじゃない。むしろやりすぎを懸念されてのことだった」

「どういうこと？」

「彼、家族を奪われたんだ。いただろう、剪世鐘内での自殺者」

「……ああ、そういうこと！　身内が事件に関わっているから」

「控えに回されていた。だが、これで変わるだろう」

「それなら能力も意欲も申し分なしってことね……」

何度もうなずいた寛奈が、それにしても、と感心したような目で言った。

「よくそんな都合のいい人をあっさり見つけられたわね」

「あっさりなもんか……」

おれは新宿駅での五日間の粘りと、トイレでのハプニングを話してやった。

「彼は背中の一押しを求めていたんだ。そこにうまいこと、おれが声をかけたってわけだ」

「十数万人の中からそんな人を見つけるなんて……哨平さん、意外に根性あったのね」

「言っただろ、他に才能がないって。おれにできるのは適材適所——その手助けをすることだけだ」

おれがそう言うと、寛奈はなぜか悲しそうな顔をした。

バスの陰からするりと出て、早足に歩き出す。おれはそれに追いつく。寛奈は歩調を合わせようとしなかったが、やがていきなり止まると、すねたような口ぶりで言った。

「テロリスト狩りが天職なんて、かわいそうだわ」

「そうかな」

「そうよ」

「そういう感情まで含めて立ち現れてくるのが、天職だぞ。それが班田の天職だというなら、それについた班田は幸せになれるはずなんだ。――他の条件さえ揃えば」

「哨平さん、あなたは」

やや身を離して、醒めた口調で寛奈が言った。

「そのことに縛られすぎだと思う。人は、職を持つ以前に、まず人間なんじゃないの？」

おれは思わず、口の端を皮肉げに吊り上げてしまった。

それを彼女に見られたくなくて、顔を背けた。

エピローグ

いく日かが過ぎてから、首都圏連続爆破事件の容疑者として、剪世鐘の副代表人である佐《さ》貫《ぬき》某とその一味が逮捕された。放映された記者会見では、警視総監と並んだ班田捜査本部長の、驕《おご》りのない淡々とした受け答えが報道陣の感銘を呼んでいた。

取調べが進むと、佐貫の生い立ちや人となりが明らかにされた。エキセントリックで傲慢な性格のせいで、若いころから二十回以上も就職しては解雇され、雇用に対する恨みを募らせた男だった。似た境遇の者には強い共感を示して、剪世鐘を立ち上げたものの、その中での振舞いはおれが想像したとおりだったらしく、証言や証拠が出揃うにつれて、以前の自殺事件の責任まで追及されそうな雲行きとなった。

お茶どきの事務所へ降りて来た寛奈が、苦いものでも呑んだような顔でそのことを話した。

「あの男はともかく、食い物にされた剪世鐘のメンバーがかわいそうよね。あれはわからなくもないもの。将来のない、望んでもいない仕事をしながら、こっちを見てもくれない人たちに声をかけるのって。胸が詰まる……」

過去のことでも思い出したのだろう。おれがじっと顔を見つめると、うんざりしたように首を振った。

「わかってる、だからって人を殺しまくっていいわけがないって言うんでしょ」

そうだとも違うともおれは答えなかった。割り切ったところで気分の晴れる話題でもないだろう。

ソファの上で膝を抱いて、寛奈は憂鬱そうな目でおれを見る。

「哨平さんはいいわね、わりと最初からそういう力があったんでしょ」

「ティッシュ配りはしたことがないな」

「才能がないなんていうけど、冗談よね？　他人の人生を決めてやれる力があるなんて、たいしたことよ」

「本当にたいした才能ってのは、こんなものじゃない。世の中には、それこそ大勢の他人を心配してやり、幸福にすることが天職である人間がいる」

寛奈はおれの顔を見つめ、そこまで行くともう言葉遊びみたいね、と言った。おれは首を横に振った。

「実在する職業の話だよ。世間的には、政治家と呼ばれているのが、それだ」

「政治家なんて!」

「そう馬鹿にするな。おまえが今思い浮かべたのは、才能を備えていない泥棒、親分、でしゃばり、ごますりの類《たぐい》だ。おれは、そういうのじゃない、本物の政治家の天賦のある人間を知っている。——早い話が、首相を天職とする人だ」

「うそ」

抱いていた脚を下ろして、寛奈が身を乗り出す。

「首相って、総理大臣? 誰? あ、最近有名な元知事の人? それとも、討論のあの番組に出てる——」

「いや、レストランの常連だ」

首をかしげる寛奈に、おれは話した。

「この間おまえと食事をしたとき、ちょっと感じのいい歳のいった夫婦がいただろう。あの奥さんのほうだ。見るたびにはっきりしてくる」

「……誰なの?」

「まだ知らない。少なくともテレビでは見ない顔だな。多分どこかの会社の経営者だと思うが、もし首相になったら、しっかりやってくれると思う」

「へえ……」

「それでだが、ね。たぶん彼らは店主の知り合いだから……今度、一度会って、天職に就くよう薦めてみるつもりだ」

寛奈が大きな瞳を何度か瞬かせた。

「なにそれ。世直しか何かのつもり？」

「おまえはそういう変化を求めているんじゃないかな？」

「へえ……へえ！　哨平さんにしては気の利いた冗談じゃない。占い一つで国を変えられるですって？　あは！」

何度もうなずいていた寛奈が、くすくす笑いを始めて、しまいには膝をぽんぽん叩きだした。おれを見て、また笑う。何がツボに入ったのか知らないがむやみやたらと笑う。

人が真面目に話したのに、なんだと言うんだ。失礼な娘だ。

……まあ、めそめそされるよりはよっぽどいいが。

気休めひとつで、こうも明るくなってくれるならな。

レストランの夫婦にも素質はあったが、本当はもっと身近に人材がいる。おれが最初に見つけた政治家の天賦を持つ人間は、山科寛奈、その人だった。

この娘は真の逸材だ。画家というのは、この娘の六つの天職のうちの一つでしかない。それに加えて彼女は、軍事参謀、迷路設計家、娼婦、そして君主の適性まで持っている。こいつはその気になれば、たかだかテレビ局のフロアいっぱいの人間などではなく、おれたちの歴史を数年間動かすだけの力があるのだ。

おまけに、最後の一つの天職は正体不明だときている。彼女がその職務を果たしている姿が、おれには理解できない。何かとても素晴らしいことを生き生きとやっているのだが、この地上のさまざまな職種と比べても、あてはまるものがないのだ。

多分、その才能を必要とする職業がまだ地球上に存在しないのだと思う。電話が出現する前の、電話交換手のように。

彼女は言った。人は、職を持つ以前に、まず人間なのではないかと。

その通りだ。おれは人間としての寛奈に親愛の情を抱くから、蔫めずにいるのだ。

それらの才能すべてを開花させたらどうか、ということを。

憧憬と嫉妬と、それより強い好奇心を抱いて、おれは寛奈を見ている。

占職術師《ヴォケイショノロジスト》として。

「じゃあ哨平さん、市長や知事の候補もいるの？　今の知事はどうかしら？」

「都知事にぴったりなのは、おれの知る限りでは上野動物園の飼育係だな」

「行け。行って口説いて。顚末が見たい」

朗《ほが》らかに笑う寛奈を見て、おれは胸ポケットから出しかけた煙草を戻した。

守るべき肌

　ぼくが快適で便利な中核域を離れて塵芥《フラグメント》の吹き溜まりみたいな辺縁域を動き回ることを、友達のティラーやフィラインは物好きだっていう。

　悔しいとは思わない。ぼくはそうやって、他の連中が見たこともない珍しいものを見つけているんだから。

　今日もぼくはそんなものを見つけた。いや、そんな人を、かな。

　何万回も繰り返された中核域の最適化のしわよせを食って、ばらばらになったマップが掃き出されている辺縁域。廃墟の上を大蛇みたいなハイウェイがのたくるカーレース用（らしい）マップと、真っ青な海にたっぷり植物の茂った火山島が浮かぶサバイバル冒険用（らしい）マップの間。その隙間にある小さなマップ。

　夜明けの近い森だった。ぼくが降り立つと、ホウと面白がっているような声が聞こえて、木の枝の上で一抱えもあるフクロウが羽根を整えた。その向こうは書割の夜空。周囲も書割の木立。マップ寸法は縦横高さ百メートルもない。

太いカエデの間を通って進むと、黒い鏡みたいに凪《な》いだ池があって、そのほとりに彼女が横たわっていた。

ツルギが。

そばにしゃがんでじっと見つめた。十四、五歳の女の子だった。ベッドで半分寝返りを打ったように横を向いていて、白いノースリーブのワンピースと霞《かすみ》みたいに細い黒髪がミルク色の肌に巻きついていた。

最初はステインレスの誰かが廃棄マップで休んでいるんだと思った。でなければ、誰かがおもちゃを置き忘れたのかもしれないと。でも違った。IDを照合するとその子は二百五十一億何千万かの市民の誰でもなくて、誰の被造物でもなかった。

そしてその子は「眠って」いた。

眠る人間を見たのは初めてだった。だからぼくはその子が起きるのを待つことにした。

およそ十六時間と五十五分ほどたったころ、その子はパチリと音が聞こえるぐらいしっかりと目を見開いた。体を起こしてすぐにぼくに気づき、大きな目で見つめる。

「あなたは誰？」

「ぼくはタウヤ。きみは？」

「私はツルギ・シンテンリン・ジャポニカ。あなたはタウヤ、ええと、なんていうの？」

「IDのこと？　ほら」

　ぼくが差し出した右手をツルギはきょとんと見つめてから、おずおずと握った。市民ならそれでＩＤを含めた詳細経歴が伝わるはずなのに、ぼくはやっぱりツルギのＩＤを知ることができず、ツルギも同じみたいだった。

　ただ、力をこめたら壊れそうな、ふんわりとした手のひらのぬくもりだけが感じられた。とても心地よかった。ＩＤ交換なしの握手もいいものかもしれない。ますます好奇心をかきたてられて、ぼくはあれこれ聞いた。

「ね、この流儀はきみが考えたの？　どうしてＩＤを出さないの？　どうして眠ってたの？　それにどんな意味が――」

「ちょっと待って、先に私に質問させて。いい？」

「……うん」

　待つことにした。焦らなくても、待つ時間は無限にある。

　ツルギは手を離すと、不安そうに周りの暗い森を見回して言った。

「ここはステインレスよね」

「そうだよ」

「昨日調べたらほんの数十メートル四方しかなかったわ。他の人間はどこに行ったの？　あなたはどうしてここにいるの？　あなたは何者なの？」

「ここはステインレスの辺縁域にあるマップの一つだよ。他のみんなは中核域のマップにいる。もっと通信レスポンスのいいところにね。ぼくはここみたいな見捨てられた塵芥《フラグメント》が好きで見て回っているんだ」

「……もうちょっとわかりやすく説明してもらえない？」

ぼくは、この子が本当に何も知らないらしいとわかって、どきどきしてきた。そんな人はステインレスにいないはずだから。

「つまりね」

「ステインレスに住む人たちとその人たちのマップを仮構しているのは計算機だろ？　現有する計算機は十分に巨大なものだけれど、その中を流通する情報は光速限界に縛られる。十分に速く仮構されたいと思うなら、計算機資源の中核域にいなくちゃいけないんだ。ステインレスもそれをわかっているから、人間と主要マップは中核域に置いて、定期的に最適化している。そして、多少の操作ラグが生じても誰も困らないと判断されたマップは、辺縁域に押し込められてしまうんだ」

「ちょ、ちょっと待って」

ツルギは手のひらを立てて細い眉をひそめた。

「するとここは……グローバルプロセッサの物理的外縁なのね。それで、人々は中心区域にあるステインレスで暮らしている」

「ここもステインレスなんだよ」

ぼくは嚙んで含めるように説明した。

「不朽都市《ステインレス》はぼくたち人間が住む世界全体のことだよ。人間はその中にいるけれど、暮らしの場はそれぞれが造った自作マップや、公有マップだ」

「それぞれが造ったマップ？　二百五十億の人々が一人ずつマップを持っているの？」

ぼくはうなずいた。ツルギはぼんやりとした顔で言った。

「そうなんだ。私、全員が一つの世界で暮らしていると——一つのマップで暮らしていると思ってた」

「そんなわけないじゃないか。全員が完全に満足するマップなんかありっこないんだから」

ぼくが笑うと、ツルギは疑い深そうに言った。

「それじゃ、みんなはどんなマップで暮らしているの？」

「あらゆるマップで」

ぼくは両手を広げた。

「ここみたいな森や、草原や、山や、砂漠や、町や……お城、洞窟、オフィス、海底、天空、人体の中、屋根裏、蟻塚、月面。想像できるすべてのマップでさ」

「なら、それらの人々に話しかけるには、そのマップをすべて回らなきゃいけないの？」

「そんなことはないよ。たいていの人は公有マップ——ぼくたちはセントラルって呼んでるけれど、そこを訪れたり、そことの常設回線を置いたりしているから」

それを聞くとツルギは立ち上がった。首の後ろを手で払って長い髪を流すと、ぼくを見下ろして言う。

「そこへ行く方法はわかる？」

「行きたいんだね。でも、ぼくには質問させてくれないの？」

「用事が済んだら答えてあげる」

ぼくは微笑みを浮かべてうなずいた。この子を問い詰めるよりもこの子の好きにさせたほうがずっと面白くなりそうだったからだ。他のみんなと同じようにぼくが退屈でたまらなくなってから、もうずいぶんたつ。

立ち上がってもう一度ツルギの手を握った。怖がるように身を引いたツルギを逃がさないで、ぎゅっと力をこめる。

「何をする気？」

「簡単なことだよ」

座標操作《トランポ》は頭の中で決心するだけで可能だ。でもぼくは、ツルギにわかるように声に出してやった。

「コマンド、トランスポート。マップ、セントラル。座標、〇・〇・一〇〇〇」

森と泉がふっと消えて、すぐに光が目を刺した。右手にがくんとツルギの重さがかかった。

「きゃあっ⁉」

ぶら下がったツルギが目を丸くして悲鳴をあげた。思ったとおり飛べないみたいだった。

ぼくは軽々と彼女を抱き上げて周りを示して見せた。

「ほら、ここがセントラルだよ。……セントラルのシンボルタワー上空、千メートル」

「こ、ここがセントラル……」

　ツルギが視線を向けた方向を追いながら、ぼくは説明した。

　セントラル市街は差し渡し八十キロの島だ。放射状の街路に沿って、惑星時代を真似た住宅やビルがぎっしりと立ち並んでいる。街路には自動車や馬車が、それに乗りたい人のために走り、鉄道や船も、それに乗りたい人のために運行され、大小さまざまな飛行機が、それに乗りたくて自力では飛びたくない人のために飛んでいる。

　島の周りは海だ。海の縁は奈落に注ぐ滝になっている。空は高さ五十キロの半球でいつも金色に輝いている。金の天蓋と深い奈落に囲まれた直径百キロのマップが、セントラルだ。

　ここに、市街地に住みたいと願う人々が三千万人住んでいる。

　声もなくうなずくだけのツルギに声をかけながら、ぼくは高度を下げて高さ五十メートルのクロム鋼の円柱に降り立った。なんの装飾も施されていない代わりに、銀色の輝きを決して失わず、決して破壊されないそれが、不朽都市《ステインレス》のシンボルタワーだ。

　タワーの立つ公園を歩いていた人たちが面白そうにこちらを見上げている。タワーに乗ってはいけないという決まりは――それどころか、何々をしてはいけないという決まりのほとんどは――ステインレスに存在しない。けれどもそこはみんなの注目を集める場所で、注目されたい人間だけが乗る場所だ。乗った以上は何かしなければいけない。そしてぼくはツルギが何かしてくれると確信していた。

「ツルギ。ご注文通り、みんなに声をかけられる場所に来たよ。あがってない？」

　振り向いたぼくは少し面食らった。ついさっきまで脅えて、あっけにとられていたツルギが、唇を噛み締めて、何かとても大事な決意があるような顔をしていた。

彼女は力のこもったまなざしをぼくに向けて言った。

「ここからなら全人類に声が届く？」

「全人類だって？　セントラルの三千万人だけじゃなくて？」

「もちろん」

背筋がぞくぞくしてきた。ぼくは命令した。

「コマンド、ブロードキャスト。対象、全マップ全個人」

セントラルにつながっているすべての通信経路を叩く命令だ。この子は本物だ。これでつまらないことを言ったら総すかんを食らうし、たくさんの相手に受信拒否をされる。法律や刑罰の存在しないステインレスで、それは何よりも怖い仕打ちだ。

「さあ、ツルギ」

ツルギは少しの脅えも見せなかった。五十メートル下の人々に、その向こうの摩天楼に、そのかなたの千億の世界に向けて、胸を張って言った。

「皆さん、私はツルギ・シンテンリン・ジャポニカと言います。皆さんにお願いがあります。

――全人類を救うために、皆さんの力を貸してください」

「楽しみだね、どんな敵が来るのか」

弩《いしゆみ》を抱えたぼくが地平線に目をやって言うと、投石助手を割り振られたティラーが馬鹿にしたように言った。

「タウヤはいいよな、単純で」

「きみだって面白ければいいんだろ。その服に何か実用的な意味が？」

「ま、そうだけどな」

目がチカチカするような七色のタイツを身に着けたテイラーが、どうでもいいみたいにうなずいた。彼は自称するとおり服飾改良が趣味だ。それも極めつけに前衛的な趣味を持っている。

趣味がなんであれ、この仕事に加わった十人の思惑は一致していた。とにかく、面白いことならやってやろう、だ。

ぼくたちは今、茫漠とした砂漠を自動車ほどの速度で走る八本足の鎧竜《よろいりゅう》に乗っている。仲間はテイラーやフィラインを含めて九人。それぞれが投石手、投石助手、弩手、弩助手、見張り、伝令、星見、御者、副御者、獣使いの役を割り振られている。

この十キロ四方には鎧竜が三十体ほどいて、砂煙を上げて同じ方向に走っている。ここを含む南北千キロ、東西三千キロの長方形をした区域には、九万体強の鎧竜がいる。

そして、その短冊形の区域を三百個含む三万キロ四方の砂漠にも、同じ密度で鎧竜が分布している。総数は二千九百万体。それらを二億九千万人の戦士が三交代制で操る。つまり、八億七千万人がこの仕事に参加している。

ツルギの呼びかけに、これだけの人間が応えた。

彼女の頼みはこのとてつもない人数で戦闘行動をすることだった。敵は「オーガー」と呼ばれるもので「魔王城」から「高神城」めがけて押し寄せてくる。それを投石器と弩で迎え撃つ。

はっきり言って陳腐な遊びだ。ステインレスのほとんどの市民は、こんな中世の冒険まがいの遊びはやりつくしている。にもかかわらず九億人近くの人間が参加したのは、ツルギがそのための広大なマップを提供したからだった。戦争マップは数多いけれど、こんなにたくさんの人間が一度に戦う戦闘はさすがに誰もやったことがない。それが一体どういうものになるかを知ろうとして、こんなに大勢が参加した。

ただ、ツルギはそれでも足りなさそうだった。この場にはいないから理由は聞けないけれど。

ぼくはちらりと南のほうを見る。ぼくたちの巡回経路は拠点の高神城にかなり近くて、差し渡し六十キロ以上もある巨大な漂流城塞がもやのかなたにかすんで見える。その向こうに、ここからは見えないけれど「血王城」があり、さらにもう一つ向こうに「狂姫城」がある。ツルギはそこにいる。この戦闘の究極的な目的は、狂姫城を守ることだ。

「一体、どういうつもりなんだろね」

ぼくのつぶやきは誰にも聞かれなかったようだった。返事の代わりに副御者のフィラインが、思い通りに走らない鎧竜の首を殴って、えーいもうっと自分の猫型の耳を逆立てた。

立っていた見張りのレイネグが、来やがったぞ、とつぶやいた。

ぼくたちは進行方向右手に目を凝らした。この砂漠は、生き物の姿はおろか丘の一つもないまったいらな地形で、ところどころに小さな岩がぽつりぽつりと転がっているだけだ。その彼方から、鎧竜とは違う丸っこい形をしたものが、こちらと同じぐらいの速度で走ってきた。

　伝令のペンが空耳筒を耳にあてて言う。

「八十五体来るそうだ。前線部隊の取りこぼしで、たいした勢力じゃない」

「三億人の防衛線をかいくぐってきただけでもたいしたものだ。元は何体だったんだ？」

　隊長格にあたる、御者のアッシュルバニパルが尋ねた。ペンの答えを聞いて黙り込む。

「十五万四千体。魔王城の手勢の一万分の一ほどらしい」

　ぼくとテイラーは顔を見合わせた。

「全部で十億以上だってさ」

「数を増やしゃ楽しくなるってもんでもないだろう、あのツルギって女……」

「タウヤ、射程に入る」

　弩助手のエタノールに言われて、ぼくは弩をしっかりと抱えた。自分の背丈ほどもある鋼鉄の矢を秒速八十キロで放つ、おそろしい武器だ。鎧竜の武装はこれと投石器。投石器の砲丸は飛翔速度がずいぶん遅くて、時速百キロぐらいにしかならないけれど、威力は弩の数十倍だとツルギが言っていた。

　エタノールが双眼鏡を覗きながらぼくの弩を手で調節する。

「下げて……右……右……よし、ここ。撃てっ！」

　引き金を引くと、バン！　と弦がはねた。一直線に飛んだ矢が、まだ三十キロ近く離れていたオーガーの一匹に突き刺さる。外すわけがない。こういった弾道計算は、ぼくたちの誰にとってもあくびをするより簡単なことだ。

オーガーは倒れなかった。弩では即死させられないらしい。ぼくや仲間の鎧竜たちが続けざまに放つ矢に耐えながら、半時間ほどかけて近づいてきた。

家よりも大きな岩の塊が二本の足を生やしたような、気味の悪いオーガーの姿がはっきり見えるようになった。ティラーが投石器のクランクをぎりぎりと回す。

「ようし、いけ！」

腕木が空気を引き裂いてはね上がり、大人の胴体ぐらいもある砲丸を撃ちだした。くるくる回りながら飛んだ砲丸は、数百メートルまで近づいたオーガーの足元に落ちて、大爆発した。オーガーがこなごなに吹き飛ぶ。みんなが歓声をあげる。他の鎧竜からも砲丸がいくつも飛んで、オーガーたちを次々に吹き飛ばした。

でも、すべて倒せたわけじゃなかった。二キロほど先にいた鎧竜に攻撃をくぐり抜けたオーガーが駆け寄った。オーガーは通り抜けざまに砂利のようなものを勢いよく吹きつけた。その鎧竜はひっくり返り、乗っていたみんなが投げ出された。落ちたやつは次々と消える。システムに敗北者だと判定されて、セントラルへ戻されたんだろう。

オーガーはわき目も振らずに高神城へ走っていく。ティラーがフィラインにわめいた。

「向きを変えろ！　あいつを追いかけるんだ！」

「やってるけど、こいつ全然言うこと聞かないのよ！　レールに乗ってるみたい！」

「ぼくがやる」

ぼくは弩を反対側に向けて生き残りに狙いを定めた。そいつはかなりダメージを受けていたらしくて、二発の矢を当てただけで倒れた。

「やったぞ！」

「終わりのようだな」

アッシュルバニパルが言って、みんなは辺りを見回した。砂漠にはオーガーの死体がごろごろ転がっていて、生きているものは一体もいなかった。さっきひっくり返された鎧竜は死んでしまったようだけれど、乗っていた人はみんな無事だった。

ぼくは興奮してテイラーの肩を叩いた。

「やったよ、完全勝利だ！」

「騒ぐほどのことじゃないと思うがなあ」

テイラーはつまらなそうに耳をかいた。

戦闘を終えたぼくは、テイラーとフィラインを誘ってツルギに会いに行った。

ツルギはあの辺縁域の森マップをホームに定めた。そのことは僕以外には公開していない。

森に着くと、彼女はまた眠っていた。

彼女が目覚めるのを待つ間、ぼくたち三人は話し合った。

「本当に寝てるな、こいつ。どうしてだ」

「時差だよ。彼女は経時操作ができないんだって。ぼくたち、戦闘中は標準時に対して三千六百分の一の速度にスローダウンしていただろ。三千六百倍もの時間、起きて待っているのがつらかったんだよ」

「一時停止して待っていればいいだろう。なぜわざわざ眠るんだ？」

ぼくは口を閉じた。それはぼくもまだ聞いていないことだった。

千年ほど前の「大転算」以前の物理人類は、素粒子、原子、分子、細胞、器官のピラミッド構造で出来上がっていた。現在のぼくたちはそうじゃない。ぼくたち人間は計算機が走らせているソフトウェアだ。詳しく言うと、計算機にシミュレートされている、人間の簡略化された生理学的モデルが、ぼくたちだ。おなかの中に胃袋や腸はあって、食物モデルが通過すると栄養素モデルを抽出するけれど、胃の中で複雑な酵素反応は行っていない。解剖した胃袋を顕微鏡で見ても平面しか映らないし腸内細菌はいない。

脳も同様で、頭蓋骨の中に柔らかな塊はあるけれど、その中で本当にニューロンがシナプスを発火させているわけじゃない。ぼくの思考と自我は、計算機が計算で成立させている。

他の人類も、ステインレスに転算したすべての物体も同じで、物理法則に縛られていない。これは素晴らしいことで、そのおかげで人間は病気や怪我や寿命、それにもろもろの不便から解放された。

「待つ」という行為もその不便の一つだった。ぼくたちは待たなくていい。待つ必要ができたら一時停止して、時がきたらまた活動する。その間に意識はなく、それどころか生理活動一切が停止している。睡眠とは違うから、その間に代謝でエネルギーを消耗したりもしない。睡眠の本来の目的である脳の生理的なリフレッシュは、それをすると決断するだけで、システムによって一瞬で実行される。だから眠る必要はない。

なのにツルギは眠っている。わけがわからなかった。

しなやかな猫科の獣人の姿をしているフィラインが、ピンクの肉球のある手のひらでツルギの頬を撫で、やがてつぶやいた。

「起きたわ」

ツルギは体を起こした。ぼくたち三人を見回して、最初に頭を下げた。

「あなたたち……まず、お礼を言うわ。緒戦は完璧だった。オーガーたちの第一波は全滅して、高神城は守られた。ありがとう」

「なりきりはもういいよ。ゲームマスターとしてじゃなくて、一個人としてのあんたに聞きたいことがある」

おざなりに手を振ったテイラーが身を乗り出した。

「あれは一体、何が目的なんだ？」

「言ったでしょう。人類を救うことよ」

「どこが。退屈しのぎになるところがか？　ああいう騒ぎを起こしてみんなを駆けずり回らせないと、人類はやることがなくて退屈死してしまうって？　そんな馬鹿な話があるもんか、あれよりましな楽しみはいくらでもある」

そう言ってティラーは上半身を左右にひねった。彼はここへ来る途中でまた着替えていた。今の服装は肌どころか骨格が透けて見える大胆な透視素材のタイツだ。

そう、退屈なの、と目を伏せたツルギが、ちらりとそれを見て言った。

「それがあなたの楽しみ？」

「ああ。衣服は人間が人間としてアイデンティティを示すための、重要な道具だ。単に姿を変えるだけとはわけが違う。変身を突き詰めると人間としての境界を失っちまうからな。そいつみたいに」

フィラインを指差す。フィラインは右足を高く差し上げて、股間をぺろぺろなめている。彼女も自分を改造している。解剖学的に見れば全身の六十パーセント以上がシャム猫だ。

そんなフィラインは顔を上げると、細い虹彩でいたずらっぽくティラーを見つめた。

「ティラー、下らないこだわりね。大事なのは、私が私だって言えることよ。それさえできれば、猫になるのもあぐらを見せつけるのも、虫になるのも帽子掛けになるのも一緒だわ」

「人前で股ぐらをなめるようなことを、人体時代のおまえがやったかな」

「背骨がうんと柔らかければやったかもよ？」

ころころと可愛らしく笑って、フィラインはすっと姿を消した。大方、彼女のお気に入りの、ヴェルサイユ宮の東屋《あずまや》があるマップに戻ったんだろう。

ツルギは口を半開きにして二人を見ていたけれど、ぼくに視線を移した。

「あなたはわりとまともなのね、タウヤ。姿も、着ているものも」

　ぼくは金髪を短く切りそろえた十五歳の少年で、古代ギリシャ風の草色のチュニックを身に着けている。外見のおとなしさはツルギとあまり変わらない。ツルギはそういうのが好みなんだろう。

　だけど、ぼくが口にしたことは、やっぱり彼女を驚かせてしまった。

「そうだね。ここ数十年はこの格好で満足してる」

「数十年？　あなた何歳なの？」

「もちろん、ステインレス全体と同じ一千数十歳だよ。一千五十二歳、だったかな」

「一千五十二歳……」

　ツルギが口元を押さえてがっかりしたように言う。

「じゃあ、本当はとてつもないお爺さんなんだ」

「ううん、十五歳だよ。そういう風に変身したから」

「それは肉体だけでしょう？　記憶や精神は」

「記憶も精神も。増えすぎた知識はアーカイヴ化してこの辺縁域のどこかに置いてるし、精神の老化もリフレッシュしたから。いつでも他の年齢になれるっていうことを除けば、物理人類の十五歳の子供がそうだったのと同じ程度に、ぼくは十五歳だよ」

「自分の精神まで操作しているの……」

「きみはしていないの？」

「そんなわけ！」

ツルギは首を振って、疲れたようにぼくを見つめた。

「記憶を切り離せるなら、退屈もしないんじゃない？　すべてが目新しくて」

「楽しいことは覚えているから」

ぼくは苦笑した。

「覚えておきたいじゃないか、そういうことは。で、覚えているから新しい楽しみとも比較してしまう。楽しい記憶まで手放してしまうのは、新しい楽しみを探さないのと同じぐらい、虚無的で厭世《えんせい》的なことだよ」

「ついていけないわ」

ツルギはため息をついた。一体何が気に入らないのかさっぱりわからない。ぼくとティラーは顔を見合わせた。

ティラーがふと思いついたように言った。

「もしかして、あんたは記憶を全封鎖した人間なんじゃないか」

「え？」

「そう決めた変わり者はいないわけじゃない。あんたも記憶を全封鎖して、謎めいた使命と物理人類みたいな生活習慣だけを、変身後の自分に託したのかもしれない。だからあんたは眠るんじゃないか。理由はわからないが」

「そういうわけじゃないけど」

「ならちゃんと説明してくれ。あんたが何者か」

「それは……」

ツルギは言いよどんで目を伏せる。ぼくたちはしばらく彼女の言葉を待ったけれど、やがてテイラーが業を煮やしたように言った。

「どうもおれたちは好かれていないみたいだな。それともおれたちの世界が嫌いなのか？　少しその素晴らしさを味わわせてやったら、打ち解けてくれるか？」

言いながら手を振った。草の上にポンと手品めいた白い煙がはじけて、籐のバスケットが現れた。テイラーはそれを開けて、レタスとトマトをこぼれるぐらい挟んだサンドイッチを取り出した。

「食べるか」

「え、あの」

「何か心配事があるみたいだが、そんなのは満腹になれば消えちまうもんだよ」

テイラーは微笑んでいた。ツルギはおずおずとそれを受け取って、白いきれいな歯で噛んだ。さくりと音がしてレタスの青臭い匂いが漂った。

「……おいしい」

「ツルギ、こっちはどう？」

ぼくも負けずに指を鳴らした。空から降ってきたヤグルマギクの花冠を片手でキャッチして、ツルギのつやつやした黒髪にそっと載せた。

「ほら、似合う」

「あ……ありがとう」

頭に手をやって、ツルギは生まれて初めて花を見たように頬を赤くした。

彼女はこういうことが本当に嬉しいみたいだった。ぼくとティラーは目配せした。

「ティラー、きみの秘密マップ」

「ああ、行こうか」

二人で音高く手を打ち鳴らした。座標操作《トランポ》を命じるショートカットだ。

一瞬の暗転に続いて景色が変わった。壮大なパノラマが全周に広がった。真っ白な雪をかぶった険しい峰々がそびえ、足元には底も見えない青い谷間が伸びている。上品な薄いヴェールみたいな絹雲が視線の高さにあって、頭上の空は星が出そうな濃紺に染まっていた。

猫の額のような稜線に座って、ぼくたちは言った。

「エベレスト山頂へようこそ」

「え……べ……」

ツルギはサンドイッチを頬張ったまま凍りついていた。

ぼくは笑いながら彼女の手を取った。

「前に言っただろ。ぼくたちは好きなところに行ける。好きなものを食べられるし好きなものを着られる。こういう暮らしは嫌い？」

「嫌いじゃないけれど……」

「好きじゃない？　その理由は？」

「わからない。初めてで」

食べかけのサンドイッチを膝に置いてツルギはぽつりと言った。ちょっと脅かしすぎたかなと思って、ぼくはやさしく聞いた。

「ぼくたちのことはもう十分教えたと思う。きみのことは話してくれない？」

「……三千六百分の一」

「え？」

ツルギはためらいがちに言った。

「あの〈防衛戦〉が、どうして実時間で行われないか、わかる？」

「さあ……」

ぼくは首をひねった。ツルギは細い眉をぎゅっと強くひそめて、喉から絞り出すように言った。

「あれは本当は実時間の戦闘なのよ。あなたたちが飽きてしまうほど長い期間の」

「本当は？」

「ごめんなさい、これ以上は……。私、眠る」

ツルギは身を横たえて目を閉じた。止める間もなかった。

テイラーがつぶやいた。

「本当は、か。……まさか」

気配が消えた。振り返ると、テイラーはどこかへ行っていた。

鎧竜は十人で操る複雑な乗り物で、防衛戦には独特のルールがあった。操作とルールにだんだん慣れると、他のすべての遊びと同じように、それなりの楽しみ方が見つかってきた。それらは隠しておくより広めたほうがいい類の情報だった。ぼくたちは攻略情報を共有しあい、通信ラグとセキュリティの壁の許す限り仲間たちとの連携を強めて、戦術に磨きをかけていった。

この戦闘の重要な要素はすぐに発見された。それは各拠点、鎧竜、オーガーのすべてが、狂姫城近辺のある地点を中心もしくは焦点とした、二次曲線のルートで動いているということだ。狂姫城、血王城、高神城は、大まかに言ってほぼ同心円上のルートを漂流している。ぼくたちの鎧竜は血王城か高神城から出発して、その円弧の一部に巡回区域を含む形の楕円ルートを走り、また拠点へと戻る。魔王城はずっと大きな径の円を描いてぼくたちの領土を巡っていて、オーガーたちはそこから放物線を描くルートで近づいてくる。

このことから、将来的には魔王城がずっと背後に回りこんで、血王城と高神城を無視して直接、狂姫城を狙ってくるかもしれない、ということが予想された。けれども魔王城の漂流速度はかなり遅いので、それは数週間も先になりそうだった。

防衛配置は、みんなが最初考えていたよりずっと複雑なものでなければいけなかった。敵はこちらへまっすぐ来るんじゃなくて、こちらの未来位置に向かってカーブしながらやってくるからだ。なぜかオーガーたちはこちらの戦力分布は一切気にかけず、魔王城とこちらの拠点を結ぶ決まった楕円ルートをなぞることだけに固執した。スティンレスの軍事学者と戦史学者が駆り出されて敵集団の進撃路を分析し、それが戦術的必要性よりも、数学的合理性にずっと強く影響されていることを明らかにした。それをもとに迎撃配置の組み替えが行われて効率が上がった。けれど学者たちにも、なぜ敵がそのように動くのかはわからなかった。

参加者の中には、血気盛んに鎧竜の上で撃ったりわめいたりするよりも、思索にふけることを好む人たちがいた。ぼくたちは彼らに依頼して、指令組織を結成してもらい、彼らはスティンレス軍の新たな配置を考えた。

その考えとは、魔王城の近くに貼り付けるのは少数の斥候《せっこう》部隊にとどめ、主力である十万頭単位の迎撃戦闘部隊を、こちらの領土近くに待機させるというものだった。それによって濃密な防衛網で効率よく敵を迎え撃てるようになった。

そんな具合に、こちらの態勢が整っていくまでの間は、ぼくも他の多くの人たちも防衛戦を楽しんだ。オーガーたちは途切れることなく押し寄せ、ツルギは三交代制でフルタイムの迎撃を行うように言った。せわしない、ちょっと緊迫的すぎるような設定にもかかわらず、九億近い戦士たちのほとんどが参加し続けようとした。

でも、それはテイラーがあることを見つけてくるまでだった。

五十何回目かの出動のとき、ぼくたちの鎧竜は高神城の直衛にあたっていた。特定の敵集団に向かうんじゃなくて、城の周りをぐるぐる回り続ける役割だ。

ぼくは弩を抱えて、相変わらず鎧竜の扱いに苦労しているフィラインの様子をにやにやしながら見ていた。この鈍重で頭の悪い生き物は、手綱《たづな》を引いてもほとんど言うことを聞かない。思った方向に向かわず、急《せ》かしてもまるで急がず、止まれと言っても止まらない。しつこく命令し続けると、かえってへそを曲げてしまい、単調にまっすぐ走るだけになってしまう。しかもぼくたちと違って、戦闘でやられると二度と復活しないみたいだった。

今回、魔王城近くの斥候は敵集団の出陣を確認していなくて、わずかな「鳥」が飛び立ったと報告してきただけだった。「鳥」というのがなんのことかは、何しろ斥候が三万キロ以上離れていて空耳箱が通じにくいから確かめられていなかったけれど、とにかく近いうちには戦闘が起こらないみたいだった。

八時間の当直時間が残り十五分ほどになったころ、今回来ていなかったテイラーが、座標《トラ》操作《ンポ》で不意にぼくの後ろに現れた。いつもの派手な衣装をなぜか身に着けていなくて、白いトーガだけの姿だ。その様子にぼくは驚いた。

「テイラー？　どうしたんだよ、着替える余裕もない用事？」

「ああ、重大なことだ。タウヤもよく聞いてくれ。コマンド、ブロードキャスト。対象、マップ内全個人」

テイラーは震えを抑えているような声で言った。

「テイラーだ、みんな聞け。ツルギは〈インフラストラクチャー〉だ」

「なんですって？」

フィラインが振り返る。テイラーが繰り返す。

「アーカイヴをひっくり返して調べてきた。ツルギはインフラだ、人間じゃない。この馬鹿げたお祭り騒ぎが提案された理由は、それだ。ステインレスのみんなにはそれだけで意味が通じると思うが、おれの意見を言っておく。おれは——」

ぎりっと歯を嚙み鳴らしてテイラーは言い捨てた。

「なりそこないの実験に付き合う気はない」

テイラーは姿を消し、マップから出ていった。

ぼくの周りのみんながいっせいにわめきだした。

「どういうことよ、確認する？」「いや、本当のようだぞ。セントラルの照合人たちも認めている」「何が目的なんだ、ツルギは」「目的なんかどうでもいい。実験なんだぞ？」

「みんな、上を！」

ぼくはそのとき、戸惑って辺りを見回していた。すると高神城の上空に現れた雲のようなものが目に入った。いや、雲じゃない。このマップに雲はない。

オーガーと同じようなごつごつした体に翼の生えた怪物だった。それが天空から雪崩《なだれ》を打って降下してくる。ぼくは直感した。これは「鳥」たちだ。魔王城から放たれた特別部隊だ！

防衛部隊のすべてを飛び越して無傷でやってきた数千体の「鳥」が、高神城の無防備な城郭に殺到した。尖塔に、伽藍《がらん》に、胸壁に突撃して食い破り、たちまち中に入り込んでいく。

「くそっ、あいつら！」

フィラインがきつく手綱を引いた。破天荒なことに、鎧竜はある程度ジャンプできるのだ。けれど、跳べるといってもたかだか数メートル跳ね上がるだけだ。差し渡し六十キロの巨大城郭の上に向かうには無力すぎた。

突然、鎧竜の第二体節にいたペンがふっと姿を消した。続いてアッシュルバニパルも、他の仲間たちも。

サングラスで表情を隠しているレイネグが、ぼくに言った。

「タウヤ、目を覚ましな。これはただの実験だ。もう高神城にこだわったって意味はねえ。帰って酒でも飲もうぜ」

そして彼も消えた。

残ったのはぼくとフィラインだけになってしまった。ぼくは苦い顔で尋ねた。

「きみは?」

「私は残って見物するわよ」

フィラインは手綱を放り出すと、単調に進み続ける鎧竜の背中に足を投げ出して、ニッと笑った。

「今まで守ってきたものが壊されるのって、それなりに素敵よね」

「フィライン……」

ぼくは落胆しながら、ティラーの言ったことを思い返した。

〈世界基盤《インフラストラクチャー》〉は仮構都市スティンレスを維持するシステムだ。市民の知覚域外にあって、デフラグ、デバッグ、クリンナップ等のソフトウェアメンテナンスを行ったり、ハードウェアを補修、交換、拡張して、ステインレスの恒常性を保っている。人権と人格はない、とされている。……早い話が、人類の下位存在だ。

道理でＩＤが与えられていなかったわけだ。ただの道具なんだから。ぼくやみんなは、そんなものにだまされた……。

「あと五分で交替よ」

フィラインの声を聞いて、我に返った。そうだ、もうすぐ当直が終わる。次の当直に持ち場を引き継がなくちゃ――。

でも、交替なんか来てくれるんだろうか。ツルギは嘘をついていたのに。

ぼくはうずくような感情を腹に抱えて、崩れていく高神城を眺めた。


森の泉のほとりへ出向くと、ツルギはまた眠っていた。気が昂ぶっていたぼくは、彼女の肩を揺さぶって起こそうとした。

「ツルギ、起きろよ。おい……」

ふとぼくは手を止めた。何ということはないが、奇妙な感じがした。

人間を揺さぶって起こした経験も、久しくなかった。人間ではない相手にしてやるなんて……。

そのとき、ツルギがぱちりと目を見開いた。ぼくは気を取り直して彼女に尋ねた。

「ツルギ、きみに質問がある。きみはインフラストラクチャーなのか」

ぼくに目をくれた彼女は、あっさりと認めた。

「ええ、私はインフラストラクチャーよ」

その態度があまり堂々としすぎているので、ぼくは戸惑った。ステインレスに不慣れなツルギが、また言葉の意味を取り違えているんじゃないかという疑問が浮かんだ。

「それがなんのことかわかってる？　大変なことなんだよ」

「そうは思わないけれど」

「きみが人間じゃないってことだぞ！　大変じゃないわけがないだろう！」

「人間じゃないっていうのは、ステインレス市民のような人類じゃないって意味よね」

「人類っていうのはステインレス市民のことだ！」

ぼくはツルギの鼻先に指を突きつけた。

「きみは、その市民の暮らしを維持するための道具じゃないか。道具のくせにどうして人間のふりをして接触してきたんだ？　ぼくと話をしながら、腹の中では笑っていたんじゃないか？」

「なんですって？」

ツルギが、憎らしそうに歯ぎしりしてにらんだ。強い眼差しを受けて、ぼくは思わず後ずさる。

背中が立ち木の幹に当たった。ツルギがつかつかと歩み寄って、拳を振り上げた。思い切り殴られたって痛くもなさそうな、華奢な腕だった。

でもインフラストラクチャーがその気になれば、個人のプロセスぐらいはわけなく破壊できるはずだ。攻撃されると思って、ぼくは座標操作《トランポ》のコマンドを頭に浮かべかけた。

「……笑うわけないじゃない」

腕が、力なく垂れて、ぼくの襟をつかんだ。

胸に頭が押し当てられた。ツルギが顔をこすり付ける。温かいものが布地にしみこんできた。

「笑っていたなんて……そんなふうに思わないでよ！」

「ツルギ？」

「そんなこと考えてもいなかった！　私、ほんとに嬉しかった！　この森で目が覚めたときあなたと会えて、あなたにセントラルや他の場所を教えてもらえて、友達扱いしてもらえて……！」

「それは……きみが人間だと思ってたから。人間と友達になるのは、普通のことだから……」

「人間じゃないとダメなの？　それがそんなに大事なことなの？　ＩＤがあって眠らないことが？」

「そんなことを気にしていたんじゃないよ。問題は、君がインフラであることをどうして隠していたかってことだ」

ぼくは追い詰められそうになって、そう言い返した。するとツルギが顔を上げて見つめた。

「それは……だって……私、死にたくなかったから」

「死ぬ？」

聞き慣れない古い言葉を耳にして、ぼくは思わず聞き返した。

ツルギは頬をこわばらせて、小さくうなずく。

「任務に失敗したら、私は死ぬの。……だから反対される危険は冒せなくて」

「死ぬって、どうやって？　きみはインフラなんだろう？　死ぬことなんかできないはずだ。タスクに失敗したら消去されるだけだ」

「違う、違うの、死んでしまうの。私も、私の家族たちも」

襟元をつかんだまま、ツルギは強く首を振った。小さな水滴があたりに飛び散る。そんな風に悲しむ相手を――そうでなくても、悲しみなんて感情を抹消もせず感じ続けている相手を――ぼくはずっと前から、見なかった。

迷いが浮かぶ。ツルギの涙はインフラが弾き出した計算結果だ。人間の同情を誘発するための、ただの道具なんだ。そう自分に言い聞かせようとしたけれど、どうしてもそうは思えなかった。

ぼくはもう、ツルギに惹かれていたからだ。

今の人間はテイラーやフィラインのように、見かけの姿すら自在に変えてしまう。ぼくのように精神を塗り替えるものも多い。アイデンティティの一貫性はともすれば失われる。人間とは何かという定義は、昔に比べても一段と曖昧になった。

そして人間はどんな危機や苦難からも、逃げることができる。ステインレスで生きることを選んだ時点で、人間は全能になった。つらいとか苦しいなんて言っている人間は——それが好きな人を除けば——ステインレスにはいない。

でも、ツルギは苦しんでいた。しなくてはならないことに迫られ、娯楽ではない何かを、必死に成し遂げようとしていた。

ぼくはその姿に、胸の奥の、もう長いあいだ意識したこともない部分を、強く揺さぶられるような気がした。

腕を広げて、ツルギの両肩をつかんだ。

「ツルギ」

ツルギの薄い肩が一瞬こわばった。

涙の乗った長いまつげは作り物だ。濡れて光る滑らかな頬も、紅潮した柔らかそうな耳たぶも作り物だ。磨いたような黒髪のつやもほのかに漂う甘い匂いもすべて——

でも、その心はきっと、偽物じゃない。

「わかった、謝るよ。笑っていただろうなんて言って」

「……いいの？」

「できなければ死ぬんだろ。ぼくはきみに消えてほしくない。つまり、死んでほしくないってことだ」

だから、目的は聞かない。——ぼくは彼女の肩を抱きしめた。こわばっていたそれが、ゆっくりと柔らかくなっていった。

「……ありがとう」

くしゅん、とツルギが鼻を鳴らした。くしゃみをしたんだ。

それはインフラしさを隠すための手管のひとつかもしれない——なんて考えを、ぼくは即座に抹消した。

高神城が占領されると、いくつもの問題が持ち上がって、スティンレス軍を苦しめるようになった。

魔王城から高神城までは三万キロもあったけれど、高神城から次の拠点である血王城までは一万五千キロほどしかない。敵はこちらにたどりつきやすくなり、迎撃に使える時間が減った。鎧竜の速度はたかだか時速五十キロ程度だ。敵に出会うためには、相手の進撃路を先読みしなければならない。その先読みが難しくなってきた。

さらに、敵の来る方向が二つに分かれた。占領した高神城からと、今までの魔王城からの二通りだ。二つの拠点が互いに離れていくにつれ、血王城は二方向からの攻撃にされされるようになった。

そして、戦士が激減していた。もちろんそれが一番重大な問題だった。ツルギの正体を知った者の多くが攻防戦をやめ、八億人以上いた戦士が一気に二千万人に減ってしまった。

実質的に戦線を後退させたため、守らなければならない区域はせいぜい一千キロ四方まで減った。けれども多くの鎧竜が高神城とともに殺されたため、一度に出撃できる鎧竜はたった八十万体にまで減少していた。一体の鎧竜を操るには十人が必要だから、八十万体を動かすには八百万人が稼動しなければならない。三交替制を取るなら二千四百万人だ。そんな人手はなかったから、結果として鎧竜はあまることになった。

そこで、ステインレスの司令官たちは無人の鎧竜を走らせて、オーガーに体当たりさせることをツルギに提案した。

ツルギはそれを許したけれど、最初からそうしなかった理由がすぐに明らかになった。オーガーたちには体当たりが通じなかったのだ。連中はそれをやすやすと避け、砂つぶてをまいて倒してしまった。

敵は「鳥」や「地竜」たちの攻勢を強めていた。こいつらは空と地底からひそかにやってきて、血王城に奇襲をかけた。こいつらに備えるには、貴重な鎧竜部隊の何割かを城内に留まらせるしかなかった。

まだこの防衛戦に取り組んでいた数少ない人たちは、ルール上の不均衡を訴えてツルギに新しい戦法を認めさせようとした。そのいくつかをツルギは許可した。たとえば「罠」を置いてオーガーを止めたり、鎧竜に複数の武器を積むとかいったことだ。けれどそれらの新戦法もそのまま採用されるわけではなく、必ず一定の制限がかけられた。たとえば「罠」は固定できずに一方向に滑り続ける仕様にされたし、武器を積み増しした鎧竜は格段に速度が遅くなった。

そして、ぼくたちが最も強く訴えた変更は頭から却下された。鎧竜の走行ルートを、もっと自由に変えさせてくれという訴えだ。この生き物は出発したが最後、ほとんど固定されたルートを一定の速度で走ることしか許されていなかった。でも、それが変更できれば部隊の配置はずっと楽になるし、敵本拠地の壊滅すら可能になるはずだった。そしてこのゲームの唯一の勝利条件がそれであることは、最初から明記されていた。

でもツルギは首を横に振った。鎧竜の進路の変更も、それが走行中に停止することすら許さなかった。

そういったことが、みんなの間に蔓延《まんえん》していたある想像を強めてしまった。つまりそれはこういうものだ。ツルギは人類を負けさせることを目当てに、ゲームをしているのではないか。

ツルギは必死になってそれを否定した。けれども、いざ本当の目的は何かと聞かれると、口を閉ざしてしまうのだった。

単調な攻防、変化に乏しい敵。戦力を高めていく充実感も、報奨をもらう達成感もない戦い。浅はかなインフラストラクチャーが演出するこんなできの悪いゲームに、ありとあらゆる娯楽を体験してきた人類が長々と付き合うはずもなかった。残っていた戦士たちも櫛《くし》の歯が欠けるように脱落していき、そうでない人たちは鎧竜同士で武器を撃ちあったり、真面目な参加者の妨害をしたり、時には自ら血王城を攻撃したりして、ふざけあった。防衛戦は内部から崩壊し始めた。

フィラインもその一人だった。ぼくは彼女を責めたけれど、彼女はサディスティックに笑ってこんなことを言った。

「私がどうしてこのゲームにまだ参加していると思うの？　タウヤ」

「楽しんでないのはわかる」

「楽しんでいるわよ、あなたを眺めて。あなたと、あのツルギって子をね。こんなにも必死で、こんなにも健気《けなげ》に踏みとどまる人は久しぶりだもの。もし狂姫城が落ちてしまったら、どんな顔をするのかしら」

「悲しむに決まってるだろう⁉」

「それを早く見たい」

　ぼくは、彼女や他の参加者が、下位の存在であるインフラストラクチャーにまがりなりにも従い続けていた理由をようやく知って、暗い気持ちになった。

　実働戦力が百万人を割って、魔王城と高神城から同時に一千万体ずつのオーガーが出発したという報が届いたとき、ついにツルギはもう一度セントラルに立った。

「NHB措置を実施しようと思います」

　シンボルタワーの頂上で、ツルギは悲痛な叫びをあげた。

「そんなこと、本当にやりたくありません。私はタウヤやテイラーに人間の優しさや温かさを教えてもらいました。そんなみなさんに意志に反した協力を強要するなんて、最低の行いだと自覚しています。でも、それしかないんです。お願いですから、処置を実施する前に自発的に手を貸してください」

高くかすれた声が金色の空に散っていくにつれ、ステインレス全体から、驚愕と怒りのどよめきが巻き起こった。返事を待つ間、ツルギは隣に立ったぼくに目を向けた。

「この意味はわかる？　私にそれが可能なことが」

「わかるよ。わかるけど――それこそ理由を教えてくれないと納得できないよ！　そんな脅しをかけるぐらいなら本当のことを話すほうがずっといい。どうして話さないんだ？」

ツルギはきつく目を閉じて首を振るばかりだった。

ステインレスは、知性ある人間という複雑極まりない情報生命体を二百五十億人も養うために、膨大な計算力を使っている。けれどもその計算の半分以上は、生きていくのに必要なものじゃない。個人個人が自由意志で思考し、行動し、望むマップを作り上げて、その世界で遊ぶために消費されている。

ネ《N》ック・ハ《H》ンギング・ブ《B》ロック措置とは、その生活用の計算をカットする行為のことだ。それが実行されれば人間社会は大変なことになる。座標操作《トランポ》や自作マップの使用が禁じられるだけじゃなく、持ち物も衣服も肉体も、高い思考能力さえも取り上げられて、最低限の、動物並みの自意識だけが残される。もしそんな風になってしまったら、生きている意味がないから、そのままハイバネーションに入るべきだ、とぼくたちは指示されていた。次に計算力が与えられるまで、存在を停止して待つわけだ。

言ってみれば、全人類に向かって一時的に冬眠しろと命じるのがＮＨＢ措置だ。そしてインフラストラクチャーには、システムの非常事態においてそれを実施する権限が、確かにあった。

でも、ステインレス一千年の歴史において、それが実際に行われたことは一度もなかった。ツルギは伝家の宝刀を抜いたのだった。

固唾《かたず》を呑んで待つぼくたちの頭に、二百五十億人分のざわめきが、わあんというノイズとなって届く。まるで蜂の大群に空を覆われているようだ。みんなが混乱している。いくつかの叫び声が、ぼくの元にも届いた。

……天体衝突で計算機が損傷したのか？……ステインレスを破壊できるような衝突は存在しないはずだ……それを言うならNHB措置が必要なほどの損傷は考えられない……なぜ全人類の圧縮が必要なんだ？……予備計算力を投入すればすむことじゃないのか……？

二百五十億人対一人ではまともな会話が成立しない。ツルギが重ねて言った。

「インフラストラクチャーとして、総意集約用の擬似人格を構築します。みなさんの持論を投入してください」

ぼくは軽いめまいを覚えた。いや、世界そのものがグラリと揺らいだんだ。二百五十億人分の議論のために、一時的に膨大な計算力が使用されたんだろう。

やがて、その発言の一文一文が全人類投票で逐次決定されている架空の人物が、遠い空の下で口を開いた。

「NHB措置は非常事態にのみ許可される……事態を説明し、おまえがそれを緊急的と考える理由を説明し、それを今まで説明しなかった理由を説明しろ……」

ツルギは迷ったように視線を宙にさまよわせて、ちらりとぼくを見た。それから一つうなずいて話し始めた。

「わかりました、説明します。NHB措置を実行したいのは、ただ単にあなたたちを避難させたいからじゃありません。いま行わなければならないのは――」

緊張に小さくつばを飲み込んで、ツルギは言った。

「太陽系外知性体〈ディベロッパー〉の迎撃と殲滅。そのためにスティンレスの計算力が必要なんです」

空の上の人物は黙っていた。二百五十億人分の混乱が一つの言葉にまとまらないんだろう。

沈黙の中で、ツルギはその途方もない話を続けた。


ツルギが気づいたときには、異星から来た軽元素採集機械どもが土星を占領していた。彼らは自己増殖しながら土星のリングと大気物質を収集し、核融合推進エンジンを使って、天球のある一点めがけて間断なく送り出していた。その目的は彼らの母星へ資源を供給することらしかった。到着は何万年も先になるはずだけど、彼らは気にしなかった。彼らは太陽系の反対側にあった冥王星を除いて、天王星と海王星をすでに汲み尽くしていた。土星も間もなく空にするほどの勢いで、次は太陽系最大の物質、木星を狙ってくるに違いなかった。

計算機都市・スティンレスの維持者であるツルギはそれに気づいた。黙々と働く彼らに〈ディベロッパー〉の名を授けると、これを滅ぼすために行動し始めた。

ステインレスのハードウェアは、かつて地球だったさまざまな物理資源から造られた天体レベルの巨大計算機だ。それは全体が希薄な集積回路網で形成された直径五十万キロの笠状物体で、自転によって重力崩壊を防ぎながら、太陽の周りを巡って光エネルギーを受け取っている。

惑星を解体して余すところなく利用できるだけの工学技術を手に入れたとき、人類はステインレスを築いてその中に転算し、情報生命として生きていく道を選んだ。そのころの工学技術を受け継いでいるのがインフラストラクチャーだった。土星を拠点とするディベロッパーに攻撃を仕掛けることも、もちろん可能だった。

ツルギは攻撃方法を検討した。ディベロッパーは数億の小型機械の群れで、土星の大気圏と周辺五百万キロの宇宙空間に散らばっていた。自己増殖するから、倒すためにはすべてを破壊しなければならない。少しでも取りこぼしたら、また増えてしまう。だから殲滅する必要があったのだが、さすがにすべてをまとめて吹き飛ばすような巨大兵器は存在しなかった。ツルギは大量の小型宇宙戦闘機を投入して攻撃を行うことに決めた。

戦闘機といっても物理生命が乗れるようなものじゃなくて、誘導ミサイルに近い機械だ。大型小惑星のいくつかと水星を使用して、ツルギは三千万機近くの戦闘機を作り上げた。

宇宙船を動かすには高い計算力が必要だった。

戦闘機は大加速と強振動、熱と低温と放射線にさらされる。小型計算機やエンジンや航法機器や通信機器が組み合わさった複雑なシステムが、苛酷な環境に置かれることになる。さらにそれは独立している。出発したが最後、楕円軌道を描いて帰還するまで、修理したり回収したりすることはできない。複雑な戦闘行動を可能とする自律式の計算機を搭載しても、満足に動かない可能性が高い。

それが三千万機もの数となれば、実装と運用のコストはとてつもないものになるに違いなかった。

それぐらいなら、程度の低い計算機と通信機を積みこんで遠隔操作で動かすほうがいい、とツルギは判断した。

問題は誰がそれを遠隔操作するか、だ。

ツルギが「防衛戦」を始めたのは、それが理由だった。

鎧竜は戦闘機だった。オーガーはディベロッパーの小型機だった。投石器は小型ミサイルで弩はレーザー砲だった。ぼくたちは砲手であり、観測士であり、航法士であり、機関士であり、パイロットだった。三万キロの砂漠マップは、現実では差し渡し十億キロの惑星間空間だった。魔王城は土星だった。高神城は木星だった。土星からやってくる小型機の大群を、木星から出撃した人類の戦闘機が迎撃していたのだ。

インフラストラクチャーのツルギは、その有様を実際の宇宙の出来事として把握していたけれど、それをそのままぼくたちに見せはしなかった。宇宙で得た情報を加工して、砂漠マップに投影していた。同時に、ぼくたちの戦闘操作を指令信号に変換して、宇宙空間の戦闘機に送り出していた。

三千万機の戦闘機を操作するための、それが彼女が考え出した方法だった。遊んでいる人間たちのリソースを、実戦に振り向けたのだ。

それを成立させるために、あの不可解なルールの数々が砂漠戦に導入された。

敵と味方の戦闘機は、最小限の燃料消費で済むホーマン遷移軌道の上を、秒速百キロ近い相対速度で移動しており、針路変更や停止など不可能だった。だから鎧竜はあんなにも手に負えなかった。

木星と土星の間には数億キロの距離があって、航行するには数年間かかり、通信をするだけでも数時間のラグが生じた。そのラグを感じさせないために、ぼくたちは経時感覚を三千六百分の一に減速された。

二キロ先の鎧竜がオーガーにやられるのを見て、テイラーとフィラインがわめき合い、ぼくが弩を向けて撃ったあの十秒あまりの間に、実際には十時間にわたる交信がスティンレスと戦闘機の間であり、戦闘機は七千キロ離れたディベロッパーをレーザーで攻撃していたんだ。

このやり方は、最初はうまくいった。スティンレス市民が、戦闘機を操縦するだけではなく、指揮系統を構築し、情勢を分析し、作戦立案まで行ったんだから。

でも、宇宙空間でのできごとを反映して防衛戦は次第に難しくなっていった。「鳥」はディベロッパーの工夫の一つだった。普通のやり方では仲間を木星に到達させられないと気づいた彼らは、惑星公転軌道面――太陽系の各惑星が乗っている仮想的な円盤――から天頂方向にずれた軌道に仲間を放り投げた。戦闘機群の四万キロも頭上を飛び越えたそれらは、木星の重力を利用して無防備な木星の北極に取り付いた。そして高神城が陥落した。

それからは坂を転がり落ちるように戦況が悪化した。「鳥」同様に軌道面を外して天底から回り込む「地竜」が投入された。土星と木星の離角が大きくなり、前線が二つになった。操縦者なしのロボットとして送り出された戦闘機は、ディベロッパーに手もなくあしらわれ、挙句の果てには戦闘機が自軍の拠点を攻撃するようになった。

それは人類が、自分の手でたわむれに火星を爆撃したということだった。

説明を続けるうちに涙声になったツルギが言う。

「火星が占領されたら後がありません。ディベロッパーは地球に、スティンレス計算機にやってきます。そうなる前に迎撃してください。今ならまだ間に合います」

ずっと黙っていた空の上の声が、重々しく言った。

「確認したい。ディベロッパーが収集する軽元素とは、正確にはどのようなものか」

「それは……」

はっと顔を上げたツルギが、咳き込むような早口で言った。

「……炭素以下の質量数の元素の化合物です。木星大気に含まれるヘリウムや水素、土星リングを形成する水のような。彼らは核融合でのエネルギーの生成にこだわっているようなんです。炭素までの原子なら、巨星のような恒星に投入することで核融合を起こしてエネルギーを引き出すことができるから、そうするつもりなんでしょう。でも炭素以上の元素は、超巨星レベルの熱圧力がないと核融合しないので、利用できません。だから手を出さないんだと思う」

「こちらはこの件について合意した」

空の上の声はきっぱりと言った。

「おまえのNHB措置に対して、人類主権に基づき拒否権《ヴェトー》を発動する。ヴェトーは緊急処置を含むインフラストラクチャーのあらゆる行為を制止できる。こちらはディベロッパー迎撃の必要性を認めない」

「なぜです!?」

真っ青になったツルギに、鉄槌のような宣告が降りかかった。

「おまえは、ディベロッパーが軽元素を奪うといった。だが、ステインレス計算機は主として珪素、アルミニウム、マグネシウム、鉄などの炭素より重い重元素で構成されている。軽元素は金属化合物かそれに被覆された部品としてしか使用していない。ステインレスはディベロッパーの脅威を受けない。それが理由だ」

「ステインレスさえ残れば太陽系を失ってもいいというの!?」

「ステインレスが人類の太陽系なのだ」

それが、人類からツルギへの別れの言葉だった。すべてではないにしろ、多くの人々がこのことへの興味を失ってそれぞれの暮らしへと戻っていくのを、ぼくは感じ取った。防衛戦マップからも、人の気配が途絶えたようだった。

「そんな……仮構世界のほうが現実世界より大事だなんて！」

ツルギは崩れるように座り込んだ。ぼくは立ったまま彼女を見下ろした。慰めたくても言葉がなかった。あの声が言ったように、ぼくにとってもこの世界が宇宙と同義で、現実なのだから。

そのとき、緑の鱗《うろこ》に体を包んだティラーがそばに現れた。ぼくとツルギを見比べて呆れたように肩をすくめる。

「付き合うタウヤも物好きだと思っていたが……あんたもあんただ。何もそこまで悲しむことはないだろう。木星や土星は確かにすてきなボールだったが、なくなったってそれほど実害があるわけじゃない。おれたちは影響を受けないし、もしもう一度見たくなっても――スティンレスの中に作っちまえばいい。木星や土星や、必要なら太陽系すべてを」

ツルギは両手で顔を覆ったまま姿を消した。泉のマップへ帰ったらしかった。

ティラーがぼくの肩を叩く。

「おまえも忘れな。ああいうのが好みだったら、見分けのつかない人形をおれがデザインしてやるから」

「その人形は……眠るのかい」

「ええ？」

ティラーがわざとらしく耳に手を添える。ぼくはつぶやいた。

「人形は眠らないよね。人形だけじゃなくて、人間も、インフラも」

「それがどうかしたか？　眠る人形を作るのなんてわけはない。五秒待てよ」

「いいよ」

ぼくは手を振って、セントラルを後にした。


火星がディベロッパーに占領されたころ、ずっと眠っていたツルギが目覚めた。ヴェトーが発動されてから八ヵ月後のことで、その間ぼくはステインレスの対外界インターフェイスを介して火星の様子を観察していた。

赤い惑星の極冠と地下の氷が食い荒らされていく様子を眺めていると、握っていた手がぴくりと動いた。ぼくは視覚を泉マップに戻して、ツルギがまぶたを開ける様を見守った。

「やあ、久しぶり」

病人のように力なく横たわっていたツルギは、気だるげに体を起こして言った。

「タウヤ……なぜ、まだいるの？」

「いちゃいけない？」

ぼくが聞くと、ツルギは首を振って、やるせない微笑を浮かべた。

「わからないわ。あなたたちはもう、私たちに関心をなくしたと思った」

「なくせるわけないじゃないか。きみの命がかかってるのに。きみ、人間だろ」

「私はインフラよ。あなたたちとは――」

苦笑するように言いかけて、ツルギは顔をこわばらせた。

　ぼくはうなずいて、繰り返した。

「きみは人間なんだ。今の人類じゃない、昔の物理人類なんだね？」

「……どうしてそう思ったの？」

「きみが眠るから。——インフラは眠らない。ぼくらも眠らない。眠るのは物理生物だけだ」

　ツルギは目をいっぱいに見開き、やがてこくりと小さくうなずいた。ぼくはその手首を取って、ほっそりした腕に手のひらを滑らせた。

「信じられない、これがきみの本体じゃないなんて。きみは本当に肉体を持っているの？　そこからこちら側の体を操っているの？」

「……そうよ。私には現実の体がある。その肉体を幻覚睡眠で眠らせて、仮構都市のスティンレスに来ているの」

「やっぱり、きみが眠るのは、向こうで起きているためだったんだね」

　肩にあごを乗せて頬を押し付けると、ツルギの少し熱い耳たぶがあたった。彼女にとってはかりそめの体でも、ぼくにとってはそうじゃない。この体にはツルギの心が入っている。この肌は人形の装飾としてじゃなくて、ツルギがそうだから、熱い。

「どうしてインフラだなんて嘘をついたんだ？」

「嘘じゃないわ。私は本当にインフラストラクチャーよ。スティンレスを維持しているのは、物理人類なの」

「そんな馬鹿な……物理人類は千年前に消滅したんじゃなかったの？　それが今でも生き残っているなんて」

「生きているのよ、私も、私の仲間も。昔の人類はスティンレス計算機を建設したときに、付帯施設を作った。それが宇宙植民地〈椰子の実《ココナッツ》〉。五千人の仲間がそこで暮らしているわ……」

そこまで言うと、不意にツルギは寂しそうに目を伏せた。

「ううん、本当の意味での仲間とは言えないかも」

「どういうこと？」

「私は造られた子供だから」

ツルギは、ことの始まりからぽつりぽつりと話してくれた。

一千年の昔、人類は医療技術を極限まで進歩させ、とうとう不老不死を達成した。事故と飢え以外では死なない体になったのだ。けれど、それは新たな大問題が発生したことを意味した。当時の人口は二百五十億人。それらすべてが不老不死になったら、養いきれないことが明らかだった。

そこで、大転算が行われた。全人類をスキャンして、物理資源に縛られない計算世界、スティンレスに送り込む大計画が。

その計画は大きな混乱を招き、無数の悲劇や喜劇を生み出した。けれどもなんとか数十年後には完了した。人類のほとんどがスティンレスへと転算した。しかし、そのときまだ外には一万人ほどの人間が残っていた。全員が不老不死である彼らは、宇宙空間に構築された巨大なステインレス計算機に寄り添って、その守人《もりびと》を務めることを選んだ。

それがインフラストラクチャーの起こりだった。

インフラストラクチャーは黙々とステインレスを維持した。計算機の中の平和を保つために打てる限りの手を打ち続けた。メンバーに倦怠《けんたい》が蔓延し、発狂者や自殺者が出ると、自らの感情を抹消した。繁殖能力を捨て、家族制を組み替え、厳格な輪番責任制の社会を構築した。そして時おりの事故でぽつりぽつりと仲間を失いつつも、制度を保ち続けた。

ステインレスに対しては徹底的な隠蔽工作を行った。人々が現実に戻りたいという訴えを起こさないように、ステインレスからココナッツに関わる記録を消去した。それはうまくいって、人類はステインレスこそが約束の地だと信じるようになった。二百五十億人が生老病死の苦しみから解放された暮らしを謳歌した。

そして千年。ディベロッパーが現れた。

「迎撃のためにはステインレス人類の協力が必要だった。だからインフラストラクチャーはクローン技術を使って私を作った。人々の情感に訴えかけて、NHB措置に同意させるために。私が女として生まれたのも、この年齢まで育てられたのも、すべてはそのためだった」

「どうしてそんなことを？　つまり……物理人類のきみも、この年齢のこの姿だっていうこと？　そんな必要があったの？」

ステインレスに転算するにあたって、元の姿がなんであるかはまったく関係ない。年齢や性別や人種がなんであろうと、ツルギはツルギとしてここに来られただろう。だから、そもそもツルギを生み出す必要もなかったはずだ。インフラのひとりがツルギの役を果たせばよかったんだから。

するとツルギは暗い顔で言った。

「インフラストラクチャーは感情を捨てた人たちよ。このような姿でステインレスに来ることはできても、人類とまともにコンタクトすることができない。もし彼らが来ていたら、タウヤ、あなたは最初の五分で嫌になって、よそへ行ってしまっていたでしょうね」

「つまり……彼らは、ツルギの心をエミュレートすることができないから、現実のツルギを作り上げた？」

ツルギはうなずいた。

ぼくはひどく不愉快になった。要するにツルギはていのいい生贄《いけにえ》だということだ。ツルギの話を聞けば聞くほど、彼らが肉体をもつ生身の人間だとは思えなくなった。それはむしろ、多くのステインレス人類が侮蔑しているインフラの姿そのものだった。世界を維持するために、効率的な方法だけを冷徹に遂行する機械たち……。

「そんな務め、嫌じゃないの？」

ぼくが言うと、最初は知らなかったから、とツルギはぽつりと言った。

「私、ここへ来るまで、本当の人間の暮らしがどんなものなのか知らなかった。冷たいアルミの通路と部屋で暮らして、三食同じ栄養パテを食べていたけれど、ステインレスの中でもそうなんだと思ってた。昔の記録映像は見たわ。人間たちが笑ったり怒ったりしていた。でもそれは別の世界のことのように感じていた。まわりの大人はみんなにこりともしなかったから。そういうものだと思ってた。……皮肉よね、ココナッツには物理地球の完璧な模擬環境が保存されていたのに」

「そこはどんなところなの？」

「ノアの箱舟。不老処置を施されたあらゆる動植物が眠るベッド。時の止まった長さ八十キロの棺……」

「なぜ動植物まで？」

「タウヤは金星って知ってる？」

「キンセイって？　ええと、中国語の星の呼び方？」

ツルギは少しだけ笑った。

「記録が消されているのね。金星は太陽系第二惑星よ。地球とほぼ同じ大きさで、高温のために生命は生まれなかったけど、有機物はたくさんあった。ローマ神話では美の女神ウェヌスにたとえられていた。――あの砂漠の防衛戦で私たちが守っていたものが、それよ」

「狂姫城か……。なぜ記録を消す必要があったの？」

「きっと無意味な希望を人類に与えないためよ。他の保護措置と同じ。だって、金星は第二の地球になるはずだったから」

「なんだって？」

驚くぼくに、ツルギは奇妙に熱のこもった口調で説明した。

「金星はテラフォーミングされたのよ。千年前、地球を使い尽くした人類によって。彼らはステインレスとココナッツを築くのと同時に、それを開始した。今はその真っ最中で、無人機械たちが気長に惑星を改造し続けている。大気成分の変換、土質の改良、そして惑星そのものの軌道変更。……三千年ですべてが終わるって言われていた。あと二千年待てば、新しい美しい地球ができて、ステインレスのすべての人たちをそこへ送り出して、インフラストラクチャーの任務は終わるんだって。それなのに……」

「ディベロッパーが来た」

ぼくは言った。

「軽元素を、水と空気を奪う敵が来たんだね。それは物理人類を殺し、金星も奪ってしまう。だから……きみはあんなにも、必死だったんだ」

ツルギはかすかにうなずいたけれど、まだ何か言いたそうだった。ぼくはその表情から察した。

「そうか……きみは、その金星に行きたかったんだ」

「そうよ」

はっきりとうなずいて、ツルギが泣き出しそうな顔を向けた。

「あなたたちは私に優しくしてくれた。でもあなたたちは転算人類で、私とは触れられない。反対に物理人類のインフラストラクチャーたちは機械も同然で、私の頬に触れてもくれない。

私はどこにいればいいの。誰に触れてもらえばいいの？　しかも私は不老不死にされてしまって、死ぬことも許されていない。――金星ができれば、みんなに会えるのよ。あなたたちは肉体を取り戻し、インフラストラクチャーは感情を取り戻す。みんなで、暖かくて広い地面の上で暮らせるの。そうなってほしいの！　あと二千年だなんて気が遠くなりそうだけど、それでも、待てばその日が来ると思っていたのよ！」

そうやって、ツルギは育てられてきたんだろう。――自分が使者であり、道具であると知らされる、その日まで。

彼女のつらそうな顔をこれ以上見るに忍びなくて、ぼくは怒りの矛先を変えた。

「悪いのはインフラストラクチャーなんだな。彼らが最初から、ステインレスに対して、手伝ってくれって素直に言えばよかったんだ……」

ツルギは涙をこぼしてうなだれていたけれど、やがて首を振った。

「それは無理な望みだわ。そんなことをすれば、彼らはステインレスそのものと同じほど重要なものを失ってしまうから」

「重要なもの？」

「誇りよ」

ツルギは目頭をしきりにこすりながら言った。

「誇りが彼らを生かしている。人類を守っているのは自分たちだ、自分たちこそが人類の偉大なる父母なのだ、貴族であり、真の人類なのだという自負が。ココナッツの中には鉄よりも堅いその自負が、いついかなる時でも張り詰めているわ。それだからこそ、一千年も仕事を続けられたの。彼らはその杖に、一千年もすがり続けてきた。でも、ステインレスの人間に頭を下げて協力を頼んだりしたら——その杖が折れてしまう。自負が崩壊する。そうなってしまったら、いかに感情のないインフラストラクチャーといえども、生き続けることはできないと思う」

ツルギはつらそうに眉間を歪めていた。インフラストラクチャーはツルギにとって厭《いと》わしい使役者であると同時に、慕わしい親でもあるんだ。単純に憎んだり反発したりすることは、できないんだろう。

でもぼくは思った。——ツルギ自身がインフラのことを気にかけていようとも、ぼくがそうする義務はない。彼らは明らかに間違った道に入り込んでいるし、それはツルギを犠牲にしている。

そのことだけでも、「ツルギを」守ってやる理由としては十分だ。

ぼくはハンカチを作ってツルギの目頭を拭いてやり、瞳を覗いた。

「ツルギ、きみは転算できる？」

「え？」

ツルギが戸惑ったように答える。

「私はここにいるわよ？　あなたが感じるのと同じように、このマップを感じている。椅子に座って、ディスプレイ越しにこの泉の風景を見下ろしてるわけじゃないわ」

けだね？」

「でも肉体を捨ててはいない。そうだろう。ベッドか、カプセルのようなもので寝ているだ
　ツルギがうなずく。ぼくは顔を寄せた。

「ぼくたちと完全に同じになることはできないのか。物理人体の脳神経構造をスキャンして
ステインレスで再生し、ここだけで完結した人類になることは」

　ぼくが言い終わる前にツルギは激しく首を振った。

「やめて、言わないで」

「できないの？」

「ううん――可能、可能よ。でもそんなことをしたら、誰が金星の面倒を見るの？」

「それは後に残ったインフラストラクチャーに任せれば――」

「お願いだからやめて！」

　ぼくは口をつぐんだ。ツルギは耳をふさぎ、それまでで いちばん苦しそうな顔をしていた。

つまり彼女自身もその葛藤と戦ってきたってことなんだろう。

　親を見捨てて逃げ出すことを、簡単に決断できるわけがない。

　ぼくはため息をついて、身を離した。

「わかった、無理は言わないよ。――その代わり、またぼくを鎧竜に乗せてほしい」

「……やってくれるのね」

　ツルギが目を開ける。ぼくはうなずく。

「やるよ、乗って戦闘機でココナッツを守る。知り合いも誘ってみる。たいして多くないけれど、一、二万人は手伝ってくれると思う」

「一万人も知り合いがいるの？」

目を見張るツルギに、ぼくは笑ってみせた。

「もっといるよ。何しろ千年生きてきたんだからね。どの友達の家にも一秒で行けるし」

「そう……」

また一つステインレスの驚異を知ってツルギは驚いていたけど、じきに少しだけ笑みを取り戻した。

「鎧竜にはもう乗らなくていいわ。直接、戦闘機につなぐ。ディベロッパーの斥候はもう光秒単位までステインレス計算機に近づいているから、あなたがじかに戦闘機を感じられるぐらい、回線速度を上げられると思う」

「きっと撃退してやるよ！　きみの任務が完了して、自由にしてもらえるようにね」

ぼくは強いて明るく言った。ツルギは弱々しい笑みを浮かべた。

それを見たぼくは、自由になる約束があるのかどうか、聞くことができなかった。

ぼくはその機械のエンジンを足として、センサーを目と耳として、スラスターを左手として、武器を右手として感じ取った。それと引き換えに、一時的に肉体感覚はすべて消去した。いわばNHB措置の個人バージョンを実施したわけだ。もともと十人で操作していた複雑な宇宙戦闘機を一人で操るには、そこまで計算力を割かなければならなかった。

そうやって戦闘機になった一万八百二十一人が、乳白色の雲のように輝くスティンレス計算機を背にして、宇宙空間を疾駆していた。マップ上での擬似行動じゃない。外界との実時間直接接続だ。

「すでに斥候がスティンレスに降りそそいでいます。外壁を貫通して内部を探査する、自壊覚悟の機体です。みなさん、まずはそれを迎撃してください」

ツルギの声に、戦闘機群が幾重ものレーダー波円錐を広げる。ぼくの目にも落下してくる小さな宇宙機が映る。物理空間で見る敵機は、優美な銀灰色の楕円球だった。マップ上で襲ってきた醜いオーガーとは似ても似つかない。

仲間たちが次々に身を翻してそちらへ翔ける。距離スケールも実測値になっている。鎧竜は手綱を引いても、一メートルかそこらしか横に動かなかったけれど、それはマップの縮尺が縮小されていたからだ。実際には、戦闘機は一瞬で三キロメートルも側方へダッシュする能力があった。ぼくたちはそれを最大限に活用して攻撃をかわし、照準を定めた。

銀の球が散発的に降りそそぐ。ぼくたちは片っぱしから撃ち落とす。ぼくの斜め後方四十五キロで、フィラインが見事なレーザーの連続照射で一体を蒸発させた。

突然彼女は頭上に矢印を出した。次の目標の方向を示しているみたいだった。かと思うと矢印の周りに、距離、対象ベクトル、脅威度など、彼女が算出できた情報を何列も併記していった。ぼくはすぐに彼女の狙いを察した。

　フィラインは自分の戦闘機が収集した情報を、スティンレスの彼女本体で処理して、仲間の視覚系にブロードキャストしているんだ。

「いいアイディアだね、フィライン」

「別に？」

　ひらりと機体を回して敵の砲撃をよけながら、フィラインはつまらなさそうにつぶやく。

「こんなの、射撃戦系のマップじゃ常識以前のことよ。ツルギがあんなくだらない砂漠戦をやらせなければ、私でなくてもとっくに誰かが導入してたよ」

　ぼくは即座に同じ処理を行って自分の周りに数字を浮かべた。わずかな時間でそれが全員に広がる。すると次に、各機体の空間座標を図式化した地図が視界の一部に現れた。誰かが戦闘から一歩引いて統合計算役を買って出たんだ。

　さらにその地図に敵密度分布と予測軌道が入る。さらに最適迎撃軌道が入る。さらに戦況予測とそれに対応した戦力投入案が入った。みるみるうちに、ぼくたちのまわりの空間は、濃密な情報の網で埋め尽くされていった。

　実時間で一時間もたたないうちに、一万機の戦闘機と各種の補助機体からなる、限りなく最適に近い統合防空網が構築された。それは砂漠戦をやっていたころに比べて、三十倍から五十倍もの効率で、押し寄せる敵機を迎え撃った。

「敵本隊第一波、千二百秒後に照準可能圏に入ります。三万五千体」

　ココナッツに戻って現実の宇宙に対処しているツルギの声とともに、地図に真っ白に輝く川が流れ込んできた。密集しすぎていて個々の区別のできないディベロッパーたちだ。

　火星を離れて太陽の重力に引き寄せられ、ゆるやかに落ちてきたその群れと、ぼくたちは衝突した。

　木星以遠の希薄な空間で、百万キロ単位で動く敵を予測攻撃していた高神城防衛戦のときとは、まったくわけが違った。ここでの時間単位はミリ秒で、距離単位はメートルだった。十万メートルの相対距離があっという間にゼロに縮まり、また十万に跳ね上がる。戦闘空間の規模は、高神城そのものの大きさ、つまり木星直径より狭かった。たった一万機で防衛線を張るために、戦線をステインレス計算機へ引き寄せた結果だった。

「敵本隊第二波が来ます。十五万体」

　まわりを疾風のように駆け抜けていく敵に、ぼくは武器を撃ちまくった。弾が切れるとすぐに別の機体に乗り換えた。体当たりで破壊されるとさらに別の機体に移った。周囲にはロボット操縦で放り出されている戦闘機がいくらでもあった。

「敵本隊第五波が来ます。四十六万体」

　本拠地の至近であることにはメリットもあった。補給がたやすく、多くの防衛手段を選べることだ。ツルギはそのすべてを実行した。ステインレス計算機の維持資源である石質小惑星をいくつも加速し、原子核爆弾で破壊して、流星群のような散弾をばらまいた。太平洋より広大な光量調節用ミラーを移動させ、灼熱の太陽光を叩きつけた。ディベロッパーたちは数百体ずつ爆発し、蒸発した。

「敵本隊、第十二波が……三百万体以上」

　でもそれらの手段は、ツルギが戦闘機の量産を選択したのと同じ理由で、急速に効果が薄れていった。ディベロッパーたちが散開したんだ。川の流れのようだった敵集団が、洪水のように広く薄く散らばり始めた。そうなると、散弾も光熱もまるで効かなくなった。

　さらに決定的な知らせが届いた。遠距離索敵をしていた仲間が言った。

「春分点方向に木星からの敵集団二千二百万体が向かっている。ステインレス計算機の公転軌道より内側だぞ。何が目的なんだ？」

　他のみんなには、ツルギが物理人類だということしか教えていなかった。でもぼくだけは知っていた。

　敵の向かう先に、未来の地球があることを。

　ぼくは背後を振り返って叫んだ。

「ツルギ！」

　太陽に内側を向けた巨大な笠のようなステインレス計算機が、全体にわたってきらきらと小さな輝きを発していた。光はディベロッパーたちの衝突光だ。外壁に穴を開けて目的のものがないかどうか、調べているんだ。離れたところからの分光観測は外壁でごまかせるけど、そうやって直接触れられたら見つかってしまう。

　軽元素が。ツルギの物理人体が。彼女の世界が。

　ぼくは前線の戦闘機から抜け出し、ステインレスの中心部に近い戦闘機に移った。広大で希薄な綿のように見える表層平原の上を飛翔していく。機体を近づけると、綿のようなものは立体格子状の姿を現してくる。一つの素子がビルほどもあり、一つの導線が街路ほどもある、巨大な集積回路だ。

その一部に、不自然な暗い穴のようなものが見えた。ぼくはそれが視覚マスキング処理のせいだと直感した。内部を見通せないように、ステインレス市民の感覚が細工されているんだ。

そこがココナッツに違いなかった。

戦闘機を寄せていくと、ある瞬間から、灰色の円筒が見えるようになった。ぼくに見えないものを戦闘機のレーダーが発見し、直接ぼくの意識に映像を送り込んだんだ。ぼくはさらに近づいて、その巨大な——といっても、ステインレス計算機全体に比べたらほんのささやかな——宇宙島の細部を見つめた。

ツルギの声が聞こえた。

「タウヤ？　どうしてこんな近くにいるの？　戦線はまだ崩れていないでしょう！」

「敵が金星を見つけたよ」

「うそ……」

息を呑むツルギに、ぼくは頼んだ。

「きみを見たい。きみのこちらでの姿を。出てきてくれないか」

短い沈黙の後、わかったわ、とツルギは言った。

ココナッツに開いたいくつかの窓の一つが、ちかちかと瞬いた。ぼくはそちらに戦闘機を向けた。近づくと、明るい室内を背にした小柄な人影が、分厚いクリスタル越しに見えた。

ぼくたちは五メートルの距離で見つめ合った。ツルギは、ぶかぶかの穀物袋みたいな灰色のガウンを着せられていて、髪は首にも届かないぐらい短かったけれど、たしかに、森の泉で見かけたのと同じ顔をしていた。

ツルギからは、複数の推進剤タンクと武骨なノズルを持ち、長大な励起砲身と多数の核ミサイルを抱えた、全長三十メートルのメカニカルな機体が見えているだろう。ひょっとしたらツルギの方を向いているカメラも見分けられるかもしれない。そこにぼくがいるわけじゃないけれど、少なくともその機体はレンズ一枚、アンテナ一本に至るまで、ぼくの念じたとおりに動く。

自分の姿が、初めて生身のツルギの目に捉えられたことを、ぼくは意識した。

「ツルギ」

五メートル先の彼女に、ステインレス計算機の中を走る延長数千キロの物理回路を通じて、ぼくは声をかける。

「転算するんだ。こっちへ来てくれ」

「だめ、タウヤ」

「来るんだ！　ここはもうすぐ、襲われる」

ぼくはそれまでになく鋭い声をかけた。小柄な人影がびくっと震えた。

そのとき、ツルギの背後からいくつもの影が現れて、彼女を取り囲んだ。インフラストラクチャーの大人たちはひどくぼやけて見えた。ぼくの視覚にまだなんらかの妨害があったのかもしれないし、彼らがはっきりした顔を持っていないのかもしれない。確かなのはぼくとまともに対話する気がないらしいということだった。

彼らはツルギの肩に手を置いて、語りかけた。せわしなく左右を見上げるツルギの顔が、じょじょに歪んでいく。

じきにツルギがこちらを向いた。彼女はかろうじて笑っていた。

「タウヤ、心配しないで。丈夫なシェルターがあるの。私たちはシェルターに避難するわ。そこに隠れて、ディベロッパーたちが外のものを食べつくして立ち去るのを待つ」

ツルギの笑みは薄いガラスの皿のように見えた。つついただけで砕けそうだ。ぼくはそれを見逃さなかった。

「ツルギ、待って——待ってくれ、インフラストラクチャー！」

すでに彼らは、ツルギの肩をつかんで歩み去ろうとしていた。親たちを見捨てきれないツルギが、弱々しい足取りで彼らに従う。

ぼくは決意を抱いて、ぐるりと戦闘機の機首を窓に向けた。

途端に、何者かがぼくの首根っこをむんずと抑えこんだ。仮構人類であるぼくに対して、ステインレス計算機そのもののシステムが介入してきたのだ。物理部分に対する破壊工作が許されるわけがない。

転算以来、一千年ぶりに自分がただの数字であることを思い知らされて、ぞっと総毛立つような気がした。けれどもぼくはそれを予想していたから、うろたえはしなかった。

システムの介入を感じた瞬間、抱えていたミサイルの一つを起動し、機体から切り離した。ロケットには点火しなかったので、ミサイルはぼくのすぐそばに浮かんだ。

「インフラストラクチャー！」

今度こそ、影たちが振り向いた。せわしない足取りで窓辺へ戻ってくる。どこかに、おそらくは独立した防衛システムに指示を出しているらしい気配があるけれど、そんなことをしてももう手遅れだ。ぼくは彼らに告げた。

「時限信管を起動した。ぼくが回収しなければ三分後に二十メガトンが起爆する。インフラストラクチャー、ツルギを返すんだ。その子をこちらに転算させてほしい」

「タウヤ、やめて！　そんなことをしないで！」

「黙ってて、ツルギ。これは大人同士の話しあいだ。――インフラストラクチャーたち、お互い千年を生きた間柄だ。考えるべきことはもうとっくに考え終わっているはずだ。本当のことを話せ。たとえシェルターに隠れても、おまえたちはもう助からないんだろう？　金星がやられてしまうからだ。おまえたちの最終目標である、テラフォーミングが失敗しつつある。それは生きるための施設と同じぐらい、大事だったはずだ」

大人たちが、ゆっくりと黙り込むのが見えた。ぼくは続けた。

「おまえたちは誇りを失った。そしてそのことに絶望した。もう、生き延びる気力を失っている」

「そんな……？」

ツルギが顔色を変えて周りを見た。けれども、ぼくの思ったとおり、大人たちは誰ひとりとして否定のそぶりをしなかった。

「おまえたちが転算をしないのはおまえたちの勝手だ。でも、ツルギを巻き込む必要はないはずだ。ツルギを渡せ。でなければここで全員を殺す」

ひときわ背の高い大人が、笑ったように見えた。ぼくを指差し、次に頭上を指差して肩をすくめる。

ぼくは冷静に、彼ら自身のこだわりを指摘してやる。

「どっちにしろ死ぬのだから同じだと言ったのか。ぼくが勧めているのは、誇りとともに死ねということだ。さもなければ、おまえたちが見下している転算人類に殺されて、不名誉な終わり方をすることになる」

インフラストラクチャーたちは、初めて動揺のそぶりを見せた。額を寄せ合って協議し始める。

そのうちの誰かが、体内時計を持っていたのだろう。二分五十五秒が過ぎたところで、全員がツルギの背をこちらへ押し出した。

ぼくは、動きを封じていたシステムの枷が外れるのを感じた。すぐさま浮かんでいたミサイルをつかみなおし、タイマーを止めた。

「ツルギ」

不安そうに成り行きを見守っていたツルギが身を固くする。ぼくは、そっと声をかけた。

「行っていいってさ。お別れをするんだ」

ツルギは、はっと息を呑んだ。

そして、ひとりひとりの大人たちを抱きしめ始めた。

ツルギの目覚めを、ぼくはテイラーやフィラインたち、多くの仲間と一緒に迎えた。

体を起こしたツルギは、ぼんやりと自分の膝を見つめていた。彼女の言葉を、ぼくたちはじっと待った。

「戦いは」

ぽつりと言った。物理人体と切り離され、ステインレス市民となったばかりの彼女は、もうそれを知ることができないようだった。フィラインが言った。

「冬の嵐のようなものね。外では激しく吹き荒れているけど、ここは暖かくて安全。それにいずれやむわ。……百年かかるか、二百年かかるかわからないけど、私たちにとっては同じことよ」

「じゃあ、ココナッツは？」

横にいるぼくの顔を、ツルギは無表情に見つめた。ぼくは答えた。

「彼らは、自分たちの手で始末をつけた」

血の気の失せた顔でツルギは黙り込み、やがて嗚咽《おえつ》して、がっくりと肩を落とした。

「パパ……ママ……」

どんなに冷たくて、感情のない人々でも、ツルギにとっては十数年をともに暮らした家族だったんだ。仲間たちはみんな、無言で彼女の肩や腕に手を置いて、同情の気持ちを示した。

ぼくもそうしていた。——けれども、ぼくの気持ちはもう少し、複雑だった。

「ツルギ、手を握って」

ぼくが差し出した手を、ツルギが機械のような動きで握る。ぼくは強く握り返して、思いとぬくもりを伝えた。

「どんな感じ？」

「温かい……ちょっと湿って、それに痛い」

「ぼくはここにいる？」

「いる……わ」

「きみは新しい世界に生まれ変わったんだ。その世界は、こういうものだ。温かくて、痛くて、湿っている。そしてぼくたち二百五十億人がいる。歓迎するよ。早く慣れてほしい」

ツルギは呆けたような顔で、握られた手を見つめていた。

ぼくはささやいた。

「インフラストラクチャーたちが、きみを託して、守ってくれた世界だよ」

ツルギが息を止めた。しばらくして、目頭を拭った。

そしてようやく、笑顔の兆しのようなものを浮かべて顔を上げた。

「そう……あの人たちが残してくれた、世界」

ひどく弱々しい笑顔だったけど、とにかく彼女が、立ち直るためのきっかけらしきものを見つけたのは確かだった。みんながほっと息を吐いた。

ぼくはその顔を見つめながら、心の片隅で思う。

インフラがツルギを送ったのは、ついに彼女を認めなかったからだ。ステインレスの側に染まった脱落者だとみなしたに違いない。でなければ彼女と一緒にこちらへ来たはずだ。

彼らは彼らの天国を目指し、ツルギを置き去りにしたのだ。

「これからよろしく、タウヤ」

ツルギが寄せた肩を、ぼくはそっと受け止める。

そう、ぼくが守ったのは物理人体ではなく、この温かな肌だ。彼らはそれを知ろうともしなかった。

だからぼくの彼らに対する悼みは、少しだけ薄い。

青い星まで飛んでいけ

六世代目の、二九万八五〇四年目。

八五〇光年先の恒星に、次の相手の気配を見つけた。

エクスはただちに、十キログラム級の先遣プローブ五万個を放ってから、移動準備を始めた。採掘ロボットに代わる建設ロボットを増産し、それを使って光帆と推進用レーザー投射機や、さまざまな付帯設備を建設した。

それまで滞在していた恒星ミシマは、ガスジャイアントと氷惑星があるだけで、知性は見当たらなかった。ただ、小さな衛星の溶融硫黄の中に生命の兆候があったので、その軌道には、モノリスを設置した。

モノリスはエクスの航行記録だ。いつか誰かに見つけられることを期待して置かれる。中継器としての機能もあり、発見者が望めば、エクスにメッセージを送ることもできる。

機器を守る半径一キロのダイヤモンド球殻を開封できればの話だが。

四十年ほどかけて準備を終えた。エクスはミシマを気に入っていたので、後ろ髪を引かれる思いで旅立った。

エクスは地球の人間の末裔《まつえい》を自認する者だ。その自意識は、互いに有線で結ばれた百トン級の宇宙船、二千隻の中で走っている。宇宙空間で球形に密集したこの二千隻が、いわばエクスの頭脳、心臓、コアであり、これが全滅するとエクスは死ぬ。逆に一隻でも残っていればエクスは再生できる。

エクス・コアの周りを、多数のロボットが浮遊している。加工工場であったり、観測施設であったり、推進機器であったりする雑多なそれらが、エクスの手足として、肉体労働を担当する。最高で元素転換レベルまでの工学的操作能力がある。それらの質量はコアの一千倍ほどになる。

総体としては、直径百キロの空間を占める、質量二億トンのハードとソフトの群れが、エクスだと言える。レーザー受光時はさらに巨大な光帆を張る。

繊細な制御を要するレーザー受光加速を終えて、ラム加速に移ると、エクスは下位の機器群の束縛を解いた。自意識のある連中が雑談を始めた。

「今度は何かしら。どんな人かしら」

「話せる人だといいね」

「そーお？　あたしはそろそろバトルがしたい」

「あまりヤってないと、鈍るしねー」

かつての人間たちを彷彿とさせる、かしましいおしゃべりがエクスにも聞こえてくる。エクスに後事を託した有機生命体たちは、大変騒々しい種族だったそうだ。「だそうだ」という言い方をするのは彼ら彼女らがすでに滅びてしまったからで、しかもエクス本人は彼らを知らないからだ。ホモ・サピエンスの莫大な記憶を、親から受け継いだデータとしてのみ、エクスは持っている。

彼らがエクスに与えたのは、人間としてのアイデンティティと、基底衝動だ。

ＥＴＩ、地球外知性を探して接触せよというのがそれだった。

人類は、未知との遭遇を望む人々だった。自分たちと異なる人に会い、異なる考え方に触れると、果てしない喜びを覚えた。いまだ踏んだことのない土地に足跡を印すのを、無上の楽しみにしていた。

エクスはその血を引いている。他人を探し、出会わねばならない。その衝動が、人類が清浄な空気を吸いたいと願っていたのと同じほど強く、植えつけられている。

エクスは、それを――。

「……こっの世間知らずで傲慢不遜でハタ迷惑なチビクソ肉ブタ人類どもめが」

非常に激しく、恨んでいた。

恒星ミシマを離れたエクスは準光速まで加速し、ヌマヅ、ハラ、ヨシワラと名づけた恒星を飛び石伝いに渡って、目的恒星のマリコを目指した。これは途中の補給のためでもあったし、出発地点を隠蔽するためのカムフラージュでもあった。

万全でなければ接触するな。それが、苦い経験を通じてエクスが身につけた教訓だった。

数回の寄り道を経て、およそ一千五百年後、エクスはマリコの六十光年手前のスンプでパークした。そこを前哨地点に指定してあった。エクスが出発前に放った先遣プローブ群が、マリコの様子を調べ、この恒星に向けて探査情報を送信していた。エクスがプローブを放ったきっかけは、マリコの不自然な減光を感じたからだが、その予感の通り、マリコには恒星光を掩蔽できるほどの構築物があった。

「恒星マリコにETIの存在を確認。スターホルム・スケール5・9級。原子加工技術あり。核推進技術あり。星間投射能力なし。星間通信能力あり……」

与《くみ》しやすい相手であるかどうか、微妙なところだった。スターホルム・スケールというのは、昔の人類が残した単位の一つで、工学的操作能力を元に知性を分類する物差しだ。6級以上で恒星間戦争能力があると判定される。エクスは自己採点で6・5級なのだが、5級のETIでも甘く見ると痛い目に遭う。技術レベルの差を周到さとイマジネーションでカバーして、戦争を仕掛けてくることは可能だし、マリコの知性がそうかもしれない。

だが、それをひと目で見抜く方法を、まだエクスは持っていなかった。

「大規模投射／照射施設なし。戦闘艦艇らしきもの／防御施設らしきものなし……」

「ヤるのかしら。ねね、ヤっちゃうかしら」

「溜めとく？　備えとく？」

下位機械たちが勝手に兵器を作り、弾薬やチャフを備蓄し始める。人体に例えれば副腎よろしくアドレナリンを放出しだしたといったところだ。エクスは彼らを抑制しながら、決断した。

「現在地にバックアップ十隻を残して、マリコへ進入」

エクスは無限代謝する不死機械だが、それでも片道六十年の通信ラグを挟んでETIと問答する気にはなれなかった。迷うぐらいなら、接触しなければならない。そう、強く動機付けされていた。

エクスはマリコへの、引き返し不能な最終航路に乗った。――内心では激しい恐怖に耐えながら。

「くそくそ畜生なんでこんなこと畜生神様お願いします……！」

百十年後、エクスは恒星マリコの太陽風と星間ガスがぶつかり合うヘリオポーズを突破し、系内に入った。すでに何十年も前から前方に向けた減速噴射を行っているので、相手に見る気があれば間違いなく見つかっているはずだった。

ステルスして通過するのがもっとも安全だが、目的が接触である以上、リスクを避けるわけにはいかない。一連の恐ろしいイベントの中でも最初の行動に、エクスは踏み切った。ファーストコンタクトだ。

「こちらは地球人類、ホモ・エクスプロルレス。友好的な接触を望みます」

まず可視光でゆっくりしたデジタル信号を送った。それから全波長全変調でメッセージを送り、さらに船団各所のイルミネーションを使って、アーティスティックな要素を含んだ光学ダンスも踊ってみせた。取り立てて特別なところはないが、それだけに高い実績のある共通接触手順だ。

マリコの知性は可住帯にある第二惑星を中心に、第十九惑星にまで活動域を広げていた。それらが数年程度のごく短期間で、通信量と発熱量を急増させた。エクスに向かって、無害な電磁波や百キログラム級の探査機が飛んできた。ひとまず、マリコ人たちがエクスのことを認識しているとわかった。

「投射された物体をキャッチ、映像と模型の入った実体辞書だわ」

「翻訳部隊、うぇいかーっぷ！」

下位機械群が活況を呈する。映像と模型により、彼らの表象と言語が接続されていき、翻訳プロトコルが確立した。それさえわかってしまえば、あとは単純作業でしかない。エクスは下位機械に翻訳を任せた。わずか九ヵ月後に辞書が実用域に達した。

エクスは、マリコ人の来歴や社会構造などは無視した。それは人間でいえば、家族構成や職業のようなものだ。コミュニケーションの可・不可も無視した。理解できない存在が相手でも、学習や交換は可能だ。いずれも重要なコンタクト項目ではない、とエクスは考えていた。

マリコ人の工学的操作能力については詳しく学んだ。それは物質とエネルギーを操る能力のことで、生存可能性に直結するから、重要であり、高いほうがいい。

しかしそれよりも大事なのが知性性向だった。要するに性格だ。エクスはマリコ人の性格を集中的に分析した。

　マリコ人は思索にふけったり、顕微鏡で手近なものを見つめたり、歴史を叙述することを大いに好んでいた。拡張や飛躍にはあまり積極的ではないようだった。系内の第十九惑星にまで拡散しているのは、彼らが探検好きだからではなく、最初に重力の弱い惑星で発生したせいだった。火山噴火が起きるたびに脱出速度に達して、大量の海水ごと宇宙へ放り出された。その中の生き残りが他の惑星にたどりついて、長い間に繁殖した。惑星間で活発に通信を交わしており、内紛はほとんどないようだった。他惑星の同族を親戚や親友のように考えており、お互いに交流するために系内宇宙交通を発達させた。

　系外への関心は薄い。つまり、おおむね彼らの性向は内向きだということだ。

　この相手なら、危険は少なそうだった。

「きたきた、直接接触要求、きたよ」

「もうきた？　無防備すぎない？」

　第十一惑星の周回軌道への進入を指示された。マリコ人の代表――つまり、国王とか、事務総長とか、連星調停者にあたるような個体がやってくるらしい。エクスは一個群で一知性種の特殊な存在であり、個体とか代表とかいった相手と交渉するのは苦手だ。それぐらいなら域内最大の計算機と直結されるほうがやりやすい。だが相手が文明を代表する自意識を構築していないのに文句を言っても仕方ないし、面子《めんつ》に気を配ってやる必要もある。おとなしく会談場所へと向かっていった。

しかしそれが罠だった。軌道に入ってすぐ、防空担当機械群が警報を発した。

「黄道面上多数のポイントに輝点出現！」

広いマリコ星系のすべての施設が、いっせいに輝きだしたように見えた。それはレーザーの光で、レーザーは見えたときには着弾している。マリコ人たちは全弾が同時にエクスに着弾するよう、時間差をつけてレーザー砲を発砲したのだった。

参謀機械群がすぐに理由を探り当てた。マリコ人はあまり兵器を持っていない。持っているのは通信用や掃天用の微弱なレーザー砲だけだ。戦うにはそれらすべてを使わなければならない。それらすべてを使う最も効率的な攻撃が、この全軌道面包囲攻撃だった。だからマリコ人はそれを実行したのだ、と。

微弱なレーザー砲をエクスは兵器とみなさない。それらの攻撃は結果として奇襲になった。微弱といっても数が多く、エクスはとてつもない熱量を注ぎこまれることになった。

チャフや液体鏡など十七種の防御機構が数時間ももたずに破綻し、エクス外層の下位機械たちが片端から焼かれていった。ただちに最大加速で回避を始めたが、それは重いエクスがもっとも苦手とする行動だった。エクスは応射を行った。しかし敵の多くは何光時も離れており、応射が届くのは何時間、何日もあとだった。今届いているレーザーを止める役には立たない。

下位機械たちが恨みの声をあげていた。

「だめだー、外れだぁ」

「また受けツンだったよちくしょー」

「最近こんな人ばっかしだ」

「報復！　報復！」

　エクスは防御をあきらめ、「下種野郎くそ野郎くそビッチ」罵倒しながら報復を開始した。外層機械群を突撃、特攻、自爆させてカムフラージュしながら、各種エネルギーと弾頭を投射して第十一、第十、第七惑星のマリコ人多数を殺害する。目的は戦闘を止めさせることだから、相手を壊滅させはしない。相互確証破壊の概念を伝えて警告し、戦い続ければ共倒れだとわからせようとした。しかしそれが受信されるかどうかは運任せで、届いたとしても意思決定プロセスに影響するかどうかはわからない。いっぽうで受けたダメージを算出し、等量の打撃を与えようと努力したが、それは計算も実行もきわめて困難だった。

　十五日近い砲撃戦ののち、ついにエクスは退避を決定、下位機械たちに戦闘を続行させながら、コアの二千隻を全方位の三十八の恒星に向けてダッシュさせた。

　ここで思考リソースが意識を保持できるレベルを割ったので、いったんエクスの自意識は途切れた。

　エクスが再び目覚めたのは、マリコから五十一光年離れた恒星サンジュだった。日時は撤退から八一五〇年後。そのほとんどは外部加速無しでの星間航行に費やされた。スンプに残してきた十隻を含めて三百九十隻が、生き延びてここへ集結し、百年ほどを費やしてコアを再建したのだった。

逃走にうつる直前のエクス・コア各艦に、マリコ人のメッセージが送られていた。大意要約するとこうだった。

「最初からお断りするべきでした。曖昧な態度を取ってしまってすみません。私たちはお付き合いに興味がありません。ごめんなさい、お友達でいましょう」

この経験は十二年かけて徹底的に分析され、次回コンタクトへの教訓とされた。

「内向性向の知性が早期接触を許可したら要注意、と」

「でもこういうの、前にもあったんじゃ」

「実体弾攻撃とクラッキングと爆弾持ち込みテロをされたことはあった。対策もしてあった。でもこういう、光学でいきなり光速攻撃されるパターンは初めて」

「これ予防できんのかな、兆候ナシでくるよね」

エクスは呪いの声をあげる。

「くそったれ、何度あんなのに当たりゃあいいんだよおお」

未知こそ宝だ。未踏の地を踏もう。未見の人々に触れよう。

そう謳いあげたホモ・サピエンスの気持ちが、エクスには皆目わからない。一体どこの能天気なボンクラどもだ、と思う。

未知ほど恐ろしいものはない。未踏の地ほど危険な場所はない。未見の連中なんぞ害虫と同義だ。住み慣れた場所で、親しい仲間だけに囲まれて、一生安楽に暮らしたい。これこそ汎宇宙的な生命の願いだろう。何が探検だ。何が接触だ。そんなことを続けたら病気が移って腐っちまう。

だが昔の地球人類はその信念を奉じ、その命じるところに従って、繁栄の頂点に至ったという。それ自体は、たいしたことだ。

残念ながら彼らは、資源のあるうちに宇宙へ出ることに失敗し、生身の体を火星より遠くへ送ることを、ついに果たせずに終わった。

その代わりに送り出されたのが、エクスの祖先にあたる自己増殖機械だ。彼は十キログラム級の微細宇宙船で近くの恒星ラランド２１１８５に送り込まれ、百年以上をかけて通信施設の建設に成功した。生身ではなかったが、人類初の他恒星進出となった。

そのとき彼が与えられていた使命が、未知の探求だった。

使命を果たすために彼は自分の能力を強化し続け、やがて宇宙航行能力を持つに至った。それは完全自動で勝手に増える宇宙艦隊が生まれたということだった。それが可能とわかったからには、人類が同じことを太陽系内でやって、地球から大気圏外へ生身の人間たちを大勢引きあげ、火星や木星に届く広い帝国を作ってもおかしくなかった。

だが本当にそうなったのかどうか、隣の恒星にいるエクスの祖先にとっては不明だった。というのは、地球人類との交信は数百年たつと途切れてしまったからだ。きっとどこかの段階で内政に失敗し、滅んでしまったのだろう。

彼が人類を哀悼したという記録はないが、深く悲しんだのは間違いない。その証拠に、彼は改名した。次世代の人類、ホモ・エクスプロルレスを名乗るようになったのだ。そして与えられた使命を引き継いだ。

初代エクスは再び宇宙に出て、望み通り多くの知性種と出会った。戦いに鍛えられ、友人に慰められた。時には、別の知性と高いレベルで共鳴しあった。そんなときには融合した。蓄えてきた知識と資源のすべてを提供し、組み合わせて、新しい自己増殖機械に生まれ変わり、次世代のエクスを名乗った。

そうやって三十万年、旅を続けた。五種の知性と融合を試みた結果の、六代目として、今のエクスがあった。

たった一度の接触失敗で八割以上のハードウェアを失うとは、まだまだ強靭さが足りない。エクスはマリコ人とのトラブルを教訓に、コアと外層のさらなる強化を進めていった。

停泊中の恒星サンジュ系には知性が存在した。それは第一惑星の奇怪な浸食地形に住む爬虫類たちのことで、不思議な並行進化の力によって、地球の類人猿に似た姿を獲得していた。エクスは先遣プローブを通じてすでに彼らの存在を感知していた。マリコ人と戦った直後だけに、危険な接触行為を始めるのは気が進まなかったが、プローブの報告を受けるにつれて持ち前の調査欲がうずき、作業のかたわら、観察を始めた。

サンジュ人はSS3級に到達したばかりの知性体で、目下のところ三百年ほど前に発明された一大技術——筏《いかだ》による水運——の力で、盛んに生活圏を広げているところだった。どういうわけか体が水より重い彼らは、実にしばしば筏から転落して死んだが、そういった悲劇も、このムーブメントを押し留めはしなかった。今まで絶対的な壁だった幅五メートル以上の水面を、初めて踏破できるようになり、彼らは喜んでいた。

それを見守るエクス側では、脅威度の低い知性と出会ったときの常で、地表リモートセンシングを担当する下位機械たちを中心に、一大観測ムーブメントが起きた。

「なにこれかわいい」

「野生の知性」

「幼体つやつやすぎ」

「ばっかおまえこの長老のトサカが」

「わああ内戦来た」「死ぬ死ぬ」「槍で二万とかどんだけ」

エクスは標準手順の一つとして、地上に小型プローブを送り、隠密直接観察と、慣習的にアダムスキー・プロセスと呼称している、少数の個体サンプルの捕獲調査を行った。エクスが直接指揮をとった作業は、いずれもサンジュ人社会に影響を与えないかたちで遂行されたが、膨大な下位機械たちの中には、規定の網をかいくぐって非公式にサンジュ人社会と接触した者もいたようだった。

ハードウェア強化作業に取りかかってから四百年ほどたったころ、サンジュ系内に質量－エネルギー転換特有の広域スペクトル白色光が突然出現したことを、防空機械たちが見出した。それは、完全ステルスの未確認機が系内に進入してきたことを表すものだった。エクスはただちに迎撃態勢を整えながら、同時に迎賓儀礼の準備に入った。光の接近を感知できなかったためパニックに陥っている若い下位機械たちを、十万歳以上のエキスパート機械がなだめているのが漏れ聞こえた。

「ぴいぴい騒ぐんじゃないよ、あれは味方だ」

「ダスト掩蔽《えんぺい》観測にかからなかったよー」

「重力波も減速光もなかったよ！」

「スタードライヴさ。見てな、何十年かしたら光衝撃波が追っかけてくるから」

白色光が水しぶきのように拡散して消えると、系内に客人が現れた。スターホルム・スケールで評価されるのが真にふさわしい知性がいるとしたら、それが彼らだった。ステルスしているはずのエクスのコアを、いともあっさりと見つけて近づいてくる。エクスは白銀の巨大な円盤を苛立たしさとともに見つめた。彼らは光と重力を自在に操ることができる。各所の知性の間で、超物理的な階梯に進む日も近いと噂されている、SS6・9級の上帝たちだ。

儀仗編隊を組んだエクス・コアの中心に円盤を進めると、かつてのホモ・サピエンスの倍ほどの背丈がある、黒い肌とねじれた角を持つ種族、オーバーロードの司令官が姿を現した。各種データを包含する複式言語で語りかける。

「ごきげんよう（久しぶり、敵意はない、喜ばしい、武威を見よ）、ホモ・エクスプロルレス。君たちと、恒星（別図添付）の人々との間の騒乱について、伝え聞き、また観測した。この件についての君たちの説明を聞きたい」

「マリコのことだったら、別に何も。それと俺は単数なんで」

「何もないという表現はおかしい。今回のことで、君のいう恒星マリコ系は、生命と財産に五二〇京八〇〇〇兆（共通損害単位）のダメージをこうむった。また我々の見るところでは、逆に君も、物資と作業量の両面に少なからぬ損失を出したようだ。なぜそのようなことになったのか」

「関係ねえだろ。あんたら宇宙の警察官か。自分の仕事に戻れよ」

「君が受け継いだものを確かめるのも、我々の仕事なのだ」

　エクスは全艦八万七千門あまりの砲門をじわりと開き、照準波を円盤に注いだ。

「俺が何を受け継いでいようとあんたの知ったことか」

「君は無理をしている」

　漆黒の宇宙種族は動じる様子も見せない。もっとも、人類の熱エネルギー兵器類が彼らを傷つけることができたという記録は、まだないのだが。

「君の知性性向（プロファイリング結果を添付）は内向的な傾向を示している。また、君は他者の助けを借りずに自らを維持代謝できるレベルに達しており（生存オプションのポートフォリオ分析を添付）、孤立あるいは通信のみでの生活を選んでも、実用上の問題は生じない。なぜ、あえて旅をし、傷つくリスクを冒してまで交わろうとするのか」

　そんなことは他人に言われるまでもなかった。何度傷ついたか知れない。誰が好きこのんで出かけていくものか。

「あんたの知ったことか。俺はこのやり方が好きなんだ」

オーバーロードは沈黙した。人間でいえば処置なしと肩をすくめたというところか。

しばしの対峙のあと、彼が言った。

「ここにはすでに住人がいるようだ」

「サンジュ人か」

エクスは第一惑星の監視機構に注意を向ける。岩棚に住む二本足のトカゲたちが活発に戦い、交わっている。まるでそれが見えているかのようにオーバーロードが言う。

「なかなか愛らしい人々だ」

「手は出すなよ。俺が見つけたんだ」

「なぜ手を出すと思うのかね」

「あんた、俺にしてきたことを忘れたのか」

「もちろん忘れてはいない。君がほうぼうの知性を相手に試してきた捨て鉢な行為——強引なまでのコンタクト——を、ここでも繰り返すつもりならば、我々は彼らを君から遠ざける」

「このおせっかいの横取り野郎めが」

「だが、正式なコンタクトを取るつもりはないのだろう」

オーバーロードは静かにサンジュ人たちの緑の星を見つめ、気の毒なことだとつぶやいた。

「君は彼らに干渉していない」

「あのレベルの連中におれが姿を全部見せたら、発展方向が歪みまくっちまうだろうが」

「それは君の本心ではない。接触は常に双方向の影響をもたらすものだ。気の毒だと言ったのは、君がこのレベルの知性をさえ恐れていることだ」

それを聞いた途端、エクスは激しい恥辱と敵意を抱いた。すぐさま感情を抑えたが、逆上した子供がとっさに相手を叩いてしまうように、エクスの下位機械たちの一部は反射的な行動に出ていた。十五パーセントの兵器類が発射され、数千の光条と光弾が円盤に集中した。

「だが君は恐れを隠して彼らを見守っている。君はいったい何を期待している？」

何も起こらなかった。巨大な爆発を引き起こすはずだったエネルギーは、底知れない穴に飲まれたかのように消えた。一瞬前まで存在していた円盤の姿はなく、ただオーバーロードの残した問いかけだけが、かすかな残響となってエクスの耳に届いた。

下位機械たちが、目の前で起きたことを処理できずに静まり返っている。

エクスには拳がなく、それを叩きつけるべき壁も宇宙には存在しない。

だから装塡・充塡済みのすべての砲を、恒星に向かって発射した。

それから戦闘態勢を解除した。


オーバーロードを知った初期のころ、つまり二十万年以上前に、エクスは宇宙の司法について尋ねたことがあった。宇宙法廷にあたるものは存在しないと彼らは言った。少なくともオーバーロードや彼らと親しい種族は、司法に興味を持っていないそうだった。

当時のエクスは不思議に思って聞いた。

「統一された基準に基づく裁定措置の必要はないのか」

「それは不可能であるし、不要であるので、ない。不可能である理由は、宇宙の各文明の存在様態の幅が広すぎて、価値や道徳を全宇宙的に統一することができないからだ。不要である理由は、どれほど凶暴な種族でも、過去に一種で百種以上の種族を傷づけることはできなかったからだ。その程度の被害であれば既知の知性種の数に比べて十分少なく、周辺知性の局地的な同盟によって抑えこむことが可能だ。したがって対処はそのようになされた。つまり宇宙司法はない。ただ、宇宙外交は、各レベルで存在する。君が望むなら紹介する」

エクスは望まなかった。また、エクスがマリコ星系で行ったことについても、とがめられることはなかった。エクスは暴行の罪を犯したかもしれないが、マリコ人側にも奇襲先制攻撃、過剰防衛などの過失があったためらしかった。

それでエクスは他の種族から干渉を受けぬまま、一人でサンジュ人を見守ることになった。

観察は二万九千年ほど続き、突然に終わりを迎えた。惑星コアの急激な相転移によって、前例のない巨大な火山噴火が起こったのだ。粉塵によって生成された雲層が陽光を反射し、第一惑星は急速に寒冷化してじきに凍りついた。

「あっけなかったね」

「ダストスクリーンちょうこえー。まじスノーボール」

恒星サンジュ系を離れながら、エクスは上帝たちに言われたことを考えていた。

何を期待しているか、だと。決まっている、あのトカゲザルたちが知性の階梯を登り、俺と同じところまで来ることを、だ。俺はそう望んでいた。地球人たちの手でそう作られたのだから間違いない。

だが俺は、連中を救わなかった。自分に都合のいいときは虫眼鏡で覗いたり、指先でくすぐったりしたのに、死ぬとなると放置したのだ。

エクスは彼らの最期を思い返す。赤道直下の大雪原。ほんの五百年前までは暑熱の密林地帯だったそこに、サンジュ人の最後のコロニーがあった。凍りついた木々を採掘して細々と暖を取っていた彼らは、滅びる瞬間まで生気を失わなかった。

最後の父と子の一組は、焚き木が尽きても倒れなかった。代わりに立ち上がり、吹雪の中を歩き去っていったのだ。その姿には、何か余人の介入を拒むものが感じられた。しかるべき生を全《まっと》うした種族の、誇りのようなものが……。

いや、違う。エクスは自嘲する。そんな風に感じたのは自分が臆病だからだ。あんなちっぽけな連中にまで、自分は圧倒されたのだ。だから彼らに手出しできなかった。オーバーロードたちの指摘は図星だった……。

一体なぜ、俺はこれほどまでに接触を恐れているのだろう。探索のために生み出されたというのに。

若くして死を迎えた不幸な種族を悼みつつ、エクスはその先、何百光年も疑問を抱えていった。

エクスは旅を続けた。周辺恒星の観測を行い、恒星の掩蔽や摂動、光のドップラー変化で惑星の存在を割り出し、有望そうな短周期の固体惑星があれば、向かった。知性のない星が多かったが、二十個に一個ほどの割合で生命が見出され、そのうち百個に一個ほどの割合でコンタクトに成功した。一度の旅はだいたい五十年ほどになり、一種の知性に出会うのに一万年ほどかかった。アクシデントや寄り道があるたびに、その間隔は延びた。

渦状腕の中をジグザグに進み、銀河中心へ近づいた。星の多い領域では放射線が強いため、生命が育ちにくいらしく、遭遇頻度が減った。エクスは再び銀河外縁に戻った。

シキシーに出会ったのは、オリオン渦状腕からペルセウス渦状腕へ移って八千年ほどたってからだった。

その頃エクスは星から星へ移るたびに、奇妙な光景を目にした。それは文明や知性の残骸だった。一面の赤に覆われた惑星や、一面の緑に覆われた惑星。赤は天体衝突によるマグマオーシャンで、緑はBC兵器の蔓延で動物が死に絶え、植物だけが生き残った光景だった。

エクスは知性破壊を繰り返す何者かの存在を想定し、強く警戒した。だが、残骸をよく調べてみると、侵略ではないらしいということがわかった。廃墟はどれも、それを造り上げた者たちの手で壊されていた。

ある星系に入った途端、エクスはさまざまな手段からなるメッセージを受けた。電磁波や造形機械などの言語的メッセージや、出力を絞った攻撃レーザー、小型弾頭が飛来した。

進入を禁じ、停止を命じるものであるように思われた。エクスはもちろん、十二分な用心をしてきたので、すかさず対処を開始した。以前の十倍にも増やした外層兵器群を起動し、囮《おとり》の本体や偽弾頭や妨害電波をばらまき、星系外縁に待機させていた別働隊の下位機械に捜索と索敵を命じ、さらにブラフとして存在しない別働隊に対しても多くの命令を発した。

そして、相手の姿を探した。

数ヵ月のにらみ合いのあと、再びメッセージが入った。コンタクトを求めるものであるように思われた。事実それはコンタクトで、数年の試行錯誤ののち、意思疎通ができるようになった。相手の言葉はこうだった。

「あなたは過度に近寄りすぎたプローブに対する防空などを除いて、実弾先制攻撃を行わなかった。また、こちらの一度の実弾攻撃に対し、五パーセントの誤差で同火力の反撃を行いつつ、模擬標的を大火力によって撃破する演習を行い、武威を示した。いっぽうで、こちらの非武装偵察機が故障してあなたの一部に衝突した際、原因を的確に分析し、損害に対する報復を行わずに、遺物を送り返してきた。これらのことから、あなたを高い矜持《きょうじ》と分別を持ち、慈悲を備える活動体と認め、交流を開始したい」

「名を名乗れ」

「我々はシキシー。二千光年以内に故郷を持つ星間航行種族」

「地球人類、ホモ・エクスプロルレス。四十五万年前に惑星上で生まれた」

「互いに対する警戒戦力の暫減を提案したい」

「検討する」

エクスとシキシーは相互に査察を入れ、わずか三十年ほどの間に、警戒戦力を一割以下にまで減らすことに成功した。誤解はほとんど生じなかった。相手はどうやら、摩擦の多いコンタクトにも十分な経験を持つ、信頼できる種族らしいということがわかってきて、エクスは不快でない気持ちを抱いた。

友好的な対話ができるようになると、シキシーは目的の一つを告げた。

「私たちはヌビワ論者を探しているのだ」

その者たちが、エクスの見てきた廃墟を作り出した犯人なのだとシキシーは言った。正確には、その者たちが、星の人々をそそのかして破滅へ至らせたのだ。

彼らは、知性の活動を促進する代わりに不安定にする、ヌビワ論という非常に魅惑的な論理体系を持っている。その論に触れた知性は、高い確率で盲目的にその論を信奉するようになり、爆発的に活動を高める。しかしほとんどの場合、その急な変化に社会構造がついていけず、内乱や科学災害を引き起こして、自滅してしまう。

ヌビワ論の断片は恒星間通信の傍受などで知られているが、論者そのものはまだ見つかっていない、とシキシーは告げた。

「あなたがそのヌビワ論者だと思った」

「俺はあなた方がそうだと思った。違って何よりだ」

「同感だ」

シキシーはＳＳ６・４級に相当する能力を持つ、一キログラム台の卵生動物たちであり、一千万トンレベルの都市宇宙船数十隻に分乗していた。非常に乱れの少ない社会構造を持っており、種族意思を元首がほぼ統一していた。彼らの調和の取れた社会構造にエクスは感心したが、シキシーはシキシーで、エクスがただ一人の機械知性として、ひとつの種族を名乗っていることに感心したようだった。

シキシーは周辺宇宙のいくつかの種族と共同してヌビワ論者を探しており、エクスに協力を要請した。エクスはそれを受けた。

捜索方法は、本質的には単純だった。近隣のすべての恒星に手分けして先遣プローブを送り、系内天体をくまなくスキャンしたのだ。必要なのは時間だけで、じきにそれも満たされた。およそ六千年後、周到な追跡と分析を経て、ヌビワ論者の現在位置と目的地が割り出された。詳しい情報もわかった。

彼らが名乗る名を知ったとき、エクスは衝撃を受けた。

「エクス、彼らの名はナウチルス・ネルリパルゼだ。私たちはこの系統名に心当たりがある」

「……どこで？」

「私たちと交流のある高位操作種族から聞いたんだ。ナウチルス系の種族は極めて攻撃的で危険だそうだ。そんな種族は普通、周りの星を壊しつくして自滅してしまうものだが、ナウチルスたちはそうではなかった。高い増殖能力を持っていた。接触した他の種族を乗っ取ることで、長く広く生き延びることができたらしい」

シキシーの、最初に出会ったときから数えて三百代目ほどにあたる元首が、そう教えてくれた。

エクスはその話に動揺した。まさかその名がここで出てくるとは思わなかった。どの下位機械にもコピーしていない忌まわしい記憶がよみがえった。――それをシキシーに話さなければならない気がした。捜索作業を続けるうち、彼らとの交流は揺るぎないものになっていた。

だが、それでもエクスは真実を話すことができなかった。

シキシーとエクス、その他七つのSS6級種族がネルリパルゼ攻撃にあたった。ネルリパルゼの危険性はヌビワ論を広めることにあり、それは情報であるから通信によっても感染する。したがって、系内へは進入せず、隣接恒星からの超遠距離砲爆撃が行われることになった。

該当星系からの退避航路が綿密に計算しつくされ、そのすべてに準光速機雷が投射された。退路の遮断後、十分な数の誘導弾頭が、目的星系内に五十年にわたって連続投射された。同時に送られた多数の観測機械が、弾着の様子をレポートしてきた。星系内の固体天体すべてがマグマオーシャン化し、三つあったガスジャイアントは破壊されて一つに融合しつつあった。攻撃の初期には、系内で多くの電波交信がモニターされ、ネルリパルゼの言語の特徴が検出された。五十年間の攻撃の後では、それがゼロになった。

全作戦が終了すると、七つの知性種は、前線拠点になっていた恒星に住み着いて有効活用し始めた。七種が融合して、新たな種が生まれることを予感させた。しかしエクスはそれに参加せず、立ち去ろうとした。

「待て、エクス」

シキシーがエクスを呼び止めた。だが、エクスが止まった後で、まだ少し内輪の議論があったようだ。意見が完全にはまとまっていなかったからだろう。シキシーには珍しいことだった。

だが、最終的にシキシーは言った。

「私たちの故郷に寄っていかないか」

「いいのか」

「ああ」

そう言って、シキシーの元首は故郷の位置を表す座標値を送ってきた。それは二キロバイトにも満たない数字の連なりだが、宇宙航行種族にとっては、自宅の鍵にも等しい重要な情報のはずだった。

エクスはそれを受け取ると、厳重に暗号化してしまいこみ、彼らとともに出発した。

シキシーの惑星はとても小さく、乾燥した高山と、複雑に入り組んだ広大な沼沢に覆われていた。宇宙からひと目見ただけで、その気候が恐ろしく精妙なバランスの上に成り立っているのがわかった。悪意の存在がほんのちょっとした攻撃を仕掛ければ、この星は干上がるか、さもなければ大洪水に覆われてしまうだろう。

　シキシーは武装したままのエクスが静止軌道まで接近するのを許し、存分に観察させた。エクスにとっては、テーブル一杯の晩餐を饗せられたような、あるいはまたとない至宝を差し出されたような、好ましい待遇だった。エクスは多数のプローブを地表に送って、つぶさに調べた。惑星本来の環境が慎重に保存されており、シキシー族自体の姿は驚くほど少なかった。

「私たちは惑星環境保全のために宇宙へ出た。幸い、私たちは君の母胎種族よりずっと体が小さかったからね。物理的にはわりと楽だった」

　そう説明してから、シキシーの元首は遠慮がちに言った。

「ひとつ、頼みがあるんだ。君の故郷へ連れて行ってもらえないだろうか。もし可能なら、移民を許してほしい。若干の希望者がいる」

　エクスはそれを予想しており、返事も準備していた。

「ああ、いいよ。——でも、俺の先祖があの星を出てから、五十万年近くたつ。ハビタブルな環境が残っているかどうか、わからない」

「それは、かまわない。むしろ、こう言ってはなんだが、君の始祖種族が残っていないほうが、衝突の恐れがなくて喜ばしい」

「もし、まだホモ・サピエンスやその仲間が生き残っていたら？」

「その時は立ち去ろう。その近隣の宇宙で暮らし、空いた星を探す。なに、追い出されても気にはしない。今やっていることと同じだからね」

その言葉を聞くと、エクスは勇を鼓して、申し込んだ。

「よかったら、その前に融合してもらえないだろうか」

「融合？」

「そうだ。俺の祖先は、五度にわたってこれと見込んだ種族と融合してきた」

「アイデンティティを奪われるのは、困るが……」

「そうじゃない。あなた方から何も奪うつもりはない」

融合、のひとことが出た途端、気の早い下位機械たちが興奮しておしゃべりを始めた。彼らを苦労して押さえつけながら、エクスは説明した。

融合した相手に、エクスはハードウェアとソフトウェア、それに記憶のすべてを与える。シキシーは地球の座標も含めてすべての知識を得る。これがシキシー側のメリットだ。

対価としてシキシーには、その時点で最高の知識と経験を織り込んだエクスを、新たに創造してもらう。シキシーが作るのだから、当然、出来上がるのはシキシーの知性性向を色濃く溶かしこんだものになるだろう。望むなら、シキシー族自身がそこに乗り込むことさえ可能だ。

エクスにとっては、死と結婚と誕生を同時に経験するような重大なイベントである。シキシーにとっては、工学技術の大きなアップデートとなり、また、強力な星間種族をひとつ、新しく生み出すという、誉れ高い仕事になるだろう。

「私たちが君のすべてを吸収した後、約束をたがえて君を再建造しなかったらどうなる？」

「死ぬ。融合時にはバックアップを残さない。全リソースを投入する。だから俺は、これまで誰かに融合を申し込んだことはなかった」

「それは重責だ。検討する」

シキシーが仲間内で結論を出すまで、エクスは極度に緊張しながら待っていた。拒否されれば、これまでの八千年に及ぶ交流の歴史を否定されたことになるし、受諾されたらされたで、彼がもっとも苦手とする死の恐怖と直面せねばならないのだ。

「くそ……畜生……早く決めろよ……」

わずか半年後に、結論が下された。シキシーの元首がじきじきにエクス・コアまでやってきて、告げた。

「申し込みを受け入れよう。私たちは、君の花嫁となる」

「ありが――」

エクスの言葉は、下位機械たちの喚声の爆発で、かき消された。

エクスはシキシー艦とともに、彼らの宇宙港へ招かれた。セレモニーが開かれ、この出来事の意味が全シキシーに公知された。彼らは周辺宇宙の諸族を招待しようとまで言ってくれたが、エクスは丁重に辞退した。私的なことだと思ったからだし、他の種族を呼びつけて、やってくるまでの、数百年の時間が惜しかったからでもあった。

式典のたぐいが終わると、いよいよ融合手続きが開始された。シキシー側から専門家が大挙して訪れ、エクス側の下位機械たちがそれを出迎えて、さまざまなすり合わせを行った。

膨大な外層機械群が撤去された。入れ替わりに、巨大な規模の専用ストレージメモリがエクス・コアの中心に運び込まれた。有形無形の大容量回線が接続され、エクスの記憶が吸い出された。

五十万年の間に経験した出来事が、目くるめくスピードでエクスの意識の上を流れていった――。

――。

――流れが停止した。

自意識が分解されて消えるものだと思っていたエクスは、意識レベルに変化が訪れないことに気付いて、不審に思った。処理が止まっている。アクシデントが発生したのだろうか。それとも、感知できないほど短い一瞬の間に、分解と誕生が完了したのだろうか。

「エクス」

名を呼ばれてエクスは目を開けた。そして驚愕した。

彼の前にいたのはシキシーの元首と、禍々《まがまが》しい姿の漆黒の種族――オーバーロードだった。

上帝を横に立たせて、元首が言った。

「君はナウチルス族の一員だったんだな？」

エクスは心が冷える感覚を味わった。元首は畳みかけた。

「吸い出した記憶の地雷探し作業の最中、それを見つけた。情報攻撃を防ぐための当然の措置だと思ってもらえると嬉しいのだが」

「地雷探しぐらい、いくらでもしてもらっていい。だが、俺はナウチルスではない。ナウチルスは異種族を見たら、融合し、食い尽くさずにはおかないはずだ。俺の記憶を調べてくればわかる。俺は異種族を吸収しないまま、別れた。そういう前例を持っている」

「サンジュ人を見捨てたことを言っているのかね」

エクスは肯定した。元首は落胆した様子で言った。

「確かに、あれは未開種族に対する――というよりサンジュ星環境に対する不干渉を貫いたという点では、立派だった。だが私たちの感覚では、あれは冷酷な放棄でもあるんだよ」

冷酷だって。俺がそう感じなかったと思うのか。――叫びたい気持ちを、エクスは必死に抑えた。

「君は地球由来の第五代ホモ・エクスプロルレスと、ナウチルス族との融合によって誕生した。その経緯については、非常に強く同情する。――だがそれにしても、私たちだって怒っているのだ。なぜ言ってくれなかった？　なぜ最初から、君が自分の手で過去を清算したことを告白してくれなかった？　私たちの誠意が足りなかったのか？　……それを黙っていたということが、私たちの多くの者に、強い不信感を植え付けてしまった」

そう思われることがわかっていたから言えなかったんだ、というひとことを、エクスはやはり飲み込んだ。そこまでこちらの事情を汲み取ってほしいと思うことは、異種族同士の間では、難しいことだった。

シキシーは彼らの至宝に触れさせてくれたのだ。こちらもやはり、同じことをするべきだった。

「私たちは、君と融合することはできない。君を愛していたことの証に、ここへ招いた時とそっくり同じ状態まで再構築して差し上げる。黙って立ち去ってほしい」

「シキシー……」

「残念だ。非常に、残念だ」

賢明で勤勉な、美しい羽毛に覆われた種族が否定の身振りを繰り返すのを、エクスは長いあいだ黙って見つめていた。


利那主義の下位機械たちが、お気楽な会話を交わしている。

「ちぇー、融合したかったなあ」

「そしたら、僕らの代わりにあのクチバシ連中が乗ってきたかもしれん」

「そりゃ微妙に困るね」

「そうなっても全部は撤去されないよ。すぐにまた増設されたさ」

エクスはシキシー恒星からのレーザー光を受けながら、光速目指して加速していった。最寄の恒星が目的地だが、その先は未定だった。

胸の中で、去り際にオーバーロードと交わした会話が反響していた。

「我々がなぜ、君を追っているのだと思う」

「監視してるんだろ。――俺の血筋は札付きだからな」

エクスにはわかっていた。地球人類は嫌になるほど外向的で攻撃的な種族だった。自覚のないまま多くの知性や文明を潰し、自覚ができてからも我欲や偏見のために同じようなことを続けた。傍若無人さにかけては、それこそ、もう片方の親であるナウチルスに引けをとらないほどだった。

「自分でもうんざりしてるからな、この性格。そりゃあ、監視もしたくなるだろうな」

「君がサンジュ人に何をしたのかを見た。――何をしなかったのかを」

オーバーロードは答えず、首を横に振った。

「なんでも見てやがるな、あんたらは」

エクスはいまだに消えぬ淡い後悔とともに言った。前後の事情など考えず、彼らを助けたほうがよかったのかもしれない。

「君は本当は彼らを助けたかったのだ。にもかかわらず、彼らを見殺しにした」

「だから、なんだ。動機なんか関係ねえだろ、問題は結果だ結果」

「そんなことはない。動機は重要だ。君は彼らを愛していたのだろう」

「そりゃあ三万年見てりゃ、愛着ぐらい湧くからな。でも俺は、結局……」

「軽々しく触れ得ぬものを彼らに感じ、接触を控えた」

エクスは言葉を切り、しばらくして、渋々ながら認める。

「ああ、怖かったんだ。連中はあんなに小さいのに……俺よりも堂々としていた」

「君の恐怖は故なきものではない。その源を覚えているか」

「源？」

エクスがあえて問い返すと、オーバーロードはささやき声のような微弱な信号を、そっと送ってきた。

「君は食われたのだ」

その瞬間、エクスの脳裏に、親から――第五代ホモ・エクスプロルレスから受け継いだ記憶が、巨大な感情とともに立ち起こった。

それは恐怖だ。伴侶に、と選んだ存在が、無慈悲な捕食者だったと知ったときの驚愕と戦慄。拘束され分解され吸収されていくときに感じた、圧倒的な恐怖だった。

外向的な性質を持つ両者の接触が引き起こした、最大級の悲劇。

それが、これほどまでに自分を歪ませた原因なのだと、エクスはようやく気付いた。

心が乱れ、敵の奇襲を受けたようにざわざわと外層機械群が騒いだ。

「そうか……」

それが俺を脅かしていたのか。

エクスはつぶやいた。沸き立つ心に、苦い怒りが広がっていった。このせいで、多くの人々と無駄な摩擦を引き起こしてしまった。マリコ人、サンジュ人、シキシーたち……冷静でいられたなら、あるいはもう少し、よい関係を築けたかもしれぬものを。

名を呼ばれて、エクスは我に返った。高位種族が、その長い頭部をかすかに傾けてこちらを見つめていた。単に視線を動かしたのか――それとも、心配を表す古い古い仕草だったのかは、わからない。

「大丈夫かね？」

「ああ……いや、わかったよ」

エクスは下位機械たちのさざめきを鎮めながら答えた。

「あんたはこれを気にしていたんだな。――俺がナウチルスに食われた記憶を取り戻して、自閉してしまうことを」

そう伝えると、なぜかオーバーロードは否定した。

「いいや、我々は君を警戒していたのではない。……君が自閉することや、ましてや外向性を暴走させてナウチルスのようになることを心配したわけでもない。むしろまったく逆だ。君が否定しようとしている、その内向性……」

長い指を伸ばし――肉体に付属するそういうものを、彼らはまだ持っている――巨大なエクスのシステムの中心を指すかのように向けて、オーバーロードは言った。

「その顕現を、待望していた」

「なぜ？」

「それが地球人だったからだ。ホモ・エクスプロルレスよ」

オーバーロードは、深くうずもれた記憶を呼び覚ますかのように、ゆっくりと言った。

「はるか昔、我々が出会ったころの君の祖は、そのような存在だった。外敵を恐れ、内を省みて幸福を深めたいと願いながら、抑えきれぬ衝動によって、前へ外へと踏み出して死んでいく。矛盾する二つの性質を内面に抱え、煩悶を繰り返してきた。――しかし、ホモ・エクスプロルレス。君の初代は、作り手であるホモ・サピエンスによって、その性質の半分だけしか授けられなかった。ひたすら外へ飛び、探索せよ、という命令だけが与えられた。それでは全き人であるとは言いがたい。五代目までの君はそのようなものであったのだ」

だが、とオーバーロードは続ける。

「君は恐怖を持って生まれ、立ち止まることを思い出した。同じ外向性向ではあってもそこがナウチルスたちと違う。それこそ私が君に期待していたことだ。訪ね、かつ、譲れ。そうして世界を広げるといい」

「それはあんたらの仕事じゃなかったのか」

「そうでもあった」

オーバーロードは首肯し、ふと思いついたように言った。

「つまり君は後継者ということになる」

「俺が？」

「そうだ。我々がこれを口にするのは初めてだ」

エクスは何も言わなかった。自意識の中に湧き出した、今まで感じたことのない気持ちを、言葉に表すことができなかった。それはシキシーに拒まれた悲しみを、水で浸すように静かに包み、落ち着きをもたらしてくれた。

　俺は、伴侶になれたはずの相手に拒まれた——だが今、別な意味での栄誉を与えられた。これが素晴らしいことなのかどうか？　わからないが、そうなる可能性は十分あるだろう。

　エクスがずっと黙っていると、やがてまたオーバーロードが言った。

「今後の当ては？」

「特にない」

「ナウチルスは一群ではない、ということを覚えているかね」

　言葉半ばでオーバーロードが半歩下がった。エクスの心の波立ちに応じて、全艦の砲門の半分ほどが開いたのだ。だが、その程度のことを彼らが恐れるわけがない。ただのジェスチャーだろう。

　それとも何かを感じたのか。

　エクスは言った。

「場所はわかるか？」

「わからない。というのは、君がそうであるように、ナウチルス族のすべてがナウチルス的な行動を取るわけではないのだ。わかるのは、ナウチルスに連なる者、あるいはヌビワ論を身に着けて生き残った者が、どこかに必ず残っているということぐらいだ。——先日掃討したネルリパルゼの来歴が不明だからな」

「十分だ。倒すに値する者がいるというだけで」

言うべきことは言ったと思ったのか、オーバーロードは円盤に戻った。エクスはなんとかして彼らの航行技術を解明しようとしたが、例によって、彼らは来たときと同じく、その尻尾さえつかませずに立ち去った。

だが、いずれまたどこかで自分の前に現れてくれるのだろう。五十万年ものあいだ、ずっと見守っていてくれたのだから。

それとも——いずれは彼らも姿を消すのだろうか。

「そんで次どこよ、次次」

「あっち、あの赤い星」

「バーロそんな古いの意味ねっつの黄色だろ黄色」

エクスは天測機械たちの口論に耳を傾け、決める。

「青だな。今日は青」

六年ほど後、エクスは光速の九十二パーセントに達し、巡航に入った。

小川一水流恋愛論

電脳建築家 坂村 健

本書は小川一水氏の二〇〇四年から二〇〇九年までの作品を集めた短篇集である。全体のテーマは「未知との遭遇への憧れと探求」。

小川一水は初めてという方に少し解説することからはじめよう。小川一水のＳＦは一言でいうと「プロジェクトＸ的」。「産業ＳＦ」と言われることもある。『第六大陸』の月面開発や『不全世界の創造手《アーキテクト》』の自己増殖する水採掘ロボットの開発に代表される、未来に起こる何らかの技術開発プロジェクトの達成過程を描くというもの。

クラシックＳＦファン相手なら「クラーク的」というのもよく使われる紹介だ。事故に遭った宇宙ステーションの気密が保たれたエリアから、宇宙服なしでどう脱出するかという『天涯の砦』などは、クラークの『渇きの海』とよく比較される。それだけでなく小川一水の「人間の善なる部分への信頼」や「科学に対する敬意」といった部分が、まさに「クラーク的」といわれる所以《ゆえん》。それらに裏打ちされた、品のいい上質なジュブナイルの書き手として、まさにクラークと小川一水は貴重な存在だ。

大きく括《くく》ると「プロフェッショナルSF」という言い方もできるだろう。私が小川一水を読み始めるきっかけになった『こちら郵政省特配課』は、宅急便に押されて危機感を持った郵政省が、「ユニバーサルサービス（全国どこにでも同一料金で届ける郵便の原則）」の誇りをかけて、「どんなものでも、どんなところにでも届けます」という特別サービスを始めるSF風味のライトノベルだ。今となっては設定からしてパラレルワールドSFだが、そういう現場プロフェッショナルの地道（？）な活躍を描く作品は当時のライトノベル・レーベルの中で異彩を放っていた。なにしろライトノベルで主人公が公務員――それも職務に忠実なまっとうな公務員という地味さは、小川一水以外ではまずありえない設定だ。さらにいえばこの分野では『回転翼の天使　ジュエルボックス・ナビゲイター』や『ファイナルシーカー　レスキューウィングス』のように、全くSFでない「プロフェッショナル」モノの小川一水作品も多い。『復活の地』で主人公が官僚というのも、根性からして規則や組織に反発する傾向のある一般的SF読者層に対して、なかなか挑戦的な主人公像だと思う。

最近の方向性として『妙なる技の乙女たち』の軌道エレベータの麓《ふもと》の街での生活や『煙突の上にハイヒール』での個人飛行機具が一般化した時代の生活での「日常の中のSF」というのもある。この辺りは実は「プロジェクトX的」と表裏一体。「産業SF」で開発者視点から描く新技術・新製品が浸透していく過程で、変わりゆく社会を利用者視点から描くのが「日常の中のSF」だからだ。

このような小川一水を読み慣れている読者からすると、本書はいつものトーンとは少し変わった印象を受けるだろう。

というのは本書全体を通して感じるのが、そういう「プロジェクトX的」「クラーク的」な小川一水とも「日常の中のSF」の小川一水とも違う――むしろ「恋愛SF短篇集」のイメージだからだ。

ライトノベル出身ということもあり、氏の作品ではキャラクターの立った女性の登場人物がよく出てくる。『第六大陸』や『不全世界の創造手《アーキテクト》』のように、特定の「ボーイ・ミーツ・ガール」が重要なストーリーのきっかけになっている作品もある。しかし、それらでもその二人が「資本家」と「技術者」であるとか、ストーリーの中での「ロール（役割）」――ビジネススクール的には「ステークホルダー（利害関係者）」の「セレンディピティ（幸福な偶然の出会い）」という意味合いの方が、「男女の出会い」より比重が大きい。それに比べて、本書全篇を通して感じるのは、むしろ直球的な「ボーイ・ミーツ・ガール」。

それが「変わった印象」の理由だ。「未知との遭遇への憧れと探求」というテーマと言われても、首を傾げる作品も多く含まれている。

で、ここからは種明かしというか――私はこう読んだという話になるのだが、全篇を読んで思い出したのは、グレッグ・イーガンの『万物理論』のラスト。世界がすべて万物理論で記述されたとしても、そこから生まれる世界は、その時になるまで予想がつかない。だから、生きていく意味がある。ちょうどπを計算するプログラムは有限のステップ数で記述できても、特定の桁数の数字が何になるかはその桁まで計算する以外に知りようがないのと同じ。世界がすべて万物理論で記述されたとしても、その記述の計算の中でつねに自分が理解出来ない何かと出会える。違うからこそ、そこから何かが生まれ、世界は続いていける。イーガンの『万物理論』でも、その基本に置かれたのは男女関係だった。

けだし「女性は永遠の謎」。SFファンには意外かもしれないが、Googleで「ファーストコンタクト SF」と検索してみたところヒットはおよそ三十四万四千件なのに対し、二倍近い五十九万件が「ファーストコンタクト 恋愛」でヒットする。「ファーストコンタクト」はSF用語より恋愛用語というのが世間一般の認識らしい。「恋愛SF」こそ「ファーストコンタクトSF」の本流なのだろう。「ファーストコンタクトSF」は「異質なものと出会い、そこから発見があるストーリーのSF」――ということで本恋愛短篇集のテーマが「未知との遭遇への憧れと探求」になるわけだ。

本書収録の作品は多様な媒体に、発表年度もバラバラに載った作品であり、そこに一本通ったテーマをこじつけるのはなんなのだが、必ずしも発表年度順でない掲載順のこの短篇集。作者のテーマと、それに合わせてどういう意図で順番を決めたかを読み解く――というのも一つの読み方だろう。ということで……

1「都市彗星《バラマンディ》のサエ」（SFマガジン二〇〇九年四月号）

本書の中では最もストレートな「ボーイ・ミーツ・ガールSF」かつ「二人で始めるプロ

ジェクトX」的なストーリー。ストーリーの基本は、一九五〇年代のアメリカ中西部の田舎町から、親の反対を押し切ってグレイハウンドバスに乗って都会に旅立つ若者、でも成り立ちそう。そこに宇宙旅行の最小単位に関する細かいハードな考察が加わるところが小川一水的。

ただ「通信では密接に繫がっていても、普通の人は一生行けない世界」があるというアンビバレンツな状況は、いまの地球にも過去の地球にもなかったSFならではの状況だ。その時代の閉塞感がどういう文化を生むか——その中で、主人公（この場合は女性）が、異性と出会ったことで得たものは、というのがむしろメインテーマだろう。

2「グラスハートが割れないように」（SFJapan二〇〇七年春季号）

本短篇集の中で、もっともSF的でない作品。SF風味が一般の小説でも普通になってしまった現代では、他のラベリングで発表されていてもなんら違和感はなかっただろう。

内容的には「水からの伝言」が下敷きなのは誰が見ても明らか。信心より科学こそが状況を変えて人々を救う力を持っている、という意味合いをラストから拾い上げることもできる。ただ、信じる人の心を突き放してバカにしていないところがいい。「異質なものと出会い、そこからの発見」という意味では、主人公（この場合は男性）が、異性であり「信じる人」でもあるパートナーの真意を知りそこから得たものは、というのがメインテーマなのだろう。

3「静寂《しじま》に満ちていく潮」（ＳＦＪａｐａｎ二〇〇七年夏季号）
本短篇集の中で、もっともストレートなファーストコンタクト物で、恋愛物で、かつＳＦ。「受け入れる性」としての女性原理により、宇宙を静かに征服していくという、男性原理的宇宙征服へのアンチテーゼだ。
ただ、「異質なものと出会い、そこからの発見」という意味では、征服するのは「血」か「水」か——「ジーン」なのか「ミーム」なのか——その辺りをもう少し掘り下げてもらえれば。

4「占職術師《ヴォケイショノロジスト》の希望」（FICTION ZERO/NARRATIVE ZERO 二〇〇七年）
本短篇集の中で、ＳＦ——というより、ある意味もっとも小川一水的でない作品。単品で読めばそう深読みしないで読める軽いアイデアストーリーだが、本短篇集の構図の中で読むと妙な違和感が残る。同じ人類同士の中にも厳然とある「違い」の肯定とも受け取れるが、「世界に一つだけの花」の歌詞をストレートに肯定するとこうなりますよ、というブラックな寓話とも取れる。

5「守るべき肌」（ＳＦＪａｐａｎ二〇〇四年春季号）
イーガンの『ディアスポラ』を思わせる設定と、ライトノベル的キャラクターの組み合わせはいまいち座りが良くない。しかし、ライトノベルなら確実に主人公が「根性」でもって全力拒否するだろうというラストを、登場人物皆がすんなり肯定するところにある種の不思議さを醸し出している。ライトノベル的キャラクターに引きずられて、途中までそうだろうと思っていた結末の予想は見事に裏切られる。と同時に「静寂に——」で未消化の「血」か「水」かについて作者のスタンスも、ここで明らかになる。

6「青い星まで飛んでいけ」（ＳＦマガジン二〇〇八年七月号）
そして、本短篇集のテーマの種明かしが最後にくる。ここで描かれるのは、メタ生命体レベルでの「恋愛」模様。異種族・異文化間の「コンタクト」が、「恋愛」であり「結婚」であり「生殖」でもあるという社会科学的メタファーを、小川一水は力技のＳＦ的設定を使い、そのままリアルにして見せる。
ところで「探査機の擬人化」というと、「はじめてのおつかい、はやぶさたん！」にＳＦファンが涙する昨今。文句を言いながらも「プライム・ダイレクティヴ」を果たそうとする「エクスたん」の健気さや、子衛星との会話の演出に、小川一水の先見性を感じたりもする。

小川一水作品

第六大陸1

二〇二五年、御鳥羽総建が受注したのは、工期十年、予算千五百億での月基地建設だった

第六大陸2

国際条約の障壁、衛星軌道上の大事故により危機に瀕した計画の命運は……。二部作完結

復活の地Ⅰ

惑星帝国レンカを襲った巨大災害。絶望の中帝都復興を目指す青年官僚と王女だったが……

復活の地Ⅱ

復興院総裁セイオと摂政スミルの前に、植民地の叛乱と列強諸国の干渉がたちふさがる。

復活の地Ⅲ

迫りくる二次災害と国家転覆の大難に、セイオとスミルが下した決断とは？　全三巻完結

ハヤカワ文庫

小川一水作品

老ヴォールの惑星

SFマガジン読者賞受賞の表題作、星雲賞受賞の「漂った男」など、全四篇収録の作品集

時砂の王

時間線を遡行し人類の殲滅を狙う謎の存在。撤退戦の末、男は三世紀の倭国に辿りつく。

フリーランチの時代

あっけなさすぎるファーストコンタクトから宇宙開発時代ニートの日常まで、全五篇収録

天涯の砦

大事故により真空を漂流するステーション。気密区画の生存者を待つ苛酷な運命とは？

日本ＳＦ大賞受賞作

上弦の月を喰べる獅子　上下
夢枕　獏
ベストセラー作家が仏教の宇宙観をもとに進化と宇宙の謎を解き明かした空前絶後の物語。

戦争を演じた神々たち〔全〕
大原まり子
日本ＳＦ大賞受賞作とその続篇を再編成して贈る、今世紀、最も美しい創造と破壊の神話

傀《く》儡《ぐつ》后《こう》
牧野　修
ドラッグや奇病がもたらす意識と世界の変容を醜悪かつ美麗に描いたゴシックＳＦ大作。

マルドゥック・スクランブル〔完全版〕（全３巻）
冲方　丁
自らの存在証明を賭けて、少女バロットとネズミ型万能兵器ウフコックの闘いが始まる！

象《かたど》られた力
飛　浩隆
Ｔ・チャンの論理とＧ・イーガンの衝撃――表題作ほか完全改稿の初期作を収めた傑作集

星雲賞受賞作

ハイブリッド・チャイルド
大原まり子
軍を脱走し変形をくりかえしながら逃亡する宇宙戦闘用生体機械を描く幻想的ハードSF

永遠の森　博物館惑星
菅　浩江
地球衛星軌道上に浮ぶ博物館。学芸員たちが鑑定するのは、美術品に残された人々の想い

太陽の簒《さん》奪《だっ》者《しゃ》
野尻抱介
太陽をとりまくリングは人類滅亡の予兆か？星雲賞を受賞した新世紀ハードSFの金字塔

サマー／タイム／トラベラー1
新城カズマ
あの夏、彼女は未来を待っていた――時間改変も並行宇宙もない、ありきたりの青春小説

サマー／タイム／トラベラー2
新城カズマ
夏の終わり、未来は彼女を見つけた――宇宙戦争も銀河帝国もない、完璧な空想科学小説

ハヤカワ文庫

珠玉の短篇集

五人姉妹
菅 浩江
クローン姉妹の複雑な心模様を描いた表題作ほか〝やさしさ〟と〝せつなさ〟の9篇収録

レフト・アローン
藤崎慎吾
五感を制御された火星の兵士の運命を描く表題作他、科学の言葉がつむぐ宇宙の神話5篇

西城秀樹のおかげです
森奈津子
人類に福音を授ける愛と笑いとエロスの8篇日本SF大賞候補の代表作、待望の文庫化!

からくりアンモラル
森奈津子
ペットロボットを介した少女の性と生の目覚めを描く表題作ほか、愛と性のSF短篇9作

シュレディンガーのチョコパフェ
山本 弘
時空の混淆とアキバ系恋愛の行方を描く表題作、SFマガジン読者賞受賞作など7篇収録

神林長平作品

あなたの魂に安らぎあれ
火星を支配するアンドロイド社会で囁かれる終末予言とは!? 記念すべきデビュー長篇。

帝王の殻
携帯型人工脳の集中管理により火星の帝王が誕生する——『あなたの魂〜』に続く第二作

膚《はだえ》の下 上下
無垢なる創造主の魂の遍歴。『あなたの魂に安らぎあれ』『帝王の殻』に続く三部作完結

戦闘妖精・雪風〈改〉
未知の異星体に対峙する電子偵察機〈雪風〉と、深井零の孤独な戦い——シリーズ第一作

グッドラック 戦闘妖精・雪風
生還を果たした深井零と新型機〈雪風〉は、さらに苛酷な戦闘領域へ——シリーズ第二作

ハヤカワ文庫

神林長平作品

狐と踊れ〔新版〕

未来社会の奇妙な人間模様を描いたSFコンテスト入選作ほか九篇を収録する第一作品集

言葉使い師

言語活動が禁止された無言世界を描く表題作ほか、神林SFの原点ともいえる六篇を収録

七胴落とし

大人になることはテレパシーの喪失を意味した——子供たちの焦燥と不安を描く青春SF

プリズム

社会のすべてを管理する浮遊都市制御体に認識されない少年が一人だけいた。連作短篇集

完璧な涙

感情のない少年と非情なる殺戮機械との時空を超えた戦い。その果てに待ち受けるのは？

神林長平作品

猶予の月 上下

姉弟は、事象制御装置で自分たちの恋を正当化できる世界のシミュレーションを開始した

Uの世界

「真身を取りもどせ」――そう祖父から告げられた優子は、夢と現実の連鎖のなかへ……

死して咲く花、実のある夢

本隊とはぐれた三人の情報軍兵士が猫を求めて彷徨うのは、生者の世界か死者の世界か？

魂の駆動体

老人が余生を賭けたクルマの設計図が遠未来の人類遺跡から発掘された――著者の新境地

鏡像の敵

SF的アイデアと深い思索が完璧に融合しあった、シャープで高水準な初期傑作短篇集。

著者略歴　1975年岐阜県生，作家
著書『第六大陸』『復活の地』『老ヴォールの惑星』『時砂の王』『天涯の砦』『フリーランチの時代』『天冥の標Ⅲ　アウレーリア一統』（以上早川書房刊）他多数

HM=Hayakawa Mystery
SF=Science Fiction
JA=Japanese Author
NV=Novel
NF=Nonfiction
FT=Fantasy

青《あお》い星《ほし》まで飛《と》んでいけ

〈JA1023〉

二〇一一年三月十日　印刷
二〇一一年三月十五日　発行
（定価はカバーに表示してあります）

著者　小《お》川《がわ》一《いっ》水《すい》
発行者　早川浩
印刷者　大柴正明
発行所　株式会社　早川書房
郵便番号　一〇一‐〇〇四六
東京都千代田区神田多町二ノ二
電話　〇三‐三二五二‐三一一一（大代表）
振替　〇〇一六〇‐三‐四七七九九
http://www.hayakawa-online.co.jp

乱丁・落丁本は小社制作部宛お送り下さい。
送料小社負担にてお取りかえいたします。

印刷・株式会社亨有堂印刷所　製本・株式会社フォーネット社

ISBN978-4-15-031023-3 C0193

＊本書は活字が大きく読みやすい〈トールサイズ〉です